T0161000

LA MANO IZQUIERDA
DE LA OSCURIDAD

URSULA K. LE GUIN

LA MANO IZQUIERDA DE LA OSCURIDAD

minotauro

Obra editada en colaboración con Editorial Planeta – España

Título original: *The Left Hand of Darkness*

© 1969, Ursula K. Le Guin

Publicado por acuerdo con International Editors Co' y Curtis Brown, Ltd.

© 1973, Traducción de Francisco Abelenda

© 1973, Editorial Planeta S.A. – Barcelona, España

Derechos reservados

© 2023, Editorial Planeta Mexicana, S.A. de C.V.
Bajo el sello editorial MINOTAURO M.R.
Avenida Presidente Masarik núm. 111,
Piso 2, Polanco V Sección, Miguel Hidalgo
C.P. 11560, Ciudad de México
www.planetadelibros.com.mx

Primera edición impresa en España: septiembre de 2021
ISBN: 978-84-450-0994-9

Primera edición impresa en México: abril de 2023
ISBN: 978-607-07-9989-1

Impreso en los talleres de Litográfica Ingramex, S.A. de C.V.
Centeno núm. 162-1, colonia Granjas Esmeralda, Ciudad de México
Impreso en México –*Printed in Mexico*

Para Charles,
sine quo non

1

Parada en Erhenrang

*De los archivos de Hain. Transcripción del documento Que-
den-01-01101-934-2 Al estable en Ollul: Informe de Genly Ai,
primer móvil en Invierno/Gueden. Ciclo haini 93. Año ecuménico 1490-1497.*

Escribiré mi informe como si contara una historia,
pues me enseñaron siendo niño que la verdad nace
de la imaginación. El más cierto de los episodios puede perderse en el estilo del relato, o quizá dominarlo,
como esas extrañas joyas orgánicas de nuestros océanos, que si las usa una determinada mujer brillan
cada día más, y en otras en cambio se empañan y des-
hacen en polvo. Los hechos no son más sólidos, coherentes, categóricos y reales que esas mismas perlas;
pero tanto los hechos como las perlas son de naturaleza sensible.

No soy siempre el protagonista de la historia, ni el
único narrador. No sé en verdad quién es el protagonista: el lector podrá juzgar con mayor imparcialidad.
Pero es siempre la misma historia, y si en algunos momentos los hechos parecen alterarse junto con una voz
alterada, no hay razón que nos impida preferir un he-

cho a otro; sin embargo, no hay tampoco en estas páginas ninguna falsedad, y todo es parte del relato.

La historia se inicia en el diurno 44 del año 1491, que en el país llamado Karhide del planeta Invierno era odharhahad tuva, o el día vigésimo segundo del tercer mes de primavera, en el año uno. Aquí es siempre año uno. El día de año nuevo solo cambia la fecha de los años pasados o futuros, ya se cuente hacia atrás o hacia delante a partir de la unidad Ahora. De modo que era la primavera del año uno en Erhenrang, capital de Karhide, mi vida estaba en peligro, y no lo sabía.

Yo asistía a un desfile. Caminé y me puse detrás de los gosivoses, y delante del rey. Llovía.

Nubes de lluvia sobre torres oscuras, lluvia en calles de paredes altas. La tormenta sombría golpea la ciudad de piedra, por donde discurre lentamente una vena de oro. Primero llegan los mercaderes, potentados y artesanos de la ciudad de Erhenrang, en hileras ordenadas, magníficamente vestidos, avanzando en la lluvia como peces en el agua. Los rostros son perspicaces y severos. Nadie marca el paso. No hay soldados en este desfile, ni siquiera soldados de imitación.

Luego siguen los señores y alcaldes y representantes, una persona, o cinco, o cuarenta y cinco, o cuatrocientos, de todos los dominios y condominios de Karhide, una vasta y ordenada procesión que desfila a la música de los cornos de metal y las tablas huecas de madera o de hueso, y la animada y rica melodía de las flautas eléctricas. Los varios estandartes de los dominios se confunden a la luz de la lluvia, en un movimiento de color, con los banderines amarillos que bordean la calle, y los músicos de los distintos grupos baten y entretejen numerosos ritmos, que resuenan en la profunda calle de piedra.

Ahora pasa una tropa de juglares y lanzan al aire unas pulidas esferas de oro, que recogen luego, y arrojan otra vez en surtidores de brillante juglaría. De pronto, parece que todas las esferas juntas hubieran apresado literalmente la luz, y centellean como el cristal: el sol asoma entre las nubes.

A continuación siguen cuarenta hombres vestidos de amarillo, tocando gosivoses. El gosivós, que no se oye sino en presencia del rey, emite un bramido insensato y desconsolado. Cuarenta gosivoses tocando juntos y la razón se tambalea, y las torres de Erhenrang se tambalean, y las nubes dejan caer una última llovizna. Si esta es la música de palacio, no es raro entonces que los reyes de Karhide estén todos locos. Luego, la compañía real, guardias y funcionarios y dignatarios de la ciudad y la costa, diputados, senadores, cancilleres, embajadores, señores del reino; no guardan el paso ni el orden de las filas, y sin embargo caminan muy dignamente, y el rey Argaven XV va también entre ellos, de túnica, camisa y pantalones blancos, polainas de cuero azafranado y puntiagudo gorro amarillo. No tiene otro adorno ni signo de jerarquía que un anillo de oro. Detrás, ocho robustas criaturas sostienen la litera del rey, tosca, con zafiros amarillos, que no ha llevado a ningún rey desde siglos atrás; una reliquia ceremonial de hace mucho tiempo. Junto a la litera marchan ocho guardias armados con «armas de saqueo», reliquias también de un pasado más bárbaro, pero cargadas con balas de hierro dulce. La muerte marcha detrás del rey. Detrás de la muerte vienen los estudiantes de las escuelas de artesanía, los colegios, los oficios, los servidores del rey, largas hileras de niños y jóvenes vestidos de rojo, verde y oro; y al fin unos pocos vehículos, lentos, oscuros, silenciosos, que cierran el desfile.

La compañía real, y yo entre ellos, se aprieta en una plataforma de troncos junto al arco inconcluso de las Puertas del Río. El desfile celebra la próxima conclusión de los trabajos, que completarán la carretera nueva y el puerto ribereño de Erhenrang, una vasta operación de dragado y construcción de edificios y caminos que ya ha llevado cinco años e inscribirá el reino de Argaven XV en los anales de Karhide. Estamos bastante apretados sobre la plataforma, con nuestros ropajes empapados. La lluvia ha cesado; brilla el sol: el sol de Invierno, espléndido, radiante, traicionero. Le digo a la persona que está a mi izquierda:

–Hace calor. Hace de veras calor.

La persona de mi izquierda –un karhíder rechoncho y moreno, de melena espesa y bruñida, que viste una sobretúnica pesada de cuero verde trabajada con oro, y una abrigada camisa blanca, y unos abrigados pantalones, y un collar de pesados eslabones de plata del ancho de una mano–, esta persona, transpirando profusamente, replica:

–Sí, así es.

Alrededor de nuestra plataforma se extienden los rostros de los ciudadanos, vueltos hacia arriba como una playa de guijarros, redondos, de color castaño, y un brillo de mica en los miles de ojos atentos.

Ahora el rey asciende por una plancha de troncos que lleva de la plataforma a la cima del arco. Los pilares todavía no unidos se alzan sobre la multitud, los muelles y las aguas. Mientras sube, la multitud se agita y dice en un vasto murmullo:

–¡Argaven!

El rey no responde. Nadie espera una respuesta. Los gosivoses emiten un sonido atronador, discordante, y callan. Silencio. El sol brilla sobre la ciudad, el río, la multitud y el rey. Los albañiles han puesto en marcha un montacargas eléctrico y, a medida que el rey asciende, el cabestrillo que sostiene la clave del arco se eleva pasando junto a él, y se detiene en el aire, y baja hasta posarse casi en silencio –un bloque que pesa toneladas– sobre los dos apoyos, transformándolos en una sola fábrica: un arco. En los andamios, un albañil con paleta y balde espera al rey. Todos los otros trabajadores ascienden por escalas de cuerda, como un enjambre de moscas. El rey y el albañil se arrodillan en una tabla estrecha, arriba, entre el río y el sol. Tomando la paleta, el rey echa cemento en las juntas del arco. No se contenta con unos pocos golpes; no le devuelve la paleta al albañil y trabaja ahora metódicamente. El cemento es de color rosado, distinto del resto, y después de observar el trabajo de abeja del rey le pregunté a la persona de mi izquierda:

–¿Es siempre rojo el cemento de los arcos? –Pues ese mismo color es visible en todos los arcos del Puente Viejo, que se cierne maravillosamente sobre el río, aguas arriba.

Enjugándose la frente oscura, transpirada, el hombre –y he de decir hombre, pues ya he dicho un karhíder–, el hombre responde:

–Hace mucho tiempo el cemento de los arcos era siempre una amalgama de huesos y sangre. Huesos humanos, sangre humana, pues sin el ligamiento de la sangre el arco se vendría abajo. Ahora solo usamos sangre de animales.

Así me habla a menudo, franco y sin embargo precavido, irónico, como si no olvidara nunca que yo veo y juzgo desde la perspectiva de un extraño: rara lucidez en un hombre de tan alta jerarquía y de una raza tan aislada. Es uno de los poderosos del reino; no estoy

13

seguro del apropiado equivalente histórico, visir, canciller o primer ministro; la palabra *karhidi* correspondiente significa «oreja del rey». Es señor de un dominio y señor del reino, agente de acontecimientos notables. El nombre es Derem Har rem ir Estraven.

Parece que el rey ha concluido su trabajo de albañilería, y me alegro, pero él cruza bajo el ápice del arco, en una telaraña de andamios, y empieza de nuevo en el otro apoyo. Nadie es demasiado impaciente en Karhide. No parecen en verdad gentes flemáticas, y sin embargo son tercas, pertinaces, y terminan las obras de albañilería. Las multitudes de los terraplenes miran complacidas el trabajo del rey, pero yo estoy aburrido, y tengo calor. Antes nunca tuve calor en Invierno; nunca lo tendré otra vez, y sin embargo no llego a apreciar lo que pasa. Me he vestido para la Edad de Hielo y no para la luz del sol, con capas y capas de ropa, fibras vegetales, artificiales, pieles, cuero, una maciza armadura contra el frío, donde ahora me marchito como hoja de rábano. Tratando de distraerme, miro a la multitud y a las gentes del desfile, reunidas ahora alrededor de la plataforma, con los estandartes de los dominios y los clanes colgando inmóviles y brillantes a la luz del sol, y yo le pregunto ociosamente a Estraven qué estandarte es este, y ese otro, y aquel. Los conoce todos, aunque hay centenares, algunos de dominios remotos, emblemas y gallardetes de Perin, tormentosa zona fronteriza, y las tierras de Kerm.

—He nacido en Kerm —me dice Estraven cuando admiro sus conocimientos—. De cualquier modo es mi obligación conocer los dominios. Son todos Karhide. Gobernar esta tierra es gobernar a los señores. Esto no significa que así haya sido alguna vez.

—¿Conoce usted el dicho: «Karhide no es una nación sino una pelea de familia»?

–Yo nunca lo había oído y sospecho que es invención de Estraven; tiene su sello.

En este momento, otro miembro del *kiorremi*, la cámara alta o Parlamento, presidida por Estraven, se abre paso acercándose a empellones y habla con Estraven. Es un primo del rey: Pemmer Harge rem ir Tibe. Habla en voz baja, y adopta una postura algo insolente, sonriendo a menudo. Estraven, sudando como hielo al sol, pulido y frío como el hielo, responde a los murmullos de Tibe en voz alta, y en un tono de cortesía trivial, de modo que el otro queda haciendo el papel de tonto. Presto atención, mientras observo que el rey termina el trabajo, y no entiendo nada, excepto la animosidad entre Tibe y Estraven. No tiene relación conmigo, de cualquier modo, pero me interesa la conducta de esta gente que manda en una nación, según el antiguo estilo, y en las fortunas de veinte millones de habitantes. La complejidad y la sutileza del poder han aumentado tanto entre las gentes del Ecumen que solo una mente privilegiada puede dominarlo de algún modo; aquí ese poder está todavía limitado, todavía visible. En Estraven, por ejemplo, el poder es como una expansión de su propio carácter: no puede hacer un gesto cualquiera o decir una palabra sin llamar la atención. Estraven lo sabe, y ese conocimiento le da un sentido de la realidad del que casi todos los demás carecen: una cierta densidad de ser, sustancialidad, grandeza humana. Nada tiene tanto éxito como el éxito.

No confío en Estraven, cuyos motivos son siempre oscuros; no me agrada. Sin embargo, siento esa autoridad y respondo a ella, así como respondo al calor del sol.

Estoy todavía entretenido en estos pensamientos, cuando el sol palidece detrás de unas nubes, y una ráfaga de lluvia pronto corre río arriba, dispersando a la multitud en los terraplenes, oscureciendo el cielo. Cuando el rey desciende por la escalerilla, la luz irrumpe una última vez, y la figura blanca y el arco inmenso se alzan un instante vívidos y espléndidos en el cielo oscuro de la tormenta. Las nubes se cierran. Un viento frío viene desgarrando la calle Puerto-y-Palacio, el río es ahora gris, y los árboles se estremecen. El desfile ha concluido. Media hora después está nevando.

El coche del rey se aleja por la calle Puerto-y-Palacio, y las gentes empiezan a moverse como un canto rodado en una marea lenta. Estraven se vuelve de nuevo y me dice:

–¿Cenará conmigo esta noche, señor Ai?

Acepto, más sorprendido que complacido. Estraven me ha ayudado mucho en los últimos seis u ocho meses, pero yo no esperaba ni deseaba una invitación a cenar ni ningún favor personal semejante. Harge rem ir Tibe está aún junto a nosotros, escuchando, y de pronto me parece que está aquí para eso, para escuchar. Molesto por este clima de intriga afeminada, dejo la plataforma y me pierdo en la multitud, agachándome y encogiéndome. No soy mucho más alto que el guedeniano medio, pero la diferencia es más notable en una multitud. «Es él, miren, ahí va el Enviado.» Por supuesto, esto era parte de mi trabajo, pero una parte que se hacía más dura y más difícil a medida que pasaba el tiempo. Muy a menudo me encontraba deseando el anonimato, la uniformidad. Yo quería ser como todos los otros.

En la calle de las Refinerías, un par de manzanas después, giré hacia mis habitaciones, y de pronto, allí donde la multitud raleaba, descubrí a Tibe a mi lado.

–Un acontecimiento perfecto –dijo el primo del rey, sonriéndome.

Los dientes largos, limpios y amarillos, aparecían y desaparecían en una cara amarilla y como entretejida, aunque no era un hombre viejo, de finas arrugas.

–Un buen augurio para el puerto –dije.

Más dientes.

–Sí, de veras.

–La ceremonia del arco es muy impresionante...

–Sí, de veras. Esa ceremonia viene de mucho tiempo atrás. Pero el señor Estraven se lo habrá explicado todo.

–El señor Estraven es muy cortés.

Yo trataba de hablar de un modo insípido, y sin embargo todo lo que le decía a Tibe parecía tener doble significado.

–Oh, sí, de veras –dijo Tibe–. El señor Estraven es famoso por la amabilidad con que trata a los extranjeros.

Tibe sonrió otra vez, y me pareció que todos esos dientes tenían también significado, doble, múltiple; treinta y dos diferentes significados.

–Pocos extranjeros son tan extranjeros como yo, señor Tibe. Agradezco mucho cualquier amabilidad.

–¡Sí, de veras, sí! Y la gratitud es una emoción noble y rara, muy elogiada por los poetas. Rara sobre todo aquí, en Erhenrang, quizá porque es impracticable. Nos ha tocado una época difícil, una época ingrata. Las cosas no son como en tiempo de nuestros abuelos, ¿no?

–No podría decirlo, señor, pero he escuchado la misma queja en otros mundos.

Tibe me miró un rato como estudiando a un lunático.

Luego mostró los largos dientes amarillos.

–¡Ah, sí! ¡Sí, de veras! Siempre olvido que usted viene de otro planeta. Pero, claro, no es asunto que pueda olvidarse. Aunque me parece que la vida de usted sería más atinada, segura y simple si pudiese olvidar, ¿eh? ¡Sí, de veras! Aquí está mi coche, tuve que dejarlo lejos de la carretera. Me gustaría llevarle a la isla, pero tendré que renunciar al privilegio, ya que he de presentarme muy pronto en la Casa del Rey, y los parientes pobres tienen que ser puntuales, como dice el adagio, ¿eh? ¡Sí, de veras!

El primo del rey se subió al cochecito eléctrico, de color negro, mostrándome los dientes por encima del hombro, mirándome con unos ojos velados de arrugas.

Eché a caminar hacia mi isla.[1] Ahora, fundidas ya las últimas nieves invernales, el jardín ha quedado al descubierto, y las puertas de invierno, a tres metros por encima del nivel de la calle, han sido selladas por unos pocos meses, hasta que vuelvan el otoño y las nieves. A un lado del edificio, en el barro y el hielo, y la vegetación de primavera del jardín, lozana, vívida, tierna, una joven pareja hablaba de pie, las manos derechas unidas. Estaban en el primer periodo de *kémmer*. Los copos blandos revoloteaban alrededor mientras ellos se miraban a los ojos, las manos juntas, descalzos en el barro helado. Primavera en Invierno.

Cené en mi isla, y cuando la hora cuarta sonó en los gongos de la torre Remni, entraba en el palacio,

---

1. *Karhosh*, isla: la palabra corriente para las casas de vecindad en las que habita casi toda la población urbana de Karhide. En esas islas hay de 20 a 200 cuartos privados; las comidas se sirven en una sala común; algunas funcionan como hoteles, otras como comunas, o combinando los dos tipos. Son sin duda una adaptación urbana del hogar, la institución más importante de Karhide, aunque carecen por supuesto de la característica estabilidad genealógica de los verdaderos hogares.

listo para la comida. Los karhíderos tienen cuatro comidas principales al día: desayuno, almuerzo, merienda y cena, junto con bocados eventuales en los intervalos. No hay ganado en Invierno, ni productos manufacturados: leche, mantequilla, queso; los únicos alimentos ricos en proteínas e hidratos de carbono son las distintas variedades de huevos; pescado, nueces y granos de hainish. Una dieta baja en calorías en un clima crudo implica que hay que realimentarse muchas veces. Yo me había acostumbrado a comer cada pocos minutos. No descubrí hasta más avanzado el año que los guedenianos habían perfeccionado la técnica del estómago perpetuamente colmado y a la vez siempre insatisfecho.

Nevaba aún, un chubasco de primavera, mucho más agradable que la lluvia del deshielo que había caído hasta hacía poco. Fui hacia el palacio, entre las construcciones, en la pálida y silenciosa oscuridad de la nevada, extraviándome solo una vez. El palacio de Erhenrang es una ciudadela, una zona amurallada de edificios, torres, jardines, patios, claustros, pasadizos elevados, calzadas estrechas, bosquecillos y mazmorras, el producto de siglos de paranoia activa. Sobre todo esto se alzan las paredes sombrías, rojas y ornamentadas de la Casa del Rey, habitada siempre, pero solo por el rey. El resto, sirvientes, funcionarios, señores, maestros, parlamentarios, guardias y demás, duermen en otro palacio, recinto, barraca o casa de la ciudadela. La casa de Estraven, signo del alto favor del rey, era el edificio de la Esquina Roja, construido cuatrocientos cuarenta años atrás para albergue de Harmes, compañero de kémmer de Emran III, de belleza todavía célebre, y que fuera secuestrado, mutilado, y convertido en imbécil por partidarios de la facción mediterránea. Emran III murió cuarenta años después, todavía descargando su cólera sobre las desgracias del pueblo: Emran el Malaventurado. La tragedia es tan antigua que ya ha perdido todo horror, y solo un cierto aire de deslealtad y melancolía cubre las piedras y sombras de la casa.

El jardín era pequeño y tapiado; unos árboles de sérem se inclinaban sobre el estanque de piedras. En los pálidos rayos de luz que entraban por las ventanas, yo veía los copos de nieve y las esporas filamentosas y blancas de los árboles, que caían lentas y juntas al agua oscura. Estraven estaba esperándome al frío, descubierto y sin abrigo, observando los copos y las semillas que descendían secreta y continuamente en la noche. Me saludó apenas, y me llevó al interior de la casa. No había otros huéspedes.

Me sorprendí, pero nos sentamos enseguida a la mesa, y no se habla de negocios mientras se come; además, mi asombro se centró en la comida, que era excelente, incluyendo el imprescindible pan de manzana, transformado por un cocinero cuyo arte alabé de todo corazón. Después de la cena bebimos cerveza caliente junto al fuego. En un mundo donde hay un utensilio común de mesa para deshacer el hielo que se forma en el vaso, entre sorbo y sorbo, uno llega a apreciar la cerveza caliente.

Estraven había conversado amablemente mientras cenábamos; ahora callaba, instalado allí delante, junto al extremo de la chimenea. Aunque pronto se cumplirían dos años de mi llegada a Invierno, yo estaba todavía muy lejos de poder ver a los habitantes del planeta tal como ellos se veían a sí mismos. Lo había intentado varias veces, pero mis esfuerzos concluían en un modo de mirar demasiado deliberado: un guedeniano me parecía entonces primero un hombre, y luego una mujer, y les asignaba así categorías del todo irrelevantes para ellos, y para mí fundamentales. De modo que mientras sorbía la ácida cerveza humeante se me ocurrió que durante la cena la conducta de Estraven había sido femenina, todo encanto y tacto y ausencia de sustancia, graciosa y diestra. ¿Era quizá esta blanda y sutil femineidad el motivo de mi desconfianza y mi rechazo? Pues me parecía imposible pensar en Estraven como mujer: esa presencia, oscura, irónica, poderosa, a mi lado, a la luz del fuego; y sin embargo cada vez que lo imaginaba como hombre, me parecía ver cierta falsedad, cierta impostura: ¿en él o en mi propia actitud hacia él? La voz de Estraven era delicada y resonante, pero no profunda, y apenas masculina aunque tampoco femenina, pero ¿qué decía ahora?

–Lamento haber tenido que postergar tanto tiempo el placer de tenerlo a usted en mi casa; y en ese sentido me alegra saber que ya no hay entre nosotros ninguna cuestión de patronazgo.

Me quedé pensando en lo que acababa de oír. Estraven había sido hasta entonces mi patrón, esto era indiscutible.

¿Acaso la audiencia en la corte que el rey me concediera para el día siguiente nos había puesto a ambos en un mismo plano?

–No estoy seguro de entenderlo a usted –le dije.

Estraven calló un rato, también perplejo.

–Bueno –dijo al fin–, estando usted aquí... Ya no he de favorecerlo ante el rey, por supuesto.

Estraven hablaba como si estuviese avergonzado de mí, no de sí mismo. La invitación a cenar, parecía evidente, tenía un significado que se me escapaba. Pero mi torpeza era una cuestión de costumbres y la de Estraven, una cuestión de ética. Lo único que se me ocurrió al principio fue que no me había equivocado al desconfiar de Estraven. No solo era hábil y poderoso, sino también desleal. Todos estos meses en Erhenrang era él quien me había escuchado, quien había respondido a mis preguntas, mandando médicos e ingenieros a verificar la rareza de mi cuerpo y de mi nave, presentándome a gente que yo necesitaba conocer, y elevándome poco a poco de mi condición primera de monstruo imaginativo a la de enviado misterioso, a punto de ser recibido por el rey. Ahora, habiéndome transportado a esas alturas peligrosas, Estraven me anunciaba fríamente y de pronto que me retiraba todo apoyo.

–Usted mismo me apoyó y...

–Fue un error.

–Quiere decir que aunque me consiguió esta audiencia no le ha hablado al rey de mi misión como usted...

Tuve la sensatez de callar antes de pronunciar «prometió».

–No puedo.

Yo estaba furioso, pero Estraven no parecía ni enojado ni avergonzado.

–¿Me dirá por qué?

Al cabo de un rato Estraven dijo:

–Sí.

Y enseguida calló otra vez. Durante esta pausa se me ocurrió que un extraño inepto e indefenso no puede exigirle explicaciones a un primer ministro, sobre todo cuando no entiende, y quizá nunca entienda, los fundamentos del poder, y las obras del gobierno. No había duda de que se trataba de *shifgredor,* prestigio, imagen, posición, relación de orgullo, el intraducible y soberano principio de autoridad social que domina en Karhide y en todas las civilizaciones de Gueden. Y si era esto, yo no lo entendería.

–¿Oyó usted lo que me dijo hoy el rey en la ceremonia?

–No.

Estraven se inclinó hacia delante, sacó la jarra de cerveza de las cenizas calientes, y volvió a llenarme el vaso. No dijo nada más, y continué:

–No oí que el rey le hablara.

–Yo tampoco –dijo Estraven.

Entendí al fin que se me escapaba de nuevo otra señal.

Maldiciendo las afeminadas tortuosidades de Estraven, le dije:

–¿Trata de decirme, señor Estraven, que ha perdido usted el favor del rey?

Me pareció descubrir entonces en Estraven una expresión de enojo, aunque habló con voz indiferente.

–No trato de decirle nada, señor Ai.

–¡Dios, ojalá tratara!

Estraven me miró con curiosidad.

–Bueno, digámoslo así. Hay gentes en la corte que disfrutan del favor del rey, como usted dice, pero que no apoyan ni la presencia ni la misión de usted.

«Y por eso corres a unirte a esa gente, y me vendes para salvar el pellejo», pensé, pero no hubiese servido de nada decirlo. Estraven era un cortesano, un político, y yo un tonto por haberle tenido confianza. Aun en una sociedad bisexual, el político es muy a menudo algo menos que un hombre íntegro. La invitación a cenar mostraba claramente el punto de vista de Estraven: yo aceptaría esa traición con la misma facilidad con que él la había cometido. Salvar las apariencias importaba más que la honestidad. De modo que me obligué a decir:

–Lamento que la amabilidad de usted le haya acarreado dificultades.

Brasas encendidas. Tuve la satisfacción de sentir una cierta superioridad moral, pero no por mucho tiempo; Estraven era demasiado impredecible.

Se echó hacia atrás de modo que el resplandor del fuego le encendió las rodillas y las manos, delgadas y fuertes, y el vaso de plata, aunque el rostro continuó envuelto en la oscuridad: un rostro ensombrecido siempre por el cabello abundante y bajo, las cejas y las pestañas espesas, y una expresión amable y oscura.

¿Es posible leer en la cara de un gato, una foca, una nutria? Algunos guedenianos, me parece, son como esos animales de ojos brillantes y hundidos que tienen siempre la misma expresión mientras uno habla.

–Me he creado dificultades –me respondió– por algo que no guarda ninguna relación con usted, señor Ai. Karhide y Orgoreyn, como usted sabe, discuten desde hace tiempo a propósito de una franja de tierra en la frontera de la Cascada del Norte, cerca de Sassinod. El abuelo de Argaven sostuvo los derechos de Karhide sobre el valle de Sinod, pero los comensales nunca admitieron ese reclamo. Mucha nieve de una sola nube, y continúa cayendo. He estado ayudando a algunos campesinos karhidis que viven en el valle a mudarse al este, más allá de la antigua frontera, pensando que la discusión se agotaría si dejábamos el valle a los orgotas, que han vivido allí varios milenios. Hace algunos años, yo trabajaba en la administración de la Cascada del Norte, y llegué a conocer a algunas de esas gentes. Me disgustaba la idea de que los matarían en operaciones de saqueo o que los enviarían a los campos de voluntarios de Orgoreyn. ¿Por qué no eliminar el motivo de la disputa? Pero esto no es una idea patriótica. En verdad es una idea cobarde, e impugna el poder mismo del rey.

Las ironías de Estraven, y estas idas y venidas con

Orgoreyn a propósito de una cuestión de fronteras, no me interesaban.

Retomé nuestro asunto. Aunque no confiara en Estraven, podía sacarle aún algún provecho.

–Lo siento –dije–, pero parece una lástima que los problemas de unos pocos campesinos actúen en contra de mi misión ante el rey. Están en juego mucho más que unos pocos kilómetros de fronteras nacionales.

–Sí. Mucho más. Pero quizá los ecúmenos, cuyas fronteras están separadas de las nuestras por cien años luz, puedan tenernos un poco de paciencia.

–Los ecúmenos estables tienen mucha paciencia, señor. Esperarán cien años, o quinientos, a que Karhide y el resto de Gueden deliberen y consideren si se unirán o no al resto de la humanidad. Hablo así porque quisiera tener esperanzas, y porque me siento decepcionado de veras. Se me había ocurrido que con el apoyo de usted...

–También yo lo pensé. Bueno, los glaciares no se forman de un día para otro...

Los lugares comunes le venían fácilmente a la boca, pero Estraven tenía la cabeza en otra parte. Reflexionaba. Sentí que el guedeniano me movía de aquí para allá, junto con otros peones en una partida por el poder.

–Ha venido usted en momentos extraños –dijo al fin–. Todo está cambiando; hemos tomado una nueva senda. No, no tanto; pero el camino nos ha llevado muy lejos. Pensé que la presencia de usted, su misión, impediría que nos equivocáramos, dándonos una nueva posibilidad. Pero en el momento adecuado, y en el sitio adecuado. Todo es muy azaroso, señor Ai.

Estas generalidades me impacientaron todavía más:

–¿Quiere decir –pregunté– que no es este el momento adecuado? ¿Me aconseja usted que cancele la audiencia?

Mi falta de tino sonaba peor aún en karhidi, pero Estraven no sonrió, ni pestañeó.

–Temo que eso sea privilegio del rey –dijo con voz suave.

–Oh, Dios, sí. No me expresé bien.

Me llevé las manos a la cabeza. Acostumbrado a la sociedad terrestre, abierta y libre, nunca dominaría el protocolo o la impasividad, de tanto valor para los karhíderos. Yo no ignoraba lo que era un rey; la historia misma de la Tierra está poblada de reyes; pero no tenía ninguna experiencia propia a propósito de privilegios, ningún tacto. Recogí el vaso y tomé un trago fuerte y caliente.

–Bueno, le diré al rey menos de lo que pensaba decirle, cuando contaba con el apoyo de usted.

–Bien.

–¿Por qué bien? –pregunté.

–Señor Ai, usted no está loco, yo no estoy loco. Pero ninguno de los dos es un rey, ¿se da usted cuenta? Supongo que iba a decirle a Argaven, de un modo claro y racional, que la misión de usted es la de intentar una alianza entre Gueden y Ecumen. Y, de un modo claro y racional, ya está enterado, porque como usted sabe yo mismo se lo he dicho. Le presenté el caso de usted, traté de interesarlo. Todo se hizo mal, en un mal momento. Olvidé, estando tan interesado yo mismo, que Argaven es un rey, y no ve las cosas de modo racional sino como un rey. Todo lo que le dije significa para Argaven que su poder está amenazado, que el reino es una mota de polvo en el espacio, y una fruslería para hombres que gobiernan un centenar de mundos.

–Pero el Ecumen no gobierna, coordina. No tiene

otro poder que el de los mundos y estados miembros. Aliado al Ecumen, Karhide estará menos amenazado que nunca, y será mucho más importante.

Estraven guardó silencio y se quedó mirando el fuego; las llamas centelleaban reflejadas en el vaso y la ancha y brillante cadena de plata que el guedeniano llevaba sobre los hombros. La vieja casona estaba en silencio. Durante la cena nos había atendido un sirviente, pero los karhíderos, no teniendo instituciones que hagan posible la esclavitud o lazos de servidumbre, alquilan servicios, y no gente, y a esta hora los sirvientes se habían ido todos a sus casas. Un hombre como Estraven debía de tener guardianes, pues el asesinato político es una costumbre común en Karhide, pero yo no había visto ni oído a ningún guardia. Estábamos solos.

Estaba solo, con un extranjero, entre los muros de un palacio sombrío, en una nevosa ciudad extranjera, en el corazón de la Edad de Hielo, y en un mundo extraño.

Todo lo que yo había dicho, esa noche y desde el instante en que había llegado a Invierno, me pareció de pronto increíble y estúpido. ¿Cómo podía esperar que este hombre, o cualquiera, creyese mis historias de otros mundos, de otras razas, de un vago y benevolente gobierno instalado en el espacio exterior? Todo era un disparate. Yo había aparecido en Karhide en una nave rara, y en algunos aspectos era distinto de los guedenianos. Esto necesitaba de una explicación. Pero mis explicaciones habían sido arrogantes y absurdas. En ese momento ni yo mismo las creía.

–Yo le creo a usted –me dijo Estraven, el extranjero, el extraño que estaba a solas conmigo; y yo había estado tan absorto en mis preocupaciones que alcé sorprendido los ojos–. Temo que Argaven también le crea. Pero no confía en usted. En parte porque ya no confía en mí. He cometido errores, me mostré descuidado. Ni siquiera puedo pedirle a usted que me tenga confianza, pues lo he puesto en peligro. Olvidé lo que es un rey, olvidé que el rey se siente karhíder, olvidé el patriotismo, y que el rey es por necesidad el perfecto patriota. Permítame una pregunta, señor Ai: ¿sabe usted, por propia experiencia, lo que es el patriotismo?

–No –dije, sacudido por la fuerza de esa intensa personalidad que ahora se volcaba enteramente sobre mí–. No me parece. Si por patriotismo no entiende usted el amor al sitio natal, pues eso sí lo conozco.

–No, no hablo del amor cuando me refiero al patriotismo, hablo del miedo. El miedo del otro. Y las expresiones de ese miedo son políticas, no poéticas: odio, rivalidad, agresión. Crece en nosotros, ese miedo crece en nosotros año a año. Nuestro camino nos llevó demasiado lejos. Y usted, que procede de un mundo donde las naciones desaparecieron hace siglos, que apenas entiende de qué hablo, que nos ha mostrado el nuevo camino... –Estraven hizo una pausa y luego continuó diciendo, dueño otra vez de sí mismo, tranquilo y cortés–: Es ese miedo lo que ahora me impide apoyarlo a usted en la corte. Pero no miedo por mí, señor Ai. No estoy actuando patrióticamente. Al fin y al cabo también hay otras naciones en Gueden.

Yo no entendía adónde quería llegar Estraven, pero estaba seguro de que no decía lo que parecía decir. De todas las almas enigmáticas, obstructivas, oscuras que yo había encontrado en esta ciudad helada, esta era la más oscura. Yo no entraría en esa partida laberíntica. No respondí. Un momento después Estraven continuó, con cierta cautela:

–Si lo he entendido bien, los ecúmenos se interesan

sobre todo en el bienestar de la humanidad. Los orgotas, por ejemplo, saben ya cómo subordinar los intereses locales al interés general, y de esto no hay experiencia en Karhide. Y los comensales de Orgoreyn son casi todos gente cuerda, aunque poco inteligente, mientras que el rey de Karhide no solo es loco, sino también estúpido.

Era evidente que Estraven no conocía la lealtad. Le dije, algo disgustado:

—Entonces, estar al servicio del rey debe de ser una tarea difícil.

—No sé si he estado alguna vez al servicio del rey —dijo el primer ministro del rey—. O si lo he intentado. No soy el sirviente de nadie. Un hombre no ha de tener otra sombra que la propia...

Los gongos de la torre Remni estaban dando la hora sexta, medianoche, y aproveché para irme. Me estaba poniendo el abrigo junto a la puerta cuando Estraven me dijo:

—He perdido mi oportunidad, ya que usted, supongo, dejará Erhenrang —¿por qué lo suponía?—, pero llegará un día en que podremos hablar de nuevo. Hay tantas cosas que quiero saber... Acerca de cómo piensan las mentes de ustedes en particular. Apenas ha empezado usted a explicármelo.

La curiosidad de Estraven parecía de veras genuina. Tenía la desfachatez de los poderosos. Las promesas de ayuda también habían parecido genuinas. Le dije que sí, por supuesto, cuando él quisiera, y eso fue el fin de la velada. Estraven me acompañó a cruzar el jardín, cubierto por una delgada capa de nieve a la luz de la luna de Gueden, grande, opaca, bermeja. Sentí un escalofrío cuando salimos, pues la temperatura había descendido a bajo cero, y Estraven me dijo en un tono de sorpresa cortés:

–¿Tiene usted frío?

Para él, por supuesto, era una tibia noche de primavera. Yo estaba cansado y abatido.

–He tenido frío desde que llegué a este mundo –aseguré.

–¿Cómo llama usted a este mundo?

–Gueden.

–¿Nunca lo llamaron con un nombre de su lengua?

–Sí, los primeros exploradores. Lo llamaron Invierno.

Nos habíamos detenido a las puertas del jardín amurallado. Fuera, los muros y techos del palacio se alzaban confusamente como cimas nevadas y oscuras, iluminadas aquí y allá por el débil resplandor amarillo de las ventanas. Alcé los ojos, de pie bajo el techo abovedado, y me pregunté si la clave del arco estaría también cimentada con sangre y huesos. Estraven se volvió, abandonándome. Nunca se entretenía en recibimientos y despedidas. Salí atravesando los patios y callejones silenciosos del palacio, y las calles bajas de la ciudad. La nieve iluminada por la luna crujía bajo mis botas. Me sentía helado, desanimado, obsesionado por la perfidia, y la soledad, y el miedo.

2

En el corazón de la tormenta

De una colección de cuentos populares de Karhide del Norte, grabada en cinta durante el reino de Argaven VIII; conservada en los archivos del Colegio de Historiadores de Erhenrang; narrador desconocido.

Alrededor de doscientos años atrás, en el hogar de Shad en la frontera de la Tormenta, vivían dos hermanos que se habían prometido kémmer mutuo. En aquellos días, como ahora, se permitía el kémmer a los hermanos de sangre hasta que uno de ellos concebía un niño; luego estaban obligados a separarse; de modo que no se les permitía prometerse kémmer por toda la vida. No obstante, estos hermanos así se lo habían prometido. Cuando una criatura fue concebida, el Señor de Shad les ordenó quebrar el voto y no juntarse nunca más en kémmer. Uno de los hermanos, el que llevaba el niño, se sintió desesperado, no atendió a consejos ni a palabras de consuelo, y se suicidó envenenándose. La gente del hogar se alzó entonces contra el otro hermano, expulsándolo del hogar y del dominio, y haciendo recaer sobre él la venganza del crimen. Y como había sido exiliado por su propio Señor, y la historia se difundió enseguida, nadie quería darle albergue, y después de aceptarlo como huésped los tres días de costumbre, todos lo ponían en la calle, como a un proscrito. Así fue de sitio en sitio hasta comprobar que no había compasión para él en su propia tierra, y que su crimen no sería olvidado.[1] No había querido creer que fuera así, pues era todavía joven y sensible. Cuando comprendió la verdad, regresó a las tierras de Shad, y se detuvo como un exiliado en el umbral del hogar exterior. Así les habló a los compañeros que estaban allí:

–No tengo cara entre los hombres. No me ven. Hablo y no me oyen. Llego y no me saludan. No hay para mí sitio junto al fuego, ni comida en la mesa, ni cama donde pueda descansar. Sin embargo, conservo mi nombre: me llamo Guederen. Dejo este nombre como una maldición sobre el hogar, y también mi vergüenza. Quedan a vuestro cuidado. Ahora, sin nombre, me iré y encontraré mi muerte.

Algunos de los hombres del hogar saltaron entonces gritando, en tumulto, con la intención de matar a Guederen, pues el asesinato es una sombra menos pesada que el suicidio. Guederen escapó y corrió en dirección norte, hacia el hielo, más rápido que todos sus perseguidores. La gente volvió a Shad alicaída. Pero Guederen continuó andando y al cabo de dos días llegó al Hielo de Perin.[2]

Durante dos días caminó por el Hielo hacia el norte. No llevaba comida, ni tenía otro abrigo que una

1. La transgresión del código que regulaba los incestos se interpretó como crimen cuando fue entendida como causa del suicidio del hermano. (G. A.)

2. El Hielo de Perin es la capa glacial que cubre la región norte de Karhide, y es (en invierno, cuando se hiela la bahía de Guden) vecina al Hielo de Gobrin de Orgoreyn.

chaqueta. Nadie vive en el Hielo, y tampoco hay animales. Era el mes de susmi, y en esos días y noches caían las primeras grandes nevadas. Guederen caminaba solo en la tormenta. Al segundo día notó que estaba debilitándose. A la segunda noche tuvo que acostarse y dormir un poco. Al despertar, la tercera mañana descubrió que se le habían escarchado las manos, y también los pies, aunque no podía sacarse las botas y mirarlos, pues tenía las manos inutilizadas. Continuó la marcha a rastras, apoyándose en codos y rodillas. No había motivo, pues no importaba mucho que muriera en un sitio o en otro, pero sentía que tenía que ir hacia el norte.

Después de un tiempo la nieve dejó de caer a su alrededor, y sopló el viento. Salió el sol. Guederen no podía ver muy lejos mientras se arrastraba, pues la capucha de piel le cubría los ojos. Como ya no sentía frío en las piernas, los brazos y la cara, pensó que la escarcha lo había entumecido. Sin embargo, todavía podía moverse. La nieve del glaciar tenía un aspecto extraño, como si fuese una hierba blanca que crecía sobre el hielo. Cuando Guederen la tocaba, la nieve se doblaba y se enderezaba otra vez, como briznas de hierba. Guederen dejó de arrastrarse y se sentó, echando atrás la capucha. Los campos de hierba de nieve, blancos y brillantes, se extendían hasta perderse de vista. Había montes de árboles blancos, con hojas blancas. Brillaba el sol, y no había viento, y todo era blanco. Guederen se sacó los guantes y se miró las manos, blancas como la nieve; sin embargo, no había escarcha en ellas ahora, y podía usar los dedos, y mantenerse de pie. No sentía dolor, ni frío, ni hambre.

Vio a lo lejos sobre el hielo, hacia el norte, una torre blanca, como la torre de un dominio, y desde aquel sitio alguien se acercaba caminando. Al cabo de un rato, Guederen pudo ver que el desconocido estaba desnudo y que tenía la piel y el pelo blancos. Se acercó todavía más, y al fin Guederen habló.

–¿Quién eres?

El hombre blanco dijo:

–Soy tu hermano y tu kemmerante, Hode.

Hode era el nombre del hermano suicida. Y Guederen vio que el hombre blanco era realmente su hermano en cuerpo y cara. Pero no llevaba ya vida alguna en el vientre, y la voz le sonaba apenas, como un crujido en el hielo.

–¿Qué lugar es este? –preguntó Guederen.

–Es el corazón de la tormenta. Quienes se suicidan viven aquí. Aquí tú y yo mantendremos nuestro voto.

Guederen estaba asustado.

–No me quedaré –dijo–. Si hubieses ido conmigo a las tierras del Sur, podríamos haber estado juntos y guardar el voto hasta el último día, ya que nadie sabría de nuestra transgresión. Pero tú quebraste el voto, abandonándolo junto con la vida. Y ahora no puedes pronunciar mi nombre.

Era cierto. Hode movió los labios blanquecinos, pero no pudo pronunciar el nombre del hermano.

Se acercó rápidamente a Guederen, extendiendo los brazos, y tomándolo por la mano izquierda. Guederen se libró, y escapó corriendo, corrió hacia el sur, y vio mientras corría que allí delante se alzaba un muro blanco de nieve que venía de lo alto, y cuando entró en el muro cayó otra vez de rodillas y ya no pudo caminar, y tuvo que arrastrarse.

En el noveno día de marcha sobre el hielo, fue encontrado por gente del hogar de Orhoch, que se extendía al norte de Shad. No sabían de dónde venía, ni quién era; lo encontraron arrastrándose por la nieve, hambriento, ciego, la cara ennegrecida por el sol y la escarcha. Al principio no podía hablar. No había sufrido ninguna lesión grave, sin embargo, excepto en la mano izquierda, que se le había congelado y tuvo que ser amputada. Algunos dijeron que era Guederen de Shad, de quien habían oído hablar; otros opinaron que esto no era posible, pues aquel Guederen se había internado en los hielos en las primeras borrascas del otoño, y tenía que haber muerto. Él mismo negó que se llamara Guederen. Cuando se sintió mejor dejó Orhoch y la frontera de Tormentas y fue hacia las tierras del Sur, haciéndose llamar Ennoch.

Cuando Ennoch era un anciano que vivía en los llanos del Rer se encontró con un hombre de su propia región y le preguntó:

–¿Cómo va todo en el dominio de Shad?

El otro le dijo que Shad era un dominio enfermo. Nada prosperaba allí, ni en el hogar ni en los cultivos, todo estaba atacado por la peste. Las semillas de primavera se helaban en los campos y el grano maduro se echaba a perder, y así había sido durante muchos años. Entonces Ennoch le dijo:

–Soy Guederen de Shad –y le dijo cómo había marchado por los hielos, y lo que allí había encontrado. Llegó al fin de la historia y añadió–: Di en Shad que tomo de vuelta mi nombre y mi sombra.

No muchos días después, Guederen enfermó y murió. El viajero llevó las palabras de Guederen a Shad, y dicen que desde ese entonces el dominio prosperó de nuevo, y todo anduvo como se esperaba en los cultivos y la casa y el hogar.

3

El rey loco

Dormí hasta tarde y pasé el resto de la mañana leyendo mis propios comentarios sobre el ceremonial palaciego y las notas de los investigadores que me habían precedido. No prestaba atención a lo que leía, pero no importaba, ya que conocía los textos de memoria y estaba leyéndolos solo para acallar esa voz interior que me decía una y otra vez: todo ha salido mal. Cuando no conseguía acallarla, yo me decía una y otra vez que podría arreglármelas muy bien sin Estraven, quizá mejor que con él. Al fin y al cabo, mi trabajo aquí era estrictamente personal. Hay solo un primer móvil. Las noticias de los ecúmenos en cualquiera de los mundos se tienen siempre al principio de labios de un único testigo, un hombre presente allí en carne y hueso, presente y solo. Pueden matarlo, como le ocurrió a Pellelge en Tauro Cuatro, o pueden encerrarlo junto con los locos, como al primer móvil en Gao, y luego al segundo y al tercero; no obstante, la costumbre se mantiene, pues es práctica. Una voz que dice la verdad es más poderosa que las flotas y los ejércitos, si se le da tiempo, mucho tiempo; y tiempo es lo que les sobra a los ecúmenos... «No», decía la voz interior, pero yo la hacía callar, razonando, y así, tranquilo y resuelto, llegué al palacio a la segunda hora. Antes que el rey me recibiera, esa voz ya había enmudecido del todo.

Los guardias y asistentes del palacio me habían llevado a la antesala atravesando los largos pasillos y corredores de la Casa del Rey. Un ayudante me dijo que esperase y me dejó solo en un cuarto alto y sin aberturas. Allí me quedé, engalanado para una audiencia con el monarca. Yo había vendido mi cuarto rubí (según el informe de los investigadores los guedenianos valoraban las joyas de carbono, tanto como los terrestres, y llegué a Invierno con un puñado de gemas que pagarían mis gastos) y había gastado un tercio del dinero en ropas para el desfile del día anterior y la audiencia de hoy: todo nuevo, muy pesado y trabajado, como es siempre la ropa en Karhide: una camisa blanca de piel, pantalones grises, una túnica larga algo semejante a un tabardo, un hieb de cuero azul verdoso, gorra nueva, guantes nuevos sujetos en el ángulo adecuado al cinturón suelto del hieb, botas nuevas... La seguridad de ir bien vestido me hizo sentir todavía más cómodo y decidido. Miré tranquilamente a mi alrededor; como todas las habitaciones de la Casa del Rey, esta era alta, roja, vieja, desnuda, y de un ambiente frío y mohoso, como si las corrientes de aire vinieran no de otros cuartos sino de otros siglos. Un fuego bramaba en la chimenea, pero no servía de mucho. Los fuegos de Karhide son para calentar el espíritu, no la carne. La Edad de los Inventos industriales y mecánicos se inició en Karhide hace tres mil años, y durante todo ese tiempo se desarrollaron allí excelentes y económicos sistemas de calefacción central, de vapor, eléctricos, y otros, pero nunca se los instaló en las casas. Quizá temían perder la resistencia fisiológica a las inclemencias del tiempo, como esos pájaros árticos que se conservan en ambientes caldeados, y a quienes se les hielan las patas cuando se los suelta al frío. Yo, no obstante, un ave tropical, siempre sentía frío: un cierto frío al aire libre y otro dentro de las casas, un frío continuo que me calaba hasta los huesos. Caminé por el cuarto tratando de calentarme. Había pocas cosas en esa alargada salita: un taburete y una mesa con un tazón de dedales de piedra y un viejo aparato de radio de madera labrada, con aplicaciones de plata y hueso; un noble producto artesano. El aparato susurraba algo, y cuando aumenté el volumen oí que el canturreo se interrumpía y era reemplazado por las noticias de Palacio. Los karhíderos no son muy aficionados a la lectura, y prefieren oír –y no leer– cuentos y noticias. Los libros y los aparatos de televisión son menos comunes que las radios, y no hay periódicos impresos. Yo me había perdido las noticias de la mañana en el aparato de mi habitación, y oía ahora a medias, pensando en alguna otra cosa, hasta que la repetición del nombre me llamó la atención, y dejé de pasearme. ¿Qué decían de Estraven? Leían una proclama.

–«Derem Har rem ir Estraven, Señor de Estre en Kerm, pierde por esta orden el título real y el sitio que ocupaba en la Asamblea del Reino y se lo conmina a abandonar el reino y todos los dominios de Karhide. Si no sale del reino y los dominios en un plazo de tres días, o si retorna alguna vez al reino, podrá ser ejecutado por cualquier ciudadano, sin necesidad de otro juicio. Ningún habitante de Karhide hablará o dará asilo a Har rem ir Estraven en casas o tierras, o será castigado con prisión, y no le prestará dinero o bienes, ni tomará sobre él ninguna deuda de Har rem ir Estraven, o será castigado con prisión y multa. Que todos los ciudadanos de Karhide sepan y digan que el crimen por el que se destierra a Har rem ir Estraven es el crimen de traición, habiendo insinuado privada y públicamente, en la Asamblea y el Palacio, y excusándose en la pretensión de leales servicios al rey, la conveniencia de que la nación-dominio de Karhide ceda su soberanía y rinda su poder, pasando a ser una nación sojuzgada y débil, dentro de una cierta inexistente Unión de Pueblos, la que es solo una excusa y una ficción inventada por conspiradores traidores para debilitar la autoridad del rey, y beneficiar así a los verdaderos enemigos del país. Odguirni tuva, hora octava, en el Palacio de Erhenrang: Argaven Harge.»

Esta orden, ya impresa, apareció más tarde en puertas y muros de la ciudad, y mi transcripción es una copia literal de uno de esos anuncios.

Mi primer impulso fue apagar la radio, como para impedir que propalara más pruebas contra mí, y me escurrí hacia la puerta. Enseguida, por supuesto, me detuve. Volví a la mesa junto a la chimenea, y me quedé allí, de pie. Ya no me sentía ni tranquilo ni resuelto. Tenía ganas de abrir mi maleta, sacar el ansible, y enviar un mensaje urgente a Hain. Reprimí también este impulso, que era más insensato que el anterior. Por fortuna no hubo tiempo para otros impulsos. La puerta doble del extremo de la sala se abrió de par en par, y el guardia se hizo a un lado.

–Genry Ai –me anunció (mi nombre es Genly, pero los karhíderos no pueden pronunciar la «ele») y me dejó en la Sala Roja donde me esperaba el rey Argaven XV.

Una habitación inmensa, alta y larga, aquella Sala Roja de la Casa del Rey. Quinientos metros abajo hasta las chimeneas. Quinientos metros arriba hasta el techo de vigas de madera, de donde colgaban unos paños o estandartes, de color rojo, polvorientos, estropeados por los años. Las ventanas no eran más que ranuras o hendiduras en las anchas paredes, las luces escasas, elevadas y débiles. Mis botas nuevas chillaban «ec, ec, ec, ec» mientras yo iba caminando hacia el otro extremo del cuarto, hacia el rey; un viaje de seis meses. Argaven estaba de pie, frente a la chimenea del centro, la mayor de las tres, y sobre un tablado bajo o plataforma: una figura breve, envuelta en un resplandor rojizo, algo rechoncha, muy tiesa, oscura, donde no se distinguía nada excepto el centelleo del anillo de sello que llevaba en el pulgar.

Me detuve al pie del tablado, como me habían advertido, y no dije ni hice nada.

—Arriba, señor Ai. Siéntese.

Obedecí, tomando la silla de la derecha, junto a la chimenea central. Me habían instruido en todo esto. Argaven no se sentó; se quedó a tres metros de distancia, con las llamas ruidosas y brillantes detrás, y dijo al fin:

—Dígame lo que tiene que decirme, señor Ai. Trae un mensaje, según cuentan.

La cara que se volvía hacia mí, envejecida y devastada por el resplandor del fuego y las sombras, era tan inexpresiva y cruel como la luna, la opaca luna bermeja de Invierno. Argaven parecía menos real, menos viril que cuando se lo veía de lejos, entre cortesanos. Hablaba con una voz fina, y torcía la fiera cabeza lunática en un ángulo de curiosa arrogancia.

—Señor, lo que tenía que decir se me ha olvidado. Acabo de enterarme de la desgracia del señor Estraven.

Argaven sonrió, mostrando los dientes en una mueca inmóvil, y enseguida rio, chillando, como una mujer enojada que quiere parecer divertida.

–Maldita sea –dijo–, ¡ese traidor orgulloso, falso y perjuro! Usted cenó con él anoche, ¿eh?, y le dijo qué poderoso era, y cómo manejaba al rey, y qué fácil le sería a usted tratar conmigo, pues él le estuvo hablando de mí, ¿no es cierto? ¿Es eso lo que él le dijo, señor Ai?

Titubeé.

–Le diré qué me dijo de usted, si tanto le interesa. Me aconsejó que rechazara una audiencia con usted, que lo hiciese esperar, y hasta que lo mandara a usted a Orgoreyn o a las islas. Todo el último medio mes ha estado diciéndomelo, ¡condenado insolente! ¡Es él quien ha ido a parar a Orgoreyn, ja, ja, ja!

Otra vez la falsa risa chillona; el rey juntó las palmas mientras reía. Un guardia apareció en silencio entre las cortinas del fondo de la plataforma. Argaven lo miró gruñendo y el hombre se esfumó. Todavía riendo y todavía gruñendo, Argaven se me acercó y me miró un rato. Los iris oscuros de los ojos le centellaron con un débil color anaranjado. Yo no había pensado que iba a tenerle tanto miedo.

No se me ocurrió qué curso podía seguir yo entre aquellas incoherencias, excepto el del candor, y dije:

–Solo puedo preguntarle, señor, si se me considera implicado en el crimen de Estraven.

–¿Usted? No. –El rey me miró todavía desde más cerca–. No sé quién diablos es usted, señor Ai, una rareza sexual o un monstruo de artificio o un visitante de los dominios del Vacío, pero no es usted un traidor, solo instrumento de un traidor. Y yo no castigo a instrumentos. Hacen daño solo en manos de un torpe. Permítame que le dé un consejo. –Argaven dijo esto con un énfasis y una satisfacción raros, y aun entonces se me ocurrió que nadie, en los dos años últimos, había intentado dar-

41

me algún consejo. Esa gente respondía a mis preguntas, pero nunca me recomendaba que hiciese esto o aquello, ni siquiera Estraven en los momentos de mayor camaradería. Quizá esto tenga alguna relación con el shifgredor, pensé–. No permita que otros se aprovechen de usted, señor Ai –me estaba diciendo Argaven–. Manténgase alejado de todas las facciones. Cuente usted sus propias mentiras, haga lo que le parezca. Y no confíe en nadie. Maldito sea ese traidor a sangre fría; no confíe en él. Le colgué la cadena de plata del condenado pescuezo, ojalá lo hubiera ahorcado. Nunca le tuve confianza. Nunca. No confíe usted en nadie. Que muera de hambre en los pozos de Mishnori buscando desperdicios, que los intestinos se le pudran, que nunca...

El rey Argaven se estremeció, se ahogó, retuvo el aliento con un estertor, y me volvió la espalda. Pateó unos leños de la chimenea mayor hasta que un torbellino de chispas subió de pronto y le cayó en el pelo y la túnica oscura, y nerviosamente se quitó las chispas de encima, golpeándose con las manos abiertas.

Habló de espaldas con una voz aguda y dolorida:

–Diga usted lo que tiene que decir, señor Ai.

–¿Puedo hacerle una pregunta, señor?

–Sí.

Argaven, de cara al fuego, se balanceaba apoyándose en uno y otro pie. Le hablé a aquella espalda.

–¿Cree usted que soy quien digo que soy?

–Estraven hizo que los médicos me enviaran decenas de grabaciones sobre usted, y otras más de los ingenieros de los talleres donde está su vehículo, etcétera. No es posible que todos mientan, y todos dicen que no es usted humano. ¿Bien?

–Eso significa, señor, que hay otros como yo. Es decir, que soy un representante...

—De esta unión, de esta tutoridad, sí, muy bien, ¿y usted pretende ahora que yo le pregunte por qué lo enviaron aquí?

Aunque Argaven podía no ser demasiado cuerdo o astuto, conocía bien las excusas y argumentos y sutilezas retóricas de aquellos hombres para quienes el propósito principal de la vida era alcanzar y mantener la vida de relación en un elevado nivel de shifgredor. Áreas enteras de esta relación me eran todavía desconocidas, pero yo ya sabía algo acerca de los aspectos competitivos y de prestigio que se presentaban a veces, y el posible resultado: un interminable duelo verbal. El hecho de que yo no estuviera discutiendo con Argaven, sino tratando de comunicarme con él, parecía en sí mismo incomunicable.

—Nunca lo he ocultado, señor. El Ecumen desea una alianza con las naciones de Gueden.

—¿Con qué fines?

—Beneficio material. Mayores conocimientos. La expansión, en complejidad, e intensidad, del campo de la vida inteligente. El acrecentamiento de la armonía y la mayor gloria de Dios. Curiosidad. Aventura. Deleite.

Yo no le hablaba en el lenguaje de quienes gobiernan a los hombres: los reyes, conquistadores, dictadores, generales; en ese lenguaje la pregunta de Argaven no tenía respuesta. Hosco y distraído, el rey miraba el fuego, apoyándose primero en un pie y luego en el otro.

—¿Qué dimensiones tiene este reino de Ninguna Parte, el Ecumen?

—Hay ochenta y tres planetas habitables en el dominio ecuménico, y en ellos alrededor de tres mil naciones o grupos antropomorfos.

—¿Tres mil? Ya veo. Ahora dígame por qué nosotros, uno contra tres mil, hemos de tener alguna relación con todas esas naciones de monstruos que viven en el Vacío.

Argaven se volvió para mirarme, pues estaba aún sosteniendo un duelo, haciéndome una pregunta retórica, casi una broma. Pero la broma no fue muy lejos. Argaven parecía, como me había advertido Estraven, intranquilo, alarmado.

–Tres mil naciones en ochenta y tres mundos, señor; pero el más cercano a Gueden está a diecisiete años de viaje en naves que casi alcanzan la velocidad de la luz. Si ha pensado usted que Gueden podría ser víctima de saqueos y hostigamientos por parte de esos vecinos, no olvide a qué distancia viven. Una operación de saqueo no tiene sentido, si hay que cruzar el espacio. –No hice referencia a la guerra por una buena razón: no hay palabra para «guerra» en karhidi–. El comercio, sin embargo, vale la pena. En ideas y técnicas por medio del ansible; en bienes y artefactos por medio de cohetes de transporte, tripulados o no. Embajadores, eruditos y mercaderes, podrían venir algunos de allá, y podrían ir algunos de aquí. El Ecumen no es un reino, sino una institución coordinadora, una aduana de bienes y conocimientos, pues de otro modo las comunicaciones entre los hombres serían azarosas, y el comercio muy peligroso, como usted puede ver. La vida humana es demasiado corta y si no hubiese una organización central, que asegure la continuidad de las tareas, nos enredaríamos en esos saltos de tiempo que hay entre los mundos. Todos nosotros somos hombres, señor. Todos nosotros. Todos los mundos de los hombres fueron organizándose, desde hace eones, a partir de uno de esos mundos, Hain. Tenemos diferencias, pero somos todos hijos del mismo hogar.

Nada de esto despertó interés alguno en el rey, ni tampoco lo tranquilizó. Continué así un rato, tratando de sugerir que el shifgredor de él mismo, o el de Karhide, sería estimulado, no amenazado por la presencia de los ecúmenos, pero de nada sirvió. Argaven se quedó allí de pie, hosco, como una vieja nutria enjaulada, moviéndose de adelante atrás, de un pie al otro, mostrando los dientes en una mueca de dolor. Me interrumpió.

—¿Son todos tan negros como usted?

Los guedenianos son en general de un color cobrizo amarillento, o castaño rojizo, pero yo había visto a muchos tan oscuros como yo.

—Algunos son más negros. Hay de todos los colores.

Y abrí la maleta (que los guardias del Palacio habían examinado cortésmente en cuatro ocasiones mientras yo me iba acercando a la Sala Roja) y saqué el ansible y algunos documentos. Los documentos (filmes, fotografías, pinturas, activos y algunos cubos) eran una pequeña galería del hombre: gente de Hain, Chiffevar, y los cetianos, y de S y Terra y Alterra, de los Extremos, Kaptein, Ollul, Tauro Cuatro, Rokanan, Ensbo, Cime, Gde y Puerto Sisel. El rey echó una mirada distraída a una pareja.

—¿Qué es esto?

—Una criatura de Cime, una hembra. —Tuve que usar la palabra que los guedenianos reservan para quienes alcanzan la fase culminante del kémmer, siendo la alternativa el nombre del animal hembra.

—¿Permanentemente?

—Sí.

Argaven dejó caer el cubo y se quedó allí, balanceándose, con los ojos clavados en mí o en algo que estaba un poco más lejos.

–¿Son todos así..., como usted?

Esta era la valla que yo no podía quitarles del camino. Al fin tendrían que reconocerlo y acomodar el paso.

–Sí. La fisiología sexual guedeniana, por lo que sabemos hasta ahora, es única entre los seres humanos.

–¿Así que todas las gentes de esos planetas están en kémmer permanente? ¿Una sociedad de perversos? Así lo explicó el señor Tibe, y pensé que bromeaba. Bueno, quizá estos sean los hechos, pero la idea es de veras desagradable, señor Ai, y no veo por qué los seres humanos del planeta desearían o tolerarían alguna clase de relación con criaturas tan monstruosamente distintas. Pero quizá usted ha venido a decirme que no tengo posibilidad de elección.

–La elección, en lo que se refiere a Karhide, depende de usted, señor.

–¿Y si yo lo expulsara?

–Bueno, me iría, señor. Lo intentaría de nuevo, quizá, en la generación siguiente.

En cierto modo, esto trastornó a Argaven.

–¿Es usted inmortal? –estalló.

–No, de ninguna manera, señor. Pero los saltos en el tiempo tienen cierta utilidad. Si dejo Gueden y voy al mundo más próximo, Ollul, tardaré en llegar diecisiete años de tiempo planetario. Los saltos en el tiempo son resultado de los viajes que se acercan a la velocidad de la luz. Si al llegar a Ollul doy media vuelta y regreso, las pocas horas que pasaría en la nave serían aquí treinta y cuatro años, y yo podría empezar de nuevo.

Pero la idea de las idas y venidas en el tiempo, que dando una falsa impresión de inmortalidad había fascinado a todos mis auditorios, desde los pescadores de las islas Horden al primer ministro, no conmovió a Argaven.

–¿Qué es eso? –preguntó la voz chillona señalando el ansible.

–Un comunicador ansible, señor.

–¿Una radio?

–No utiliza ondas de radio, ni ninguna forma de energía. El principio de funcionamiento es la constante de simultaneidad, análoga en cierto modo a la gravedad. –Yo había olvidado otra vez que no hablaba con Estraven, que había leído todos los informes acerca de mí, y había atendido con aplicación e inteligencia a todas mis explicaciones, sino a un monarca aburrido–. La función de este aparato, señor, es la producción simultánea de un mensaje en dos puntos diferentes; uno de ellos tiene que ser fijo, en un planeta que tenga cierta masa, pero el otro extremo es portátil. Este es ese extremo. He levantado las coordenadas para el mundo primero, Hain. Una nave nafal tarda sesenta y siete años en recorrer la distancia Gueden-Hain, pero si escribo el mensaje en este teclado lo recibirán allá en Hain en el mismo momento en que lo escribo. ¿Hay algo que quiera usted decirles a los Estables de Hain, señor?

–No hablo la lengua del Vacío –dijo el rey torciendo la boca en una mueca hosca y maligna.

–Ya les avisé. Habrá allá un ayudante capaz de entender karhidi.

–¿Qué dice? ¿Cómo?

–Bueno, como usted sabe, señor, no soy el primer extraño que llega a Gueden. Antes vino un equipo de investigadores, que no se anunciaron, y que haciéndose pasar por guedenianos estuvieron un año visitando Karhide, Orgoreyn y el Archipiélago. Se fueron al fin e informaron a los consejos del Ecumen, hace unos cuarenta años, durante el reinado del abuelo de usted.

Esos informes eran sobremanera favorables. Y yo estudié un tiempo todos los documentos, y los lenguajes que habían registrado, y después vine. ¿Quiere ver cómo trabaja el dispositivo, señor?

—No me gustan los trucos, señor Ai.

—No es un truco, señor. Algunos de los hombres de ciencia de usted lo han examinado...

—No soy hombre de ciencia.

—Es usted un soberano, mi señor. Los pares de usted en el primer mundo del Ecumen aguardan una palabra suya.

Argaven me miró con furia. Tratando de halagarlo e interesarlo lo había empujado a una prueba de prestigio. Todo estaba saliendo mal.

—Bueno. Pregúntele a esa máquina por qué traiciona un hombre. —Las letras ardieron en la pequeña pantalla y se apagaron. Argaven miraba, inmóvil ahora.

Hubo una pausa, una larga pausa. Alguien, a setenta y dos años luz, trabajaba febrilmente, tratando de arrancarle una respuesta no al ordenador de la lengua karhidi, sino a un ordenador de conocimientos filosóficos. Al fin las letras resplandecieron de nuevo en la pantalla, se quedaron allí un momento, y se borraron lentamente: «Al rey Argaven de Karhide en Gueden, bienvenido. No sé por qué traiciona un hombre. Nadie se confiesa traidor, y es difícil una definición adecuada. Respetuosamente, Spimolle G. F. por los Estables, en Saire, Hain, 93/1491/45».

Cuando las letras se grabaron en la cinta, la saqué y se la di a Argaven. El rey la dejó caer en la mesa, fue otra vez hacia la chimenea mayor, casi hasta el hogar, y pateó de nuevo los leños encendidos, alejando las chispas con las manos.

—Una respuesta que podría haberme dado cualquier profeta. Las respuestas no son suficiente, señor Ai. Ni esa caja de usted, ni esa máquina. Ni el vehículo, la nave. Un saco de triquiñuelas y un hacedor de triquiñuelas. Pretende usted que yo le crea esas historias y mensajes. Pero ¿por qué he de creerle o escuchar? Si hay allá entre las estrellas ochenta mil mundos poblados por monstruos, ¿qué nos importa? No queremos nada de ellos. Hemos elegido nuestro propio camino, y venimos siguiéndolo desde hace tiempo. Karhide está al borde de una nueva época, una nueva gran edad. Seguiremos nuestro propio camino.

Argaven titubeó como si hubiese perdido el hilo de su argumento; no su propio argumento quizá, y en primer lugar. Si Estraven ya no era la Oreja del Rey, lo sería algún otro.

–Y si esos ecúmenos quisieran algo, no lo hubieran enviado a usted solo. Es un chiste, una broma. Esos extraños hubieran llegado aquí a millares.

–Pero no se necesitan mil hombres para abrir una puerta, mi señor.

–Quizá sí, para mantenerla abierta.

–Los ecúmenos esperan que la abra usted, señor. No le exigirán nada. Me enviaron solo y estaré aquí siempre solo para que usted no me tenga miedo.

–¿Para que no le tenga miedo? –dijo el rey, volviendo a mí la cara rayada de sombras, mostrando los dientes, casi gritando, con aquella voz aflautada–. Pero le tengo miedo, Enviado, tengo miedo de quienes lo han enviado aquí. Tengo miedo de los mentirosos, de los tramposos, y sobre todo le tengo miedo a la amarga verdad. Y de este modo gobierno bien a mi pueblo. Pues solo el miedo gobierna a los hombres. Ninguna otra cosa resulta. Ninguna otra cosa dura bastante. Usted es quien dice que es, y sin embargo usted es un chiste, una broma. No hay nada entre los astros sino vacío y terror y oscuridad, y usted viene solo de ahí, tratando de no asustarme. Pero yo ya estoy asustado, y soy el rey. ¡El miedo es rey! De modo que recoja usted esas trampas y triquiñuelas, y váyase. No hay más que decir. He ordenado que se le dé la libertad de Karhide.

Así me alejé de la presencia del rey, «ec, ec, ec», atravesando la bruma rojiza de la larga sala de suelo rojo, hasta que al fin las puertas dobles se cerraron a mis espaldas.

Yo había fracasado. Había fracasado de pies a cabeza. Sin embargo, mientras dejaba atrás la Casa del Rey cruzando los campos del Palacio, lo que me preocupaba no era tanto ese fracaso como la parte que le había caído a Estraven. ¿Lo habrían echado acusándolo de favorecer la causa de los ecúmenos (como podía concluirse de la lectura de la proclama), y sin embargo (de acuerdo con la opinión del propio rey) habría estado haciendo lo contrario? ¿Cuándo y por qué había empezado a aconsejar al rey que no me recibiera? ¿Por qué Estraven estaba ahora en el exilio, y yo en libertad? ¿Quién de los dos había mentido más, y por qué demonios estaban mintiendo?

Estraven para salvar el pellejo, decidí, y el rey para salvar la cara. Una buena explicación. Pero ¿me habría mentido Estraven realmente? Descubrí que no lo sabía.

Yo estaba pasando la casa de la Esquina Roja. Las puertas del jardín habían quedado abiertas. Miré adentro los árboles blancos de sérem que se alzaban sobre el estanque oscuro, los senderos de ladrillo rosado, desiertos en la luz serena y gris de la tarde. A la sombra de las rocas, a orillas del agua, había aquí un poco de nieve. Pensé en Estraven, esperándome allí en la nieve la noche anterior, y sentí una punzada de verdadera piedad por ese hombre que yo había visto en el desfile, transpirado y soberbio bajo el peso de la panoplia y el poder, un hombre ayer en la cima, poderoso y magnífico, y hoy desesperado, caído y terminado. Estraven corría ahora hacia la frontera, con la muerte siguiéndole los pasos a tres días de viaje, y repudiado por todos los hombres. La sentencia de muerte apenas se conoce en Karhide. La vida es dura allí, y dejan la muerte en manos de la naturaleza o de la enfermedad, no en manos de la ley. Me pregunté cómo viajaría Estraven, perseguido por esa sentencia. No en coche, ya que esos vehículos eran todos propiedad del Palacio, y parecía difícil que lo admitieran como pasajero en una nave o una barca de tierra. ¿O iba a pie, llevando consigo solo lo que podía cargar? Los karhíderos viajan sobre todo a pie; no tienen bestias de carga ni vehículos voladores, el clima aminora bastante el tránsito de los coches de motor, y no son gente que muestre prisa. Imaginé a aquel hombre orgulloso yendo al exilio paso a paso, una figurita que se arrastraba por el largo camino al oeste del Golfo. Todo esto me cruzó la mente mientras dejaba atrás la casa de la Esquina Roja, y junto con eso mis especulaciones acerca de los actos y motivos de Estraven y el rey. Yo había terminado para ellos. Había fracasado. ¿Y ahora?

Podía ir a Orgoreyn, vecino y rival de Karhide, pero una vez allí probablemente me sería difícil volver a Karhide, donde habían quedado muchos asuntos inconclusos. No podía olvidar lo que quizá fuera –y estaba bien así– mi única misión en la vida: un trabajo continuo en favor de los ecúmenos. No había prisa. No era necesario correr a Orgoreyn antes de aprender algo más de Karhide, particularmente acerca de las fortalezas. Yo había estado respondiendo preguntas durante dos años, y ahora haría algunas. Pero no en Erhenrang. Había entendido al fin las advertencias de Estraven, y aunque podía haber desconfiado de esas advertencias, no por eso iba a descuidarlas. Estraven me había estado diciendo, aun de un modo indirecto, que yo tenía que alejarme de la ciudad y de la corte. Por alguna razón recordé la sonrisa torcida del señor Tibe... El rey me había dado la libertad del país, y yo le sacaría provecho. Como dicen en la Escuela Ecuménica, cuando la acción deja de servirte, infórmate; cuando la información deja de servirte, duerme. No obstante, yo no tenía sueño e iría al este, a las fortalezas, y los profetas me informarían, quizá.

4

El día decimonono

Una historia oriental de Karhide, tal como fue contada en el hogar Gorinherin por Tobord Chorhava, y registrada por G. A. 931/1492.

El señor Berosti rem ir Ipe vino a la fortaleza Dangerin y ofreció cuarenta berilos y medio año de la cosecha de sus huertas como precio de una profecía, y el precio era adecuado. Se hizo la pregunta al tejedor Odren, y la pregunta era: «¿En qué día moriré?».

Los profetas se reunieron y fueron juntos a la oscuridad. Al fin de la oscuridad Odren dijo la respuesta: «Morirás en odstred» (el día decimonono de cualquier mes).

–¿En qué mes? ¿Dentro de cuántos años? –gritó Berosti, pero el lazo estaba roto, y no había respuesta.

Berosti corrió entrando en el círculo y tomó al tejedor Odren por el cuello, sofocándolo y gritando que si no recibía otra respuesta le quebraría el pescuezo al tejedor. Llegaron otros que lo apartaron y lo sujetaron, aunque Berosti era un hombre fuerte. Luchó entre las manos que lo sostenían y gritó:

–¡Dame esa respuesta!

–Ya ha sido dada, y el precio ha sido pagado. Vete –dijo Odren.

Furioso, Berosti rem ir Ipe regresó a Charude, el tercer dominio de la familia, un sitio mísero en el norte de Osnoriner, que Berosti había empobrecido todavía más para pagar el precio de una profecía. Se encerró en las habitaciones fortificadas, las más altas de la Torre del Hogar, y no salió de allí, por causa de amigos o de enemigos, en tiempos de recoger o de sembrar, de kémmer a aplazamiento, todo ese mes y el próximo, y así pasaron seis meses, y diez meses, y Berosti continuaba encerrado como un prisionero en aquellas habitaciones, esperando. En onnederhad y odstred (los días decimoctavo y decimonono del mes) no comía, no bebía y no dormía.

El kemmerante de Berosti por amor y votos era Herbor, del clan Gueganner. Herbor llegó a la fortaleza Dangerin en el mes de grende y le dijo al tejedor:

–Quiero una profecía.

–¿Qué tienes para dar? –preguntó Odren, pues vio que el hombre estaba pobremente vestido y mal trazado, y que el trineo era viejo, y todo en él necesitaba algún remiendo.

–Daré mi vida –dijo Herbor.

–¿No tienes algo más, mi señor? –le preguntó Odren, hablándole ahora como a un hombre de la nobleza–. ¿Ninguna otra cosa?

–No tengo nada más –dijo Herbor–, pero no sé si mi vida tiene aquí algún valor para vosotros.

–No –dijo Odren–, no tiene valor para nosotros.

Entonces Herbor cayó de rodillas, golpeado por la vergüenza y el amor, y le gritó a Odren:

–Te ruego que respondas a mi pregunta. ¡No es para mí!

–¿Para quién entonces? –preguntó el tejedor.

–Para mi señor y kemmerante, Ashe Berosti –dijo el hombre, y sollozó–. No tiene amor ni alegría, ni señorío desde que vino aquí y le dieron esa respuesta que no es una respuesta. Morirá de eso.

–Sí, claro está, ¿de qué muere un hombre sino de su propia muerte? –preguntó el tejedor Odren. Pero viendo la pasión de Herbor se sintió conmovido, y dijo al fin–: Buscaré una respuesta a tu pregunta, Herbor, y no pediré precio. Pero recuérdalo, siempre hay un precio. Quien pregunta paga lo que tiene que pagar.

Herbor se llevó las manos de Odren a los ojos, en señal de gratitud, y los profetas se reunieron y entraron en la oscuridad. Herbor fue con ellos e hizo la pregunta, y la pregunta decía: «¿Cuánto vivirá Ashe Berosti rem ir Ipe?». Pues Herbor pensaba que de este modo le dirían el número de días, de años, y que ese conocimiento daría una cierta paz al amado Ashe. Luego los profetas se movieron en la oscuridad y al fin Odren gritó de dolor, como si se hubiese quemado en algún fuego: «¡Más que Herbor de Gueganner!».

No era la respuesta que Herbor esperaba, pero era la que había obtenido, y siendo de corazón paciente volvió al hogar de Charude, cruzando las nieves de Grende. Entró en el dominio, fue a las fortificaciones y subió a la torre, y allí encontró al kemmerante Berosti, pálido y distraído como siempre, sentado junto al fuego de cenizas, los brazos descansando sobre una mesa de piedra roja, la cabeza hundida entre los hombros.

–Ashe –dijo Herbor–, he estado en la fortaleza de Dangerin y los profetas me respondieron. Les pregunté cuánto vivirías y la respuesta fue: Berosti vivirá más que Herbor.

Berosti alzó la cabeza, lentamente, como si se le hubieran endurecido las vértebras del cuello, y dijo:

–¿Les preguntaste entonces cuándo moriré?

–Les pregunté cuánto vivirás.

–¿Cuánto? ¡Idiota! Tenías una pregunta para los profetas y no les preguntaste cuándo voy a morir, el día, el mes, el año, cuántos días me quedan, ¡y les preguntaste cuánto! ¡Oh idiota, condenado idiota, más que tú, sí, más que tú!

Berosti alzó la mesa de piedra como si hubiese sido una lámina de hojalata y la arrojó sobre la cabeza de Herbor. Herbor cayó, con la piedra encima. Berosti se quedó allí de pie, un rato, confundido, y al fin levantó la piedra, y vio que Herbor tenía el cráneo destrozado. Puso de nuevo la piedra sobre el pedestal, se acostó junto al hombre muerto, y le echó los brazos alrededor, como si estuvieran en kémmer. Así los encontró la gente de Charude cuando irrumpieron en el cuarto de la torre. Berosti se había vuelto loco, y tuvieron que encerrarlo, pues se pasaba las horas buscando a Herbor, a quien imaginaba en algún sitio del dominio. Vivió así un mes, y luego se suicidó, ahorcándose, en ostred, el día decimonono del mes de dern.

5

La domesticación del presentimiento

Mi ama de llaves, un hombre voluble, arregló mi viaje al este.

—Si alguien quiere visitar las fortalezas ha de cruzar el Kargav. Del otro lado de las montañas, y el antiguo Karhide, hasta Rer, la vieja ciudad de los reyes. Bien, un compadre mío es jefe de una caravana de barcas terrestres en el paso de Eskar, y me decía ayer, mientras bebíamos una copa de orsh, que este verano harán el primer viaje en guedeni osme, pues la primavera ha sido tan templada y el camino a Engohar ya está abierto y en un par de días limpiarán el paso. Bueno, nadie me verá cruzando el Kargav; a mí que me den un techo seguro en Erhenrang. Pero soy un yomeshta, alabados sean los Novecientos que sostienen el trono, y bendita sea la leche de Meshe, y uno puede ser un yomeshta en cualquier parte. Somos muchos los recién venidos, verá usted, pues mi señor Meshe nació hace 2.002 años, pero el viejo camino del handdara es diez mil años más antiguo. Tiene que regresar usted a las Tierras Antiguas si está buscando el camino Antiguo. Bueno, mire, señor Ai. Siempre habrá aquí en esta isla un cuarto para usted, pero me parece prudente de veras que se vaya de Erhenrang un tiempo, pues todos saben ya que el traidor exhibió mucho en Palacio la amistad que le tenía a usted. Ahora que el viejo Tibe es la nueva Oreja del Rey, todo irá otra vez sin tropiezos. Bien, si baja usted a Puerto Nuevo encontrará allí a mi compadre, y si le dice que va de mi parte...

Y así seguía. El hombre, como dije, era voluble, y habiendo advertido que yo no tenía shifgredor aprovechaba toda posibilidad de darme consejos; aunque los disfrazara a menudo con un «si» y un «como si». Tenía a su cargo la superintendencia de la isla; yo lo llamaba mi ama de llaves, pues era ancho de nalgas, que se le sacudían al caminar, de cara redonda y blanda, y de naturaleza fisgona, agradable y bondadosa. Me trataba con amabilidad, y por una pequeña suma mostraba mi cuarto a quienes buscaban emociones extrañas: «¡Vean el cuarto del misterioso Enviado!». Era tan femenino en el aspecto y las maneras que una vez le pregunté cuántos hijos tenía. Puso mala cara. Nunca había dado a luz. Pero había sido progenitor de cuatro. Tuve un pequeño sobresalto, como muchas otras veces. El impacto de una cultura tan diferente no tenía demasiada importancia comparado con el impacto biológico que yo sentía como hombre entre seres humanos que eran, cinco sextas partes del tiempo, hermafroditas neutros.

Las noticias que se oían por radio se referían a menudo a las actividades del primer ministro, Pemmer Harge rem ir Tibe. Muchas eran noticias del norte del valle de Sinod. Tibe, evidentemente, iba a insistir en las aspiraciones de Karhide a esa zona, precisamente la clase de actos que en cualquier otro mundo en esa misma etapa de civilización llevaría a la guerra. Pero en Gueden nada llevaba a la guerra. Disputas, asesinatos, enemistades, todo esto cabía en el repertorio humano de Gueden, pero no llevaba a la guerra. Estas gentes parecían carecer de la capacidad de movilizar. Se comportaban en este sentido como bestias, o como mujeres. No se comportaban como hombres o como hormigas. Nunca lo habían hecho hasta ahora. Lo que yo conocía de Orgoreyn indicaba que en los últimos cinco o seis siglos se había convertido en una nación cada vez más capaz de ser movilizada, una verdadera nación-estado. La competencia de prestigio, hasta entonces limitada sobre todo a lo económico, podía obligar a Karhide a emular a aquel vecino mayor, a dejar de ser una familia mal avenida, como había dicho Estraven, para transformarse en cambio en una nación, y además en una nación patriótica, como también había dicho Estraven. Si esto llegaba a ocurrir, los guedenianos tendrían una buena posibilidad de convertirse en un pueblo preparado para la guerra.

Yo quería ir a Orgoreyn y comprobar si mis hipótesis eran válidas, pero antes tenía que cerrar mis asuntos en Karhide. De modo que vendí otro rubí al joyero de la cara cubierta de cicatrices que tenía una tienda en la calle Eng, y sin otro equipaje que mi dinero, el ansible, unos pocos instrumentos, y una muda de ropa, el primer día del primer mes del verano inicié mi viaje como pasajero de una caravana de mercaderes.

Las barcas de tierra partieron al alba desde los muelles barridos por el viento. Dejaron Puerto Nuevo, pasaron bajo el Arco y doblaron hacia el este: veinte vehículos oruga parecidos a barcazas, pesados, lentos, que se desplazaban en columna por las calles de Erhenrang entre las sombras de la mañana. Las barcas transportaban cajas de gafas, carretes de cinta grabada, alambres de cobre y platino, telas de fibra vegetal de los Bajos del Oeste, cajones de escama seca de pescado del

Golfo, sacos de cojinetes y otros implementos mecánicos, y diez carretadas de grano kardik orgota: carga destinada a la frontera de Tormentas de Perin, el rincón noroeste del país. Todo el transporte de mercancías del Gran Continente recurre a estos vehículos movidos por la electricidad y llevados en barcazas cuando los ríos y canales son navegables. Durante los meses de nevadas, el único transporte, aparte de los esquís y trineos manejados por el hombre, son unos tractores-arados muy lentos, trineos de motor, y unas erráticas naves de hielo que se deslizan sobre los ríos helados. Durante el deshielo no se puede confiar en ninguna clase de transporte, de modo que la mayor parte del tráfico se hace deprisa a principios del verano. Los caminos están entonces atestados de caravanas. Las autoridades vigilan el tránsito, y todos los vehículos y las caravanas tienen que mantenerse en continuo contacto de radio con los puestos de la ruta. Los vehículos se mueven a una velocidad media de cuarenta kilómetros por hora (terrestre). Los guedenianos podrían dar mayor velocidad a estos vehículos, pero no lo hacen. Si se les pregunta por qué no, responden siempre «¿Para qué?». Como si le preguntáramos a un terrestre por qué motivo todos nuestros vehículos van tan rápido. Todos contestarían «¿Por qué no?». Es una cuestión de preferencias. Los terrestres piensan que han de ir adelante, que es necesario progresar. La gente de Invierno, que vive siempre en el año uno, siente que el progreso es menos importante que la presencia. Mis gustos eran terrestres, y cuando dejamos Erhenrang la marcha metódica de la caravana llegó a impacientarme. Yo tenía ganas de bajar y echar a correr. Me alegraba dejar atrás aquellas calles de piedra que serpeaban entre empinados techos negros y torres innumerables, esa ciudad sin sol donde todas mis posibilidades se habían transformado en miedo y en traición.

Después de subir a los macizos de Kargav, la caravana se detuvo brevemente pero a menudo en las posadas del camino. En las primeras horas de la tarde, desde lo alto de una loma, vislumbramos por primera vez la línea de la cordillera. Vimos Kostor, que tiene cinco mil metros de altura; el vasto declive del lado oeste ocultaba las cimas del norte, que en algunos casos alcanzaban una altura de diez mil metros. Al sur del Kostor, una cadena de picos blancos se alzaba contra el cielo incoloro. Conté trece picos, el último una bruma indefinida en el horizonte sur. El conductor me dio los nombres de los trece picos y me contó historias de avalanchas, y barcas de tierra que el viento de las montañas había arrastrado fuera del camino, y tripulaciones enteras aisladas durante semanas en alturas inaccesibles, y otros episodios parecidos, todo con el amable propósito de aterrorizarme. Me habló de la vez en que vio caer un camión a un precipicio de unos trescientos metros; lo más notable, dijo, fue la lentitud de la caída. Le pareció que el vehículo flotaba cayendo en el abismo, toda la tarde, y al fin se alegró de ver cómo desaparecía, sin ningún sonido, en la capa de nieve del fondo, de más de doce metros de espesor.

A la hora tercera nos detuvimos a cenar en una posada: un sitio amplio de anchas y ruidosas chimeneas y cuartos espaciosos de techo de vigas y numerosas mesas con buena comida, pero no nos quedamos a pasar la noche. La nuestra era una caravana diurna nocturna, que se apresuraba (en estilo karhidi) a ser la primera de la estación en la región de Tormentas de Perin, y recoger allí la crema del mercado. Recargaron las baterías del vehículo, un nuevo turno de conductores ocupó sus puestos, y continuamos la marcha. Un camión de la caravana servía como dormitorio, solo para los conductores. No había camas para pasajeros. Pasé la noche en la cabina, helado en el duro asiento, con una interrupción alrededor de medianoche para comer algo en una posada pequeña de las lomas. Karhide no es un país cómodo. Desperté al alba y vi que todo había quedado atrás y estábamos en un escenario de piedra, hielo y luz, y el camino estrecho subía y subía bajo nuestros pasos. Pensé, estremeciéndome, que había cosas más importantes que la comodidad; uno no era una mujer anciana, o un gato doméstico.

1. No había más posadas ahora, entre esas tremendas extensiones de nieve y granito. A la hora del almuerzo las barcas fueron deteniéndose en silencio, una tras otra, en un declive de 30° cubierto de nieve, y todos bajaron de las cabinas, y se reunieron alrededor de la barca-dormitorio, donde servían tazones de sopa caliente, hogazas secas de pan de manzana y cerveza amarga en frascos. Nos quedamos allí, golpeando el suelo con los pies, comiendo y bebiendo, de espaldas al viento áspero que arrastraba un polvo centelleante: nieve seca. Volvimos luego a las barcas y continuamos la marcha, arriba y adelante. Al mediodía, en los pasos de Vehod, de alrededor de cuatro mil metros, había 25 °C al sol y diez bajo cero a la sombra. Los motores eléctricos eran tan silenciosos que uno podía oír el desplazamiento de las nieves en los inmensos macizos azules del otro lado de los abismos, a treinta kilómetros de distancia.

A la tarde llegamos al pie del Eskar, de cinco mil setenta metros de altura. Mirando la empinada cara del sur del monte Kostor, por donde habíamos estado trepando todo el día con movimientos infinitesimales, vi una rara formación de roca a unos quinientos metros de altura sobre el camino, y que parecía un castillo.

–¿Ve allá arriba la fortaleza? –me preguntó el conductor.

–¿Es eso un edificio?

–La fortaleza de Ariskostor.

–Pero nadie puede vivir ahí.

–Oh, los viejos pueden. En otro tiempo yo conducía una caravana que les traía alimentos de Erhenrang, a finales del verano. Por supuesto nadie podía salir o entrar en diez de los once meses del año, pero no les importaba. Hay ahora siete u ocho reclusos allá arriba.

Alcé los ojos a aquel emplazamiento de roca viva, solitaria en la vasta soledad de las alturas, y no creí al conductor, pero suspendí mi incredulidad.

El camino descendía serpenteando del extremo norte al extremo sur, bordeando precipicios, pues el lado este del Kargav es más abrupto que el oeste, y desciende a las llanuras en altos escalones, fallas geológicas de la época en que aparecieron las montañas. Al atardecer vimos un hilo de puntos diminutos que se arrastraba a través de una inmensa mancha blanca allá abajo, a más de dos mil metros: una caravana de barcas que había dejado Erhenrang un día antes que nosotros. Llegamos al día siguiente, a la tarde, y nos deslizamos por el mismo declive nevado, muy pausadamente, en silencio, pensando que un solo estornudo podía desencadenar una avalancha. Desde allí vimos durante un momento, abajo y más allá de nosotros, hacia el este, unas vastas tierras cubiertas de nubes y de sombras de nubes y rayadas por ríos de plata; las llanuras de Rer.

En el anochecer del cuarto día desde nuestra partida de Erhenrang llegamos a Rer. Entre las dos ciudades hay mil setecientos kilómetros, un muro de varios kilómetros de altura, y dos o tres mil años. La caravana se detuvo fuera de las Puertas Occidentales, donde los camiones embarcan en las balsas de los canales. En Rer no puede entrar ninguna barcaza de tierra, ni ningún coche. Fue construida antes que Karhide utilizara vehículos motorizados, y habían estado utilizándolos durante veinte siglos. No hay calles en Rer. Hay pasos cubiertos, como túneles, y en verano las gentes caminan por encima o por abajo, según les parezca. Las casas, las islas y los hogares se suceden en todas direcciones, de un modo caótico, en una profusa y prodigiosa confusión que de pronto culmina (como siempre culmina la anarquía karhidi) en verdadero esplendor: las altas torres del palacio de Un, rojas como la sangre, y sin ventanas, construidas hace diecisiete siglos. Allí se albergaron los reyes de Karhide durante todo un milenio, hasta que Argaven Harge, primer rey de la dinastía, cruzó el Kargav y se estableció en el valle de la Cascada del Oeste. Todos los edificios de Rer son fantásticamente macizos, de sólidos cimientos inmunes a los rigores del clima, y a prueba de agua. En invierno, el viento de los llanos barre la nieve de la ciudad, pero cuando la nieve se apila no limpian las calles, aunque en verdad no tienen calles que limpiar. Se desplazan entonces por los túneles de piedra, o abren agujeros temporales en la nieve. De las casas solo emergen los techos, y las puertas de invierno están instaladas bajo los aleros o en el techo mismo como puertas-trampa.

El deshielo es mala época en esa llanura de muchos ríos.

Entonces los túneles son alcantarillas, y los espacios entre las casas se transforman en lagos o canales, por donde van y vienen las gentes de Rer, remando, apartando trozos de hielo con los remos. Y siempre, por encima del polvo del verano, los tejados nevados del invierno, o las aguas primaverales, se alzan las torres rojas, el corazón desierto de la ciudad, indestructible.

Me alojé en una posada donde el precio de las habitaciones era notablemente alto, a sotavento de las torres. Me levanté al alba, después de una noche de pesadillas, y le pagué a ese extorsionador la cama, el desayuno y unas indicaciones erróneas a propósito del camino por donde yo quería ir. Salí a pie en busca de Oderhord, una antigua fortaleza no muy apartada de Rer. A cincuenta metros de la posada ya me encontré perdido. Dejando atrás las torres y con la alta cima del Kargav a mi derecha, salí de la ciudad hacia el sur, y el hijo de un labrador que encontré en el camino me dijo dónde tenía que doblar hacia Oderhord.

Llegué allí al mediodía. Esto es, llegué a algún sitio al mediodía, pero yo no sabía bien adónde. Era aquello una floresta o un bosque, pero los árboles parecían más cuidados que de costumbre en ese país donde se les prestaba mucha atención y el sendero corría por la falda de la montaña entre los árboles. Al cabo de un rato advertí a mi derecha, no lejos del camino, una casita de madera, y poco más allá, a la izquierda, otra construcción mayor, también de madera, y de alguna parte llegaba el olor fresco y delicioso de unas frituras de pescado.

Fui lentamente por el sendero, algo intranquilo. Yo no sabía qué opinaban los handdaratas de los turistas.

En verdad yo sabía muy poco de ellos. El handdara es una religión sin instituciones, sin sacerdotes, sin jerarquías, sin votos y sin credo; no sé todavía si tienen o no Dios. Es una religión elusiva, que se nos aparece siempre como alguna otra cosa. La única manifestación constante del handdara es la que se muestra en las fortalezas, sitios de retiro donde la gente va a pasar una noche, o la vida entera. No me hubiese interesado tanto en investigar este culto curiosamente intangible en sus lugares secretos, si yo no hubiera deseado una respuesta a la pregunta que los investigadores habían dejado sin contestar: ¿quiénes son los profetas y qué hacen realmente?

Yo había estado en Karhide más tiempo que los investigadores, y pensaba a veces que las historias a propósito de los profetas y sus profecías podían no ser ciertas. Las leyendas de predicciones son muy comunes en todos los dominios del hombre. Los dioses hablan, los espíritus hablan, los ordenadores hablan. La ambigüedad oracular o la probabilidad estadística alimentan a los crédulos, y la fe borra las discrepancias. Sin embargo, valía la pena investigar las leyendas. Yo no había encontrado aún a ningún karhíder que aceptase la posibilidad de comunicaciones telepáticas; no creerían hasta que no vieran: exactamente mi posición a propósito de los profetas del handdara.

Mientras iba por el sendero advertí que a la sombra de aquel bosque montañoso se había levantado toda una aldea o pueblo, tan desordenadamente como Rer, pero recogido, pacífico, rural. Sobre todos los senderos y los tejados pendían los capullos de los hémmenes, el árbol más común de Invierno, una conífera vigorosa de agujas de color escarlata pálido. Las piñas del hemmen cubrían los caminos que se bifurcaban en todas direcciones, el polen del hemmen perfumaba el viento, y todas las casas estaban construidas con la madera oscura del hemmen. Me detuve al fin, preguntándome a qué puerta llamaría, cuando una persona que paseaba entre los árboles salió a mi encuentro y me dio esta bienvenida:

—¿Busca usted hospedaje? —me preguntó.

—Traigo una pregunta para los profetas. —Me había parecido mejor que ellos creyeran, al menos en un principio, que yo era un karhíder. Lo mismo que los investigadores, nunca había tenido dificultades en hacerme pasar por nativo; entre tantos dialectos karhidis nadie prestaba atención a mi acento, y las pesadas ropas ocultaban mis anomalías sexuales. Me faltaban el abundante pelo pajizo y los ojos oblicuos del guedeniano típico, y era más oscuro y más alto que la mayoría, pero no me salía de las variantes normales. Me habían depilado de modo permanente la barba antes que yo dejara Ollul (en ese tiempo nada sabíamos aún de las tribus de «cuero» de Perunter, que no solo son barbados sino que además tienen pelo en todo el cuerpo, como los terranos blancos). De vez en cuando me preguntaban cómo me había roto la nariz. Tengo una nariz roma; las narices guedenianas son prominentes y delgadas, con pasajes estrechos, apropiados para la aspiración de aire subhelado. La persona que estaba allí en el sendero de Oderhord me miró la nariz con cierta curiosidad, y respondió:

—Entonces quizá quiera usted hablar con el tejedor. Está ahora abajo en el cañadón, a no ser que haya salido en trineo. ¿O piensa hablar antes con uno de los celibatarios?

—No estoy seguro. Soy sumamente ignorante.

El joven rio y me hizo una reverencia.

–¡Muy honrado! –dijo–. He vivido aquí tres años y todavía no he adquirido una ignorancia que valga la pena mencionar.

Parecía divertido, pero se mostró amable a la vez, y recordando algunos fragmentos doctrinarios del handdara entendí que había estado vanagloriándome demasiado, como si me hubiese acercado a él diciéndole «Soy sumamente hermoso».

–Quiero decir... no sé nada acerca de los profetas.

–¡Envidiable! –dijo el joven–. Mire, hemos de ensuciar la nieve con marcas de pisadas, para ir a alguna parte. ¿Puedo mostrarle el camino a la cañada? Mi nombre es Goss.

Era su primer nombre.

–Genry –dije abandonando mi «ele».

Seguí a Goss, adentrándome en la sombra helada de la cañada. El sendero estrecho cambiaba a menudo de dirección, subiendo con el declive de la montaña y bajando de nuevo; aquí y allí, cerca o lejos del sendero, entre los macizos troncos de los hémmenes, aparecían las casitas de color de bosque. Todo era rojo y castaño, húmedo, quieto, fragante, sombrío. De una de las casas llegó el silbido débil y dulce de una flauta karhidi. Goss caminaba, leve y rápido, con la gracia de una muchacha, algunos metros delante de mí. De pronto la camisa blanca le resplandeció a la luz, y pasé detrás de él de la sombra del bosque a un prado verde y soleado.

A media docena de pasos había una figura, erguida, inmóvil, nítida; el hieb carmesí y el blanco de la camisa como una capa de esmalte contra el verde de las hierbas altas. A unos treinta metros más allá se alzaba otra estatua: blanca y azul; este hombre no se movió ni miró hacia nosotros todo el tiempo que hablamos con el primero. Estaban practicando la disciplina handdara de la presencia, que es una suerte de trance –los handdaratas, inclinados a las negaciones, lo llaman un atrance– que implica la pérdida del yo (¿inflación del yo?) mediante una conciencia y receptividad de extrema sensualidad. Aunque la técnica parece oponerse a la mayoría de las llamadas técnicas místicas, es quizá también una disciplina mística, cuya meta sería la experiencia de lo inminente; pero soy aún incapaz de definir con certeza las prácticas de los handdaratas. Goss le habló al hombre del traje carmesí. Cuando el hombre dejó aquella inmovilidad y se volvió hacia nosotros, acercándose, noté en mí un temor reverente. En aquella luz de mediodía la figura del hombre resplandecía con una luz propia.

Era tan alto como yo, y delgado, con un rostro hermoso, claro, abierto. Cuando nuestros ojos se encontraron tuve el súbito impulso de hablarle en silencio, de tratar de alcanzarlo con el lenguaje de la mente que yo no había utilizado nunca desde mi llegada a Invierno, y que no me convenía utilizar por ahora. Sin embargo, ese impulso fue más fuerte que mis sentencias. Le hablé así. No hubo respuesta. Continuó mirándome atentamente, y al cabo de un momento me sonrió, y me dijo con una voz dulce, bastante alta:

–Entonces ¿es usted el Enviado?

Tuve un sobresalto y dije:

–Sí.

–Mi nombre es Faxe. Nos honra recibirlo. ¿Nos acompañará un tiempo en Oderhord?

–De buen grado. Quisiera aprender las técnicas de ustedes en la profecía. Y si hay algo que yo pueda decirles a cambio, acerca de quién soy yo, de dónde vengo...

–Lo que usted desee –dijo Faxe con una sonrisa tranquila–. Es agradable que haya cruzado el Océano del Espacio, y que después le haya sumado al viaje casi dos mil kilómetros y el cruce del Kargav para venir a vernos.

–Deseaba venir a Oderhord por la fama de sus profecías.

–Quiere vernos mientras profetizamos entonces, ¿o trae una pregunta para nosotros?

Aquellos ojos claros obligaban a la verdad.

–No sé –dije.

–*Nusud* –dijo Faxe–, no es nada. Si se queda aquí un tiempo quizá descubra que tiene una pregunta, o que no hay pregunta. Solo de cuando en cuando, ya sabe usted, pueden reunirse los profetas, y trabajar juntos, así que en cualquier caso se quedará unos días.

Así lo hice, y fueron días buenos. No había horario excepto para el trabajo comunitario, en los campos, el jardín, la recolección de leña, el mantenimiento; y los transeúntes como yo eran llamados por cualquier grupo que necesitara de pronto una mano. Aparte de estas tareas, podía pasar todo un día sin que nadie dijera una palabra; aquellos con quienes más hablaba eran el joven Goss, y Faxe, el tejedor; el extraordinario carácter de este hombre, tan límpido e insondable como un pozo de agua clara, era la quintaesencia del carácter del sitio. Había noches en que nos reuníamos en la sala del hogar o en alguna de las casas bajas rodeadas de árboles; conversábamos y bebíamos cerveza, y a veces se tocaba música, la vigorosa música de Karhide, de melodía simple y ritmos complejos, siempre fuera de tiempo. Una noche dos reclusos bailaron, hombres viejos, canosos, y de extremidades delgadas; los pliegues de los párpados les ocultaban a medias los ojos oscuros. La danza era lenta, precisa, ordenada; fascinaba al ojo y a la mente. Empezaron a bailar después de cenar, a la tercera hora. Los músicos tocaban a veces, o callaban: solo el hombre de los tambores no interrumpía nunca el ritmo sutil y cambiante. A la hora sexta, a medianoche, después de cinco horas terrestres, los dos viejos estaban bailando todavía. Esta era la primera vez que yo veía el fenómeno de *doza* –el uso voluntario y controlado de lo que llamamos «fuerza histérica»– y desde entonces me sentí más dispuesto a creer lo que se contaba de los viejos del handdara.

Era una vida introvertida, autosuficiente, estancada, detenida en aquella singular «ignorancia» tan apreciada por los handdaratas, de acuerdo con la doctrina que aconsejaba la inactividad o la no interferencia. En esta doctrina (expresada en la palabra *nusud,* que he traducido como «no es nada») está la raíz del culto, y no pretendo entenderla. Pero comencé a entender mejor a Karhide, tras medio mes en Oderhord. Detrás de la política, las pasiones y las actividades había siempre una vieja oscuridad, pasiva, anárquica, silenciosa: la oscuridad fecunda del handdara.

Y en aquel silencio inexplicablemente se alzaba la voz del profeta.

El joven Goss, a quien le agradaba el papel de guía, me dijo una vez que mi pregunta a los profetas podía referirse a cualquier cosa, y no había fórmulas precisas.

–Cuanto más específica y limitada sea la pregunta, más exacta será la respuesta –dijo–. La vaguedad engendra vaguedad, y algunas preguntas, por supuesto, no tienen respuesta.

–¿Y si hago una pregunta que no tiene respuesta? –inquirí. Este juego parecía sofisticado, pero no desconocido.

Sin embargo, no esperaba la respuesta de Goss:

–El tejedor la rechazará. Las preguntas sin respuesta han llevado la ruina a grupos enteros de profetas.

–¿A la ruina?

–¿No conoce la historia del Señor de Shord que obligó a los profetas de la fortaleza de Asen a responder a la pregunta: «Qué significado tiene la vida?» Bueno, eso ocurrió hace un par de miles de años. Los profetas estuvieron en la oscuridad seis días y seis noches. Al cabo de ese tiempo todos los celibatarios estaban catatónicos, los zanis estaban muertos, el perverso golpeó al Señor de Shord con una piedra hasta matarlo, y el tejedor... Era un hombre llamado Meshe.

–¿El fundador del culto yomesh?

–Sí –dijo Goss, y se rio como si la historia fuese de veras divertida, pero no pude saber si el chiste era a costa de los yomeshtas o de mí.

Yo había decidido hacer una pregunta de sí o no, que por lo menos mostraría de un modo evidente la extensión y tipo de oscuridad o ambigüedad de la respuesta. Faxe me confirmó lo que decía Goss, que la pregunta podía concernir a un tema que los profetas ignoraran del todo. Podía preguntarles si la cosecha de hierba sería buena este año en el hemisferio norte de S, y ellos me responderían, aunque no hubiesen tenido hasta entonces ningún conocimiento de la existencia de un planeta llamado S. Esto parecía situar el asunto en el plano de la adivinación por probabilidades, como los tallos de milenrama o el tiro de las monedas. No, dijo Faxe, de ningún modo. La ley de probabilidades no operaba aquí. Todo el proceso era en realidad el reverso de una coincidencia.

–Entonces, leen las mentes.

–No –dijo Faxe con una sonrisa severa y cándida.

–Quizá lo hacen, sin saberlo.

–¿De qué serviría? Si el consultante conociera la respuesta, no vendría aquí a preguntar y a pagarnos.

Elegí una pregunta de la que ciertamente yo ignoraba la respuesta. Solo el tiempo podía probar la verdad o la falsedad de la profecía, a menos que (como yo esperaba) fuese una de esas admirables profecías profesionales que siempre tienen aplicación, cualquiera sea el resultado. No era una pregunta trivial. Yo había abandonado la idea de preguntar cuándo dejaría de llover o alguna insignificancia de este tipo, pues sabía ahora que la tarea de los nueve profetas de Oderhord era trabajosa y arriesgada. El costo era alto para el consultante –dos de mis rubíes fueron a los cofres de la fortaleza–, pero lo era más para quienes respondían. Y a medida que yo iba conociendo a Faxe, se me hacía más difícil creer que fuese un mistificador profesional, y me parecía todavía más difícil que fuese un hombre honesto, que se engañaba a sí mismo. La inteligencia de Faxe era dura, clara y pulida como mis rubíes. No me atreví a tenderle una trampa. Le pregunté lo que más deseaba saber.

En onnederhad, el decimoctavo día del mes, los nueve profetas se reunieron en el edificio mayor, comúnmente cerrado con llave: una sala alta, de suelo de piedra, y fría, iluminada apenas por un par de estrechas aberturas en los muros y un fuego que ardía en la profunda chimenea de un extremo. Los nueve se sentaron en círculo sobre la piedra desnuda, todos ellos encapuchados, envueltos en túnicas: unas siluetas duras e inmóviles, como un círculo de dólmenes en el débil resplandor del fuego próximo. Goss, y un par de otros jóvenes reclusos, y un médico del dominio más cercano miraron en silencio desde asientos instalados junto a la chimenea, mientras yo cruzaba la sala y entraba en el círculo. Todo era muy informal, y muy tenso. Uno de los encapuchados alzó los ojos cuando estuve entre ellos, y vi un rostro extraño, tosco, pesado, y unos ojos insolentes que me miraban.

Faxe estaba sentado con las piernas cruzadas, inmóvil, pero como cargado de una fuerza creciente, de modo que la voz dulce y alta le restallaba ahora como una descarga eléctrica.

–La pregunta –dijo.

Me detuve en medio del círculo e hice mi pregunta:

–¿Será este mundo Gueden miembro del Ecumen de los Mundos Conocidos antes que pasen cinco años?

Silencio. Me quedé allí, inmóvil, como en el centro de una telaraña tejida de silencio.

–Hay respuesta –dijo el tejedor, serenamente.

Las estatuas encapuchadas se ablandaron entonces moviéndose; aquel que me había mirado de modo tan raro le murmuró algo a un vecino. Dejé el círculo y me uní a los observadores junto al fuego.

Dos de los profetas permanecieron recogidos sin hablar. Uno de ellos alzaba de vez en cuando la mano derecha, golpeaba rápida y levemente el suelo diez o veinte veces, y luego se sentaba otra vez inmóvil. Yo no había visto antes a ninguno de ellos: eran los zanis, dijo Goss. Estaban locos. Goss los llamaba «divisores del tiempo», lo que podía significar «esquizofrénicos». Los psicólogos de Karhide, aunque incapaces de leer en las mentes, y por esto mismo semejantes a cirujanos ciegos, se las ingeniaban para sacar el mayor provecho posible a las drogas, la hipnosis, el shock local, el toque criónico, y otras terapias mentales. Pregunté si no se podía curar a aquellos dos psicópatas.

–¿Curar? –dijo Goss–. ¿Curaría usted a un cantante quitándole la voz?

Cinco de los miembros del círculo eran reclusos de Oderhord, adeptos a la práctica handdara de la presencia, y también, dijo Goss, y mientras fuesen profetas, celibatarios, ya que no tomaban compañero o compañera durante los periodos de potencia sexual. Uno de estos celibatarios debería estar en kémmer durante la profecía. Pude distinguirlo, pues yo ya conocía la sutil intensificación física, esa especie de resplandor que señala la primera fase del kémmer.

Junto al kémmerer estaba el perverso.

–Vino de Espreve con el médico –me dijo Goss–. Algunos grupos de profetas provocan artificialmente estados de perversión, inyectando hormonas masculinas o femeninas en los días que preceden a la profecía. Un perverso natural es más adecuado. Viene de buena gana, le agrada la notoriedad.

Goss había empleado el pronombre que designa al animal macho, no el pronombre del ser humano que es parte masculina del kémmer, y parecía un poco turbado. En Karhide las cuestiones sexuales se discuten libremente, y se habla del kémmer con respeto pero también con gusto, y sin embargo son reticentes cuando se trata de una perversión; al menos eran reticentes conmigo. La prolongación excesiva del periodo de kémmer, acompañada por un desequilibrio hormonal permanente hacia lo masculino o lo femenino, provoca lo que ellos llaman perversión; no es extremadamente rara: el tres o el cuatro por ciento de los adultos pueden ser perversos o anormales psicológicos; normales, de acuerdo con nuestros hábitos. No se los excluye de la sociedad, pero son tolerados con cierto desdén, como los homosexuales en muchas sociedades bisexuales. El término popular para ellos en karhidi es «muertos-vivos». Son todos estériles.

El perverso del grupo, después de echarme aquella rara y larga mirada, ya no reparó en nadie excepto en la criatura más próxima, el kémmerer, cuya creciente actividad sexual se desarrollaría todavía más, hasta alcanzar al fin una plena capacidad sexual femenina, sostenida por el poder masculino excesivo y constante del perverso. El perverso no dejaba de hablar en voz baja, inclinándose hacia el kémmerer, que le respondía apenas y parecía rechazarlo. Ninguno de los otros hablaba desde hacía un tiempo, no había otro sonido que el susurro constante del perverso. Faxe observaba a uno de los zanis. El perverso puso de pronto una mano delicada sobre la mano del kémmerer. El kémmerer evitó rápidamente el contacto, con miedo o disgusto, y miró a Faxe como pidiendo auxilio. Faxe no se movió. El kémmerer se quedó en su sitio, quieto, cuando el perverso lo tocó otra vez. Uno de los zanis alzó la cara y rio con una risa larga, falsa y alta.

Faxe alzó una mano. Los rostros de los demás se volvieron inmediatamente hacia él, como si el tejedor hubiese recogido todas las miradas en una gavilla, en una madeja.

Habíamos entrado en la sala en las primeras horas de la tarde, bajo la lluvia. La luz grisácea había muerto pronto en las ventanas-ranuras, bajo los aleros. Ahora unas cintas de luz blanquecina se extendían como velámenes oblicuos y fantasmagóricos, triángulos y formas oblongas, de la pared al suelo, sobre las caras de los nueve profetas: fragmentos opacos del resplandor de la luna que se alzaba afuera, sobre el bosque. El fuego se había apagado hacía tiempo y no había otra luz que las líneas y rayas pálidas que se consumían en el círculo, esbozando una cara, una mano, una espalda inmóvil. Durante un rato vi el perfil rígido de Faxe, como

76

una piedra blanca en un difuso polvo luminoso. La diagonal de la luz lunar subió hasta alcanzar un bulto negro, el kémmerer, la cabeza caída entre las rodillas, las manos en el suelo, el cuerpo sacudido por un continuo temblor, repetido por el palmoteo de las manos del zani, que golpeaba en la oscuridad del suelo de piedra. Estaban conectados, todos ellos, como si fueran los puntos de suspensión de una telaraña. Sentí, y no por mi voluntad, la conexión, la comunicación que corría sin palabras, inarticulada, a través de Faxe, y que Faxe trataba de ordenar y encauzar, pues él era el centro, el tejedor. La luz pálida se hizo trizas y murió en la pared del este. La trama de fuerza, de tensión, de silencio creció todavía más.

Traté de evitar el contacto con aquellas mentes. Me desasosegaba la callada tensión eléctrica, la impresión de que me arrastraban dentro de algo, convirtiéndome en un punto o una figura de la estructura de la tela. Pero cuando yo alzaba una barrera era peor; me sentía aislado y arrinconado en mi propia mente, abrumado por alucinaciones visuales y táctiles, un torbellino de imágenes y nociones primitivas, visiones y sensaciones directas todas de índole sexual y de una violencia grotesca, un caldero rojo y negro de furia amorosa. Me encontraba en medio de abismos boqueantes de labios irregulares, vaginas heridas, puertas del infierno. Perdí el equilibrio, me sentí caer... Si no podía apartarme de este caos, yo caería de veras, me volvería loco, y era imposible apartarse. Las fuerzas empáticas y paraverbales que operaban entonces, inmensamente poderosas y oscuras, tenían su origen en perversiones y frustraciones sexuales, en una trastornada visión del tiempo, y en una asombrosa disciplina de total atención a la realidad inmediata; estas fuerzas estaban fuera del alcance de mi voluntad. Y sin embargo eran fuerzas que obedecían a una voluntad; Faxe era todavía el centro. Pasaron horas y segundos, la luz de la luna brilló en la otra pared, y luego ya no hubo ninguna luz y solo oscuridad y en medio de esa oscuridad Faxe el tejedor: una mujer, una mujer vestida de luz. La luz fue plata, la plata fue una armadura, una mujer que sostenía una espada. La luz ardió de pronto, intolerable, la luz en los miembros de la mujer, y el fuego, y la mujer gritó de terror y dolor:

—¡Sí, sí, sí!

La risa cantarina del zani empezó de nuevo Ja-ja-ja y se hizo más y más alta en un aullido ondulante que subía y subía, un aullido interminable que iba de un extremo a otro del tiempo. Hubo un movimiento en la oscuridad, unos pies que se arrastraban y restregaban en el suelo, una redistribución de siglos antiguos, una evasión de figuras.

—Luz, luz —dijo una voz inmensa en sílabas que se prolongaban, una vez o innumerables veces—. Luz, un leño a la chimenea, allí. Algo de luz.

Era el médico de Espreve. Había entrado en el círculo, roto ahora. Estaba arrodillado junto a los zanis, los más débiles, los fusibles; los dos estaban caídos en el suelo, los cuerpos en ovillo. El kémmerer yacía con la cabeza apoyada en las rodillas de Faxe, jadeando, temblando aún. La mano de Faxe le acariciaba el pelo con una descuidada ternura. El perverso se había retirado a un rincón, hosco y abatido. La sesión había quedado atrás, el tiempo pasaba ahora como de costumbre; la trama de poder se había deshecho en indignidad y cansancio. ¿Dónde estaba mi respuesta, el misterio del oráculo, la ambigua voz de la profecía?

Me arrodillé junto a Faxe. Me miró con aquellos ojos claros. Durante un momento lo vi como antes en la oscuridad: una mujer armada de luz y ardiendo en un fuego, gritando.

—Sí...

La voz serena de Faxe interrumpió la visión:

—¿Tienes tu respuesta, consultante?

—Tengo mi respuesta, tejedor.

En verdad, tenía mi respuesta. Antes de cinco años Gueden sería un miembro del Ecumen, sí. Ningún enigma, ningún ocultamiento. Aun entonces tuve conciencia de la índole de esa respuesta, no tanto una profecía como una observación. Yo mismo no pude escapar a esa certidumbre: la respuesta era cierta. Tenía esa claridad imperativa del presentimiento.

Tenemos naves nafal y transmisión instantánea y comunicación de las mentes, pero aún no hemos aprendido a domesticar los presentimientos; para eso debemos ir a Gueden.

—Yo fui el filamento —me dijo Faxe un día o dos después—. La energía crece y crece en nosotros, renovándose siempre, acrecentando su propio impulso cada vez, hasta que irrumpe al fin, y la luz está en mí, alrededor, soy la luz... El viejo de la fortaleza de Arbin me dijo una vez que si lo pusiéramos en un vacío en el momento de la respuesta, el tejedor ardería durante años. Esto es lo que dicen de Meshe los yomeshtas; que Meshe vio claramente el pasado y el futuro, no un instante, sino toda la vida después de la pregunta de Shord. Parece difícil de creer. Dudo que haya un hombre capaz de soportarlo. Pero no es nada...

Nusud, la ubicua y ambigua negativa de los handdaratal.

Paseábamos juntos y Faxe me miraba. La cara del

tejedor, una de las más hermosas que yo haya visto nunca, parecía delicada y dura, como piedra cincelada.

–En la oscuridad –dijo– hubo diez, no nueve. Había un extraño.

–Sí, un extraño. No pude protegerme. Es usted sensible, un poderoso telépata natural, por eso es también el tejedor, quien mantiene las tensiones y reacciones en una estructura que se alimenta continuamente a sí misma hasta que al fin la estructura se quiebra, y usted va en busca de la respuesta.

Faxe me escuchaba con un grave interés.

–Es raro ver desde afuera los misterios de mi disciplina, a través de los ojos de usted. Yo solo puedo verlos desde adentro, como discípulo.

–Si me permite, si usted así lo desea, Faxe, me agradaría hablarle en el lenguaje de la mente.

Yo estaba seguro ahora de que Faxe era un comunicante natural; su consentimiento, y luego algo de práctica, ayudarían a bajar un poco aquella barrera inconsciente.

–¿Y después oiría yo lo que piensan otros?

–No más que ahora, como empático. El lenguaje de la mente es comunicación, enviada y recibida de modo voluntario.

–Entonces ¿por qué no hablar en voz alta?

–Bueno, es posible mentir, hablando.

–¿No en el otro lenguaje?

–No deliberadamente.

Faxe reflexionó un rato.

–Una disciplina que debiera interesar a reyes, políticos, hombres de negocios.

–Los hombres de negocios lucharon desde un principio contra ese lenguaje, cuando se descubrió que era una técnica accesible. La prohibieron durante años.

Faxe sonrió.

–¿Y los reyes?

–No tenemos reyes.

–Sí, ya veo... Bueno, gracias, Genry. Pero mi tarea es desaprender, no aprender, y no quisiera aprender un arte que cambiará el mundo.

–Las profecías de usted cambiarán el mundo, y antes de cinco años.

–Y yo cambiaré junto con el mundo, Genry. Pero no deseo cambiarlo.

Llovía, la primera llovizna larga del verano guedeniano. Caminamos por la ladera bajo los hémmenes, más arriba de la fortaleza, donde no había más senderos. La luz caía en grises entre las ramas oscuras; de las agujas escarlata goteaba un agua clara. El aire era helado, pero apacible, colmado del sonido de la lluvia.

–Faxe, explíqueme. Ustedes los handdaratas tienen un don que hombres de todo los mundos han deseado alguna vez. Usted lo tiene. Puede predecir el futuro. Y sin embargo vive como el resto de nosotros. Parece que no es nada...

–¿Por qué tendría que ser algo, Genry?

–Bueno, por ejemplo, la rivalidad entre Karhide y Orgoreyn, esa disputa a propósito del valle de Sinod. Karhide ha perdido prestigio en las últimas semanas, parece. ¿Por qué entonces no consulta el rey Argaven a los profetas, preguntándoles qué curso tomar, o a quién elegir como primer ministro entre los miembros del kiorremi, o algo semejante?

–No es fácil preguntar.

–No veo por qué. Bastaría con preguntar: ¿quién me serviría mejor como primer ministro? Solo eso.

–Sí, pero el rey no sabe qué significa me serviría mejor. Podría querer decir que el hombre elegido entregará el valle de Orgoreyn, o se exiliará, o asesinará al rey. Podría querer decir muchas cosas que el rey no esperaría ni aceptaría nunca.

—La pregunta tendría que ser muy precisa.

—Sí, pero serían necesarias muchas preguntas, y también el rey ha de pagar su precio.

—¿Un precio alto?

—Muy alto —dijo Faxe, tranquilo—. El consultante paga lo que puede, como usted sabe. Los reyes han venido a veces a oír a los profetas, pero no a menudo.

—¿Qué pasa si uno de los profetas es un hombre poderoso?

—Los reclusos de la fortaleza no tienen rango ni posición. Es posible que me manden al kiorremi en Erhenrang; bueno, si voy, me llevo conmigo mi posición y mi sombra, pero no mis dones de profecía. Si mientras sirvo en el kiorremi se me presenta una pregunta, tendré que ir a la fortaleza de Orgni, pagar el precio, y así tendré una respuesta. Pero los handdaratas no queremos respuestas. Es difícil evitarlas, pero lo intentamos.

—Faxe, creo que no entiendo.

—Bueno, venimos aquí a la fortaleza a aprender, y sobre todo a no preguntar.

—Pero las respuestas vienen de ustedes.

—¿No entiende aún, Genry, por qué perfeccionamos y practicamos la profecía?

—No.

—Para mostrar que no sirve de nada tener una respuesta cuando la pregunta está equivocada.

Reflexioné un rato mientras caminábamos juntos bajo la lluvia y las ramas oscuras del bosque de Oderhord. La cara encapuchada de Faxe parecía fatigada y serena. La extraña luz se había apagado, y sin embargo yo sentía aún un cierto temor respetuoso. Faxe me miraba con ojos claros, cándidos, amables, y me miraba desde una tradición de trece mil años de edad: un modo de pensar y un modo de vivir tan antiguo, tan firme, íntegro y coherente que daba a un ser humano la capacidad de olvidarse de sí mismo, el poder y la integridad de un animal salvaje, una criatura que mira a los ojos de un eterno presente.

—Lo desconocido –dijo la tranquila voz de Faxe en el bosque–, lo imprevisto, lo indemostrable..., el fundamento de la vida. La ignorancia es el campo del pensamiento. Lo indemostrable es el campo de la acción. Si se demostrara que no hay Dios no habría religiones. Ni handdara, ni yomesh, ni dioses tutelares, nada. Pero si se demostrara que hay Dios tampoco habría religiones... Dígame, Genry, ¿qué se sabe? ¿Qué hay de cierto en este mundo, predecible, inevitable, lo único cierto que se sabe del futuro de usted, y del mío?

—Que moriremos.

—Sí. Solo una pregunta tiene respuesta, Genry, y ya conocemos la respuesta... La vida es posible solo a causa de esa permanente e intolerable incertidumbre: no conocer lo que vendrá.

6

Un camino a Orgoreyn

El cocinero, que llegaba siempre a la casa muy temprano, me despertó sacudiéndome y hablándome al oído:

—¡Despierte, despierte, señor Estraven, traen un mensaje de la Casa del Rey!

Entendí al fin, y aturdido por el sueño y los reclamos del cocinero me levanté deprisa y fui a la puerta de mi cuarto, donde esperaba el mensajero, y así entré en mi destierro desnudo y estúpido como un recién nacido.

Mientras leía el papel que me había dado el mensajero me dije a mí mismo que yo había esperado esto, aunque no tan pronto. Pero cuando tuve que mirar cómo aquel hombre clavaba el condenado papel en la puerta de la casa, sentí como si estuviese clavándome los clavos en los ojos, y le di la espalda, y allí me quedé, turbado y abatido, destrozado por una pena que no había esperado.

Me sobrepuse al fin, y atendí a lo que era ahora más importante, y cuando los gongos dieron la hora novena ya había dejado el palacio. No había nada que me retuviese. Me llevé lo que pude. En cuanto a los bienes y el dinero ahorrado, no podía sacarlos sin poner en peligro a los hombres con quienes yo trataba, y cuanto más me ayudaran mis amigos más riesgos corrían. Le escribí a mi viejo kemmerante, Ashe, cómo podía obtener provecho de algunas cosas de valor que servirían para nuestros hijos, pero indicándole que no tratara de mandarme dinero, pues Tibe tendría vigiladas las fronteras. No pude firmar la carta. Llamar a alguien por teléfono sería mandarlo a la cárcel, y yo quería irme enseguida, antes de que algún amigo inocente llegara a verme y perdiera su libertad y sus bienes como recompensa por este acto de amistad.

Crucé la ciudad hacia el oeste, y deteniéndome en una esquina pensé de pronto: ¿por qué no ir hacia el este, del otro lado de las montañas y las llanuras, de vuelta a las tierras de Kerm, como un mendigo que viaja a pie, y llegar así a Estre, donde nací, la casa de piedra en la boscosa ladera de una montaña? ¿Por qué no volver a mi hogar? Me detuve así tres o cuatro veces mirando por encima del hombro. Cada una de estas veces creí ver entre los indiferentes rostros de la calle a alguno que era quizá un espía, el hombre que vigilaba mi salida de Erhenrang; y cada una de estas veces pensé en la locura de volver a mi casa. Un suicidio. Yo había nacido para vivir en el destierro, parecía, y mi único modo de volver era un modo de morir. De modo que seguí hacia el oeste, y ya no miré atrás.

Después de los tres días de gracia que se me habían concedido, y si no había contratiempos, yo me encontraría en Kuseben, a orillas del golfo, a ciento treinta kilómetros. A la mayoría de los exiliados se les envía una nota de advertencia, la noche anterior a la orden de destierro, y tienen así la posibilidad de embarcarse en una nave, Sess abajo, antes de que los contramaestres puedan ser castigados por dar ayuda. Cortesías semejantes no eran propias de la vena de Tibe. Ningún navegante se atrevería a llevarme ahora; todos me conocían en el puerto, ya que yo mismo lo había construido para Argaven. No podía embarcarme, y la frontera terrestre de Erhenrang está a más de seiscientos kilómetros. No me quedaba otra cosa que cruzar Kuseben a pie.

El cocinero lo había previsto. Yo lo mandé fuera enseguida, pero antes de irse, el hombre me había juntado toda la comida preparada que pudo encontrar para mi viaje de tres días. Esa bondad me conservó la vida, y también el ánimo, pues cada vez que en mi viaje comí de ese pan y de esa fruta pensé: «Hay un hombre que no me considera traidor, pues me ha dado esto».

Es duro, descubrí, que lo llamen traidor a uno, y extraño también, pues cuesta poco dar a alguien ese nombre; un nombre que se pega, se ajusta, convence. Yo mismo estaba a medias convencido.

Llegué a Kuseben al anochecer del tercer día, inquieto y con los pies llagados, pues en esos últimos años en Erhenrang yo había cedido al lujo y a la buena mesa, y ya no era un buen caminador; y allí, esperando por mí a las puertas del pueblo, estaba Ashe.

Habíamos sido kemmerantes siete años, y habíamos tenido dos hijos. Nacidos de la carne de Ashe se llamaban como él, Fored rem ir Osbod, y habían sido criados en aquel clan-hogar. Tres años antes, Ashe había visitado la fortaleza de Orgni y llevaba ahora la cadena dorada; celibatario de los profetas. No nos habíamos visto en esos tres años, y sin embargo mirándolo a la luz del crepúsculo bajo el arco de piedra sentí aquel viejo hábito de nuestro amor, como si se hubiese roto un día antes, y vi en Ashe aquella fidelidad que lo había impulsado a compartir mi ruina. Y comprendiendo que ese lazo ya inútil me apretaba de nuevo, sentí furia; pues el amor de Ashe me había obligado siempre a actuar contra mis sentimientos.

No me detuve. Si yo tenía que ser cruel no había necesidad de ocultarlo, y de fingir amabilidad.

—Derem —me llamó Ashe, siguiéndome.

Apresuré el paso descendiendo por las empinadas calles de Kuseben, hacia los muelles.

Un viento sur soplaba desde el mar, moviendo los follajes negros de los jardines, y en aquel templado y tormentoso crepúsculo de verano huí de Ashe como de un asesino. Ashe me alcanzó pronto, pues las llagas de los pies me impedían caminar deprisa, y me habló:

—Derem, iré contigo.

No respondí.

—Diez años atrás en este mes de tuva hicimos unos votos...

—Y hace tres años rompiste esos votos, abandonándome, y elegiste mal.

—Nunca rompí los votos que hicimos, Derem.

—Es cierto. No había nada que romper. Fue un voto falso. Lo sabes, ya lo sabías entonces. El único verdadero voto de fidelidad nunca fue dicho, no podía ser dicho, y el hombre a quien hice ese voto está muerto hace tiempo, y la promesa ya no vale. No me debes nada, ni yo a ti. Déjame ir.

Mientras yo hablaba, mi cólera y mi amargura se iban volviendo de Ashe hacia mí y mi propia vida, que quedaba atrás como una promesa rota. Pero Ashe no lo sabía, y me miró con lágrimas en los ojos.

—¿Me permites, Derem? No te debo nada, pero te quiero bien —dijo tendiéndome un pequeño paquete.

—No, no me falta dinero, Ashe. Déjame ir. Tengo que ir solo.

Seguí mi camino, y Ashe no me siguió, pero sí la sombra de mi hermano. Yo había hecho mal, pues no tenía que haberlo nombrado; yo había hecho mal casi todas las cosas.

La fortuna no me esperaba en el puerto. No había allí ningún barco de Orgoreyn que pudiese sacarme de Karhide antes de medianoche. Quedaban pocos hombres en los muelles, y estos pocos ya regresaban deprisa a sus casas; el único con quien pude hablar, un pescador que arreglaba el motor de una barca, alzó los ojos echándome una mirada, y me volvió la espalda en silencio. Tuve miedo entonces. El hombre me conocía, y esto significaba que estaba avisado. Tibe trataba de acorralarme y mantenerme en Karhide hasta que se me acabara el tiempo. Yo había sentido hasta ahora dolor y furia, pero no miedo. No se me había ocurrido que la orden de destierro no fuese sino una mera excusa para mi ejecución. Una vez que sonara la sexta hora yo era pieza libre para los hombres de Tibe, y nadie podría acusarlos de asesinato, ya que serían entonces bravos ejecutores de la justicia.

Me senté en un saco de arena, envuelto en las sombras y resplandores ventosos del puerto. El mar golpeaba y lamía los pilares, y unos botes de pesca tironeaban de las amarras, y allá en el otro muelle ardía una lámpara. Miré un rato la luz y más allá la oscuridad sobre el mar. Algunos despiertan ante el peligro, no yo. Mi don es la previsión. Amenazado de cerca me vuelvo estúpido, y allí estaba ahora, sentado en un saco de arena pensando si un hombre podría ir a nado hasta Orgoreyn. No había hielo en el golfo de Charisune desde hacía un mes o dos, y se podía sobrevivir un rato dentro del agua. La distancia a la costa orgota era de casi doscientos kilómetros. Yo no sabía nadar. Cuando dejé de mirar el mar y volví los ojos a las calles de Kuseben, me encontré buscando a Ashe, con la esperanza de que me hubiera seguido. Habiendo alcanzado este punto, la vergüenza me sacó del estupor y pude pensar otra vez.

El dinero o la violencia era la alternativa si yo me decidía a tratar con el pescador que trabajaba en la barca, al abrigo del muelle; pero no valía la pena, ya que el motor parecía descompuesto. El robo entonces, aunque los motores de las barcas de pesca estaban todos bajo llave. Abrir el circuito cerrado, encender el motor, alejarse en el bote bajo las lámparas del muelle y viajar así hasta Orgoreyn, no habiendo manejado nunca una barca de motor, parecía una tonta aventura desesperada. Nunca había manejado una barca de motor, pero había remado en el lago Paso de Hielo, en Kerm, y allí, sujeto al muelle exterior, entre dos lanchas, había un bote de remos. Me decidí. Corrí por el muelle bajo las lámparas que me miraban, salté al bote, solté las amarras, coloqué los remos y remé en las aguas revueltas y negras del puerto donde se deslizaban y se reflejaban las luces. Cuando estuve bastante lejos me interrumpí para enderezar el tolete de un remo, que no trabajaba bien; todavía me faltaba un buen trecho, aunque esperaba que alguna patrulla o algún pescador orgota me rescataran al alba. Me incliné sobre la horquilla y sentí cómo una debilidad me corría por todo el cuerpo. Pensé que iba a desmayarme, y caí hacia atrás encogido sobre el asiento. Era la enfermedad del miedo, que estaba dominándome. Pero yo no sabía que la cobardía era algo que pesaba tanto en el estómago. Alcé los ojos y vi dos figuras en el extremo del muelle, como dos varitas saltarinas en el distante resplandor eléctrico del otro lado del agua, y entonces empecé a pensar que mi parálisis no era efecto del temor sino de un arma de largo alcance.

Llegué a ver que uno de ellos sostenía un arma de saqueo, y si hubiese sido después de medianoche supongo que el hombre habría disparado, matándome; pero el arma de saqueo es muy ruidosa, y alguien podía pedir explicaciones. De modo que habían usado un arma sónica. Un arma sónica extiende eficazmente el campo de resonancia solo en un radio de unos treinta metros. No conozco el alcance del arma para un disparo letal, pero yo no había estado demasiado lejos; me doblaba ahora sobre mí mismo como un niño con cólicos. Me costaba respirar; el campo debilitado me había alcanzado el pecho; pronto enviarían una barca de motor para terminar de una vez conmigo, y no podía perder más tiempo echado así sobre los remos, jadeando. Había oscuridad a mis espaldas, y adelante, y remé hacia la oscuridad. Remé con brazos débiles, mirándome las manos para estar seguro de que sostenían los remos pues yo no los sentía. Salí así al mar abierto y a la negrura, fuera del golfo. Allí tuve que detenerme. A cada golpe de remo me aumentaba el entumecimiento de los brazos.

El corazón me latía de modo irregular, y mis pulmones no aspiraban aire. Traté de remar, pero no estaba seguro de que mis brazos se movieran. Quise recoger los remos, y no pude. Cuando el reflector de una patrulla del puerto me mostró en la noche como un copo de nieve en un campo de hollín, ni siquiera pude apartar los ojos del resplandor.

Me desprendieron las manos de los remos, me alzaron sacándome del bote, y me dejaron tendido en la cubierta de la barca como un pez negro. Sentí que me miraban, pero no llegaba a entender qué decían, excepto una vez, cuando alguien que podía ser el capitán habló con voz firme:

—No es todavía la hora sexta.

Y de nuevo, respondiendo a otra voz:

—¿Y a mí qué? El rey lo desterró. Seguiré las órdenes del rey y no de cualquier subordinado.

De modo que contraviniendo las órdenes de los hombres de Tibe en la costa, y en contra de los argumentos de la tripulación, que temía ser castigada, aquel oficial de una patrulla de Kuseben me llevó a través del golfo de Charisune y me dejó a salvo en el puerto de Shelt, en Orgoreyn. No sé si lo hizo por shifgredor y contra los hombres de Tibe que hubiesen matado a un hombre indefenso, o por bondad. *Nusud.* «Lo admirable es inexplicable.»

Alcancé a incorporarme cuando la costa orgota apareció como un color gris saliendo de la niebla de la mañana; moví trabajosamente las piernas, y al fin bajé de la nave, internándome en las calles portuarias de Shelt, pero allí caí de nuevo en algún sitio. Cuando desperté me encontraba en el Hospital de Comensales de Charisune, Área de la Costa Cuatro, Comensalidad Veinticuatro, Sennedni. De esto no había duda, pues estaba grabado o cincelado en escritura orgota en la cabecera de la cama, la lámpara junto a la cama, la taza de metal sobre la mesa de noche, la mesa de noche, los uniformes de las enfermeras, las ropas de cama, y el camisón que yo tenía puesto. Un médico entró y me dijo:

—¿Por qué se resistió usted a la doza?

—Yo no estaba en doza —dije—. Yo estaba en un campo sónico.

—Los síntomas de usted eran los de alguien que se ha resistido a la fase de relajación de la doza.

El médico era un viejo dominante, y al fin me obligó a admitir que yo debía de haber usado la fuerza doza, contrarrestando así la parálisis mientras remaba, aun sin darme cuenta. Después, por la mañana, durante la fase *dangen* que requiere inmovilidad, yo me había levantado echando a caminar, y de ese modo casi acabo con mi vida. Cuando todo quedó explicado según su parecer, el médico me dijo que podría irme al cabo de un día o dos y se volvió hacia la cama de al lado. Detrás de él vino el inspector.

Porque detrás de todos los hombres de Orgoreyn viene el inspector.

—¿Nombre?

Yo no había preguntado cómo se llamaba él. Tenía que aprender a vivir apartado de las sombras, como es costumbre en Orgoreyn; no ofenderse, no ofender sin razón. Pero no le di mi nombre de tierras, que no le interesaba a ningún hombre de Orgoreyn.

—¿Derem Har? No es un nombre orgota. ¿De qué comensalidad?

—Karhide.

—No una comensalidad de Orgoreyn. Los papeles de entrada y la identificación, ¿dónde están, por favor?

¿Dónde estaban mis papeles?

Yo había rodado bastante tiempo por las calles de Shelt antes de que alguien me hubiese transportado al hospital, y había llegado allí sin papeles, bienes, abrigo, zapatos o dinero. Cuando oí esto ya no sentí más cólera y me reí. No hay cólera en el fondo del pozo. Mi risa ofendió al inspector.

—¿No se da cuenta de que es usted un extraño indigente y anónimo? ¿Cómo piensa volver a Karhide?

—En ataúd.

—No está dando respuestas adecuadas a preguntas

oficiales. Si no tiene intención de volver a su propio país, será enviado a una granja de voluntarios, donde hay sitio para criminales proscritos, extraños y personas no identificadas. No hay otro lugar para indigentes y subversivos en Orgoreyn. Mejor que confiese su intención de regresar a Karhide antes de tres días o tendré...

–He sido expulsado de Karhide.

El médico, que cuando oyó mi nombre había vuelto la cara desde la otra cama, llevó al inspector a un lado y le murmuró algo. Al inspector se le fue agriando la cara, como cerveza mala, y cuando estuvo de nuevo a mi lado me dijo, tomándose tiempo y refunfuñándome cada palabra:

–¿He de presumir entonces que declarará usted la intención de solicitar permiso de residencia permanente en la Gran Comensalía de Orgoreyn, dependiendo esto de que obtenga y retenga ocupación útil como dígito de una comensalía o vecindad?

–Sí –dije.

La palabra permanente, una palabra-calavera como quizá no hay otra, había eliminado toda posibilidad de broma. Cinco días más tarde se me concedió residencia permanente subordinada a mi registro como dígito en la municipalidad de Mishnori (que yo había elegido), y se me dieron papeles de identificación temporales para mi viaje a la ciudad. Yo hubiese pasado esos cinco días, si el viejo médico no me hubiese mantenido en el hospital. Le gustaba tener un primer ministro de Karhide en su sala, y el primer ministro le estaba agradecido.

Me trasladé a Mishnori como tripulante de barcas de tierra en una caravana que llevaba pescado fresco de Shelt. Un viaje rápido y oloroso, que terminaba en los extensos mercados de Mishnori Sur, donde pronto encontré ocupación en las casas del hielo. Siempre hay trabajo en verano en esos sitios, donde se cargan, empaquetan, almacenan y embarcan materiales perecederos. Yo trabajaba sobre todo en pescado, y vivía en una isla cerca de los mercados junto con mis compañeros de la casa del hielo. La isla del Pescado, la llamaban; hedía a nosotros. Pero el trabajo me gustaba pues me permitía pasar la mayor parte del día en el depósito refrigerado. Mishnori es un baño de vapor en verano. Las puertas de las montañas están cerradas: los ríos hierven, los hombres transpiran. En el mes de ockre hay diez días y diez noches en que la temperatura no baja nunca de quince grados, y un día el calor subió a treinta grados. Después de pasarme el día en mi fresco refugio que olía a pescado, yo salía a ese horno de fundición, y caminaba tres kilómetros hasta los muelles de Kunderer, donde hay árboles, y puede verse el río caudaloso, aunque no bajar a las orillas. Allí me paseaba hasta tarde y al fin regresaba a la isla del Pescado a través de la noche cerrada y calurosa. En aquellos barrios de Mishnori, la gente rompía los faroles de la calle para poder actuar en la oscuridad. Pero los coches de los inspectores estaban siempre vigilando e iluminando esas calles oscuras, quitándoles a los pobres la única intimidad que les quedaba: la noche.

La nueva ley de registros de extranjeros, promulgada en el mes de kus como un movimiento táctico, en esa pugna secreta de Orgoreyn y Karhide, invalidó mi registro, y me dejó sin empleo; me pasé medio mes esperando en las antesalas de infinitos inspectores. Mis compañeros de trabajo me prestaban dinero y robaban pescado para mi cena, y así llegué a registrarme de nuevo antes de morirme de hambre; aunque yo ya había aprendido la lección.

Me gustaban esos hombres duros y leales, pero vivían en una trampa que no tenía salida, y a mí me esperaba un trabajo entre gente que me gustaba menos. Hice las llamadas que venía postergando desde tres meses atrás.

Al día siguiente yo lavaba mi camisa en el patio de la isla del Pescado junto con otros hombres, todos desnudos o semidesnudos cuando, a través de los vapores y hedores de la grasa y el pescado y el golpeteo del agua, oí que alguien me llamaba por mi nombre de tierras: y allí estaba el comensal Yegey en el lavadero, con el mismo aspecto con que se me había aparecido en la recepción del embajador del Archipiélago en la sala de ceremonias del palacio de Erhenrang, siete meses antes.

—Salga de ahí, Estraven —me dijo en la voz alta, grave, nasal de la gente rica de Mishnori—. Oh, deje esa camisa.

—No tengo otra.

—Sáquela de esa sopa entonces y venga. Hace calor aquí.

Los otros hombres lo miraron con una curiosidad sombría, reconociéndolo como hombre rico, aunque no sabían que era un comensal. No me gustó verlo allí; hubiese podido enviar a alguien. Muy pocos orgotas tienen algún sentido de la decencia, y yo quería sacarlo de allí cuanto antes. No me sentía cómodo en la camisa mojada, de modo que le dije a un muchacho desocupado que iba y venía por el patio que me la guardara hasta que yo volviese. Pagué mis deudas y la renta, y con los papeles en el bolsillo del hieb, y sin camisa, dejé la isla del Pescado, y fui con Yegey de vuelta entre las casas de los poderosos.

Así fui registrado en los archivos de Orgoreyn, «secretario» de Yegey, aunque no como dígito sino como dependiente. Los nombres comunes no les bastan, han de señalar alguna clasificación, e indicar el tipo antes que se vea la cosa. Pero esta vez la clasificación resultó adecuada. Yo era dependiente, y pronto me encontré maldiciendo el propósito que me había traído aquí a comer el pan de otro hombre. Pues durante todo un mes no me dieron señal de que yo me hubiese acercado algo más a la meta que cuando estaba en la isla del Pescado.

En el lluvioso anochecer del último día de verano, Yegey me llamó a su estudio, donde lo encontré hablando con el comensal del distrito de Sekeve, Obsle, a quien yo había conocido en Erhenrang como jefe de la comisión de comercio naval. Bajo de estatura, inclinado de hombros, con ojitos triangulares en una cara de veras chata, hacía una rara pareja con Yegey, todo delicadeza y huesos. La vieja regañona y el joven petimetre, parecían, pero eran algo más que eso. Eran dos de los Treinta-y-tres que gobernaban Orgoreyn y, de nuevo, eran algo más que eso.

Una vez cambiadas las primeras cortesías, y tras beber un trago de agua de vida de Sidish, Obsle suspiró y me dijo:

—Cuénteme ahora por qué hizo usted lo que hizo en Sassinod, Estraven, pues si hubo alguna vez un hombre incapaz de equivocarse en la oportunidad de un acto o la consideración de un shifgredor yo pensaba que ese hombre era usted.

—El miedo se sobrepuso en mí a la precaución, comensal.

—¿Miedo de qué, demonios? ¿De qué tenía usted miedo, Estraven?

—De lo que está ocurriendo ahora. La continuación

de esa lucha de prestigio en torno al valle de Sinod; la humillación de Karhide, la cólera que nace de la humillación; la utilización de esa cólera por parte del gobierno karhidi.

–¿Utilización? ¿Con qué propósito?

Obsle no era hombre de buenas maneras; Yegey, delicado y quisquilloso, nos interrumpió:

–Comensal, el señor Estraven es mi huésped y no es necesario que soporte interrogatorios...

–El señor Estraven responderá a preguntas cuándo y cómo le parezca adecuado, como ha hecho hasta ahora –dijo Obsle sonriendo con una mueca, una aguja oculta en un montón de grasa–. Sabe muy bien que aquí está entre amigos.

–Hago amigos donde los encuentro, comensal, pero desde hace un buen tiempo no me preocupa conservarlos.

–Ya entiendo. Podemos empujar un trineo juntos sin ser kemmerantes, como decimos en Eskeve, ¿eh? Qué demonios, sé por qué lo exiliaron a usted, mi querido: por poner Karhide por encima del rey.

–Mejor por poner al rey por encima de su primo, quizá.

–O por poner Karhide por encima de Orgoreyn –dijo Yegey–. ¿Me equivoco, señor Estraven?

–No, comensal.

–¿Quiere decir –preguntó Obsle– que Tibe desea que Karhide tenga un gobierno como el nuestro, eficiente?

–Sí, creo que Tibe, empleando la disputa del valle de Sinod como un aguijón, y afilándolo cada vez que sea necesario, puede traer a Karhide el cambio más grande del último milenio. Tiene un modelo de trabajo, el Sarf. Y sabe cómo manejar los miedos de Argaven. Es más fácil que tratar de despertar el coraje de Argaven, como hice yo. Si Tibe triunfa, descubrirán, caballeros, que tienen un enemigo digno de ustedes.

Obsle asintió con un movimiento de cabeza.

–Renuncio al shifgredor –dijo Yegey–. ¿Qué trata de decir, Estraven?

–Esto... ¿cabrán en el Gran Continente dos Orgoreyns?

–Ay, ay, ay, el mismo pensamiento –dijo Obsle–, la misma idea: me la puso usted en la cabeza hace mucho tiempo, Estraven, y nunca pude quitármela. Nuestra sombra se alarga demasiado. Pronto cubrirá también a Karhide. Una contienda entre dos clanes, sí; un saqueo entre dos ciudades, sí; una disputa fronteriza y unos pocos asesinatos y graneros incendiados, sí; pero ¿una contienda entre dos naciones? ¿Un saqueo en que intervienen cincuenta millones de almas? Oh, por la dulce leche de Meshe; es una imagen que me ha quemado como un fuego, algunas noches, y he tenido que levantarme, empapado en sudor... No estamos seguros, no estamos seguros. Tú lo sabes, Yegey, tú lo has dicho a tu modo, muchas veces.

–He votado hasta trece veces contra el mantenimiento de esa disputa del valle de Sinod. ¿De qué ha servido? El partido de las dominaciones dispone de veinte votos incondicionales, y cualquier movimiento de Tibe fortalecerá el poder que el Sarf tiene sobre esos veinte. Tibe levanta una cerca a lo largo del valle, pone guardias en esa cerca armados de fusiles de saqueo... ¡Fusiles de saqueo! Uno pensaría que los guardan en los museos de historia. Proporciona un blanco a la facción de las dominaciones, cada vez que ellos lo necesitan.

–Así se fortalece Orgoreyn, pero también Karhide. Toda respuesta de ustedes a las provocaciones de Tibe,

toda humillación infligida a Karhide, todo acontecimiento que implique para nosotros una pérdida de
prestigio servirá para que Karhide sea más fuerte, hasta
que se parezca a Orgoreyn: todo el país gobernado desde un centro. Y en Karhide no guardan las armas de
saqueo en museos históricos. Son las armas de la guardia del rey.

Yegey sirvió otra ronda de agua de vida. Los nobles
orgotas bebían ese fuego precioso, traído desde Sid a
una distancia de ocho mil kilómetros sobre océanos de
nieblas, como si fuese cerveza común.

Obsle se enjugó la boca y parpadeó.

—Bueno —dijo—, todo esto es como lo he pensado, y
como lo pienso ahora. Y hay un trineo, parece, que
podemos empujar juntos. Pero quiero hacer una pregunta. Me ha echado usted la venda sobre los ojos, dígame pues: ¿qué es toda esa oscuridad, esa ofuscación
y esos dislates a propósito de un Enviado del otro lado
de la luna?

Genly Ai, entonces, había pedido permiso para entrar en Orgoreyn.

—¿El Enviado? Es lo que él dice.

—Y él dice que es...

—Un mensajero de otro mundo.

—Por favor, Estraven, dejemos de lado esas condenadas y oscuras metáforas de la lengua karhidi. Renuncio al shifgredor, lo descarto. ¿Me contestará ahora?

—Ya lo he hecho.

—¿Es una criatura extraña? —dijo Obsle, y Yegey:

—¿Y ha tenido una audiencia con el rey Argaven?

Respondí sí a los dos. Guardaron silencio un minuto y luego ambos empezaron a hablar al mismo tiempo, y no trataron de ocultar su interés. Yegey estaba
dando un rodeo, pero Obsle atacó directamente:

–¿Y qué papel desempeñaba ese extraño en sus planes, Estraven? Parece que usted se apoyó en él y cayó al suelo. ¿Por qué?

–Porque Tibe me hizo una zancadilla. Yo tenía los ojos puestos en las estrellas, y no miré el barro a mis pies.

–¿Estudiaba usted astronomía?

–Sería bueno que todos estudiáramos astronomía, Obsle.

–¿Es una amenaza para nosotros este Enviado?

–Creo que no. Nos trae proposiciones de comunicaciones y comercio, tratados y alianzas, nada más. Vino solo, sin armas ni defensas, sin otra cosa que un dispositivo de comunicaciones, y su nave, que hemos examinado de arriba abajo. No es hombre de temer, pienso. Sin embargo, nos trae el fin de las comensalías y el reino en las manos desnudas.

–¿Por qué?

–¿Cómo podremos tratar con extranjeros excepto como hermanos? ¿Cómo podría Gueden tratar con una unión de ochenta mundos excepto como un único mundo?

–¿Ochenta mundos? –dijo Yegey, y rio nerviosamente.

Obsle me miró un rato de reojo y dijo:

–Prefiero pensar que ha estado demasiado tiempo con los locos del Palacio y ha enloquecido también usted... ¡En nombre de Meshe! ¿Qué es esa charla de alianzas con el sol y tratados con la luna? ¿Cómo vino aquí ese hombre, cabalgando en un cometa? ¿Subido a un meteoro? Una nave. ¿Qué clase de nave flota en el aire, en el espacio vacío? Sin embargo, no está usted más loco que antes, Estraven, lo que quiere decir estrictamente loco, sabiamente loco. Todos los karhíderos son locos. Adelante, mi señor, yo iré detrás. ¡En marcha!

–No voy a ninguna parte, Obsle. ¿Adónde tendría que ir? Ustedes, sin embargo, pueden ir a alguna parte. Si siguen ustedes un rato al Enviado, quizá él les muestre un camino que los ayudará a salir del valle de Sinod, libres de esa maldición que ha caído sobre nosotros.

–Muy bien. Estudiaré astronomía en mis años de viejo. ¿Adónde me llevará?

–Hacia la grandeza, si son ustedes más sabios que yo, caballeros. He estado con el Enviado, he visto la nave en la que cruzó el Vacío, y sé que es de veras y por cierto el mensajero de otro mundo. En cuanto a la honestidad de su mensaje y la verdad de sus descripciones acerca de ese más allá, no hay modo de estar seguro. No se lo puede juzgar sino como se juzgaría a cualquier otro hombre. Si fuera uno de los nuestros, yo diría que es un hombre honesto. Esto lo verán ustedes mismos, quizá. Pero hay algo indiscutible: ante este Enviado las líneas dibujadas en la tierra no son fronteras, ni ninguna defensa. Estamos ante un desafío mayor que el de Karhide a las puertas de Orgoreyn. Los hombres que acepten ese desafío, que abran por vez primera las puertas de la tierra, serán los jefes de todos nosotros. Todos: los tres continentes, toda la tierra, nuestra frontera actual no es una línea entre dos montes, sino la línea que traza nuestro planeta alrededor del sol. Arriesgar shifgredor a cualquier posibilidad menor sería un acto de locos ahora.

Yo había convencido a Yegey, pero Obsle parecía hundido en su propia grasa, mirando con aquellos ojitos.

–Tardaremos un mes en creerlo –dijo–. Y si hubiese venido de otra boca que no fuera la suya, Estraven, yo habría dicho que es todo inventado, una red para nuestro orgullo, y tejida con las luces de las estrellas. Pero sé que es usted serio, demasiado serio para recurrir al argumento de una desgracia, y engañarnos. No puedo creer que esté diciendo la verdad, y sé al mismo tiempo que una mentira se le atragantaría a usted para siempre... Bueno, bueno. ¿Querrá hablar con nosotros, como parece haber hablado con usted?

—Eso es lo que pretende: hablar, que lo escuchen allí o aquí. Tibe lo hará callar si trata de hacerse oír de nuevo en Karhide. Tengo miedo por él, no parece entender en qué peligro se encuentra.

—¿Nos dirá usted todo lo que sabe?

—Por supuesto, pero ¿hay una razón por la que no pueda venir aquí y decírselo a ustedes él mismo?

Yegey dijo mordiéndose delicadamente una uña:

—Creo que no. Ha pedido permiso para entrar en la Comensalía. Karhide no se ha opuesto. La solicitud se está estudiando...

7

La cuestión del sexo

De notas de campo de Ong Tot Oppong, Investigador, del primer descenso ecuménico en Gueden/Invierno, Ciclo 93, A.E. 1448.

1448. Día 81. Parece que fuera de veras un experimento. La idea es desagradable. Pero ahora que hay evidencias de que la colonia terrestre era un experimento, la inserción de un grupo haini normal en la población autóctona protohomínida de otro mundo, esa posibilidad no ha de ser descartada. La manipulación genética humana fue práctica común entre los colonizadores; no hay otra razón que explique los hilfs de S o los degenerados homínidos alados de Rokanan.

¿Hay otra explicación para la fisiología sexual guedeniana? Accidente, es posible; selección natural, difícilmente; la ambisexualidad de estas criaturas tiene un valor escaso o nulo como factor de adaptación.

¿Por qué un mundo entero para ese experimento? No hay respuesta. Tinibossol cree que la colonia se instaló durante un periodo interglacial mayor. Las condiciones de vida parecieron adecuadas en los primeros cuarenta mil o cincuenta mil años. Cuando el hielo avanzaba otra vez, los hainis se retiraron y los colonos fueron abandonados a su suerte; un experimento inconcluso.

Teorizo acerca de los orígenes de la fisiología sexual guedeniana. ¿Qué sé realmente? La comunicación de Otie Nim de la región de Orgoreyn ha enderezado algunas de mis primeras y equivocadas interpretaciones. Permítanme exponer todo lo que sé, y luego presentaré mis teorías. Lo primero es lo primero.

El ciclo sexual tiene una duración de 26 a 28 días (se habla generalmente de 26 días, aproximándolo al ciclo lunar). Durante 21 o 22 días el individuo es *sómer*, sexualmente inactivo, latente.

Alrededor del día 18 las glándulas pituitarias desencadenan los primeros cambios hormonales y en los días 22 o 23 el individuo entra en kémmer, estrus. En la primera fase del kémmer (en karhidi, *secher*) es aún completamente andrógino. El género, la potencia, no son alcanzados en el aislamiento. Un guedeniano en la primera fase del kémmer que viva solo o con otros que no están en kémmer sigue siendo incapaz de llevar a cabo el coito. No obstante, el impulso sexual es de un tremendo poder en esta fase, dominando el conjunto de la personalidad, imponiéndose a todas las otras necesidades instintivas. Cuando el individuo encuentra a un compañero en kémmer, la secreción hormonal es estimulada todavía más (¿sobre todo por contacto de secreciones, olor?) hasta que en una de las partes se establece una dominancia hormonal masculina o femenina. Los genitales se dilatan o encogen según el caso, el juego preliminar se intensifica, y el compañero en cuyo organismo el cambio del otro ha desencadenado procesos nuevos, pasa a desempeñar el papel del otro sexo, quizá sin excepción; si hay excepciones –parejas

104

del mismo sexo– son también tan escasas que se las deja de lado. Esta segunda fase del kémmer (en karhidi, *dorharmen*), el proceso mutuo en que se definen la sexualidad y la potencia, ocurre al parecer en un plazo de dos a veinte horas. Si uno de los compañeros se encuentra ya en pleno kémmer, la fase será para el otro considerablemente más corta. Si los dos están entrando juntos en kémmer, llevará más tiempo. Los individuos normales no tienen predisposición a ser de un determinado sexo en kémmer; no saben si serán el macho o la hembra, y no tienen posibilidad de elegir. (Otie Nim escribe que en la región de Orgoreyn el uso de derivados de hormonas para provocar la manifestación del género sexual preferido es bastante común. No he visto esto en las regiones rurales de Karhide.) Una vez establecido el sexo ya no se lo puede cambiar durante el periodo de kémmer. La fase culminante (en karhidi, *dokémmer*), dura de dos a cinco días, y en ese tiempo el impulso y la capacidad sexuales alcanzan un nivel máximo.

La fase termina de un modo bastante abrupto, y si no ha habido concepción, el individuo retorna a la fase sómer en unas pocas horas (nota: Otie Nim opina que esta cuarta fase es el equivalente del ciclo menstrual), y el ciclo común comienza de nuevo. Si el individuo era la parte femenina y ha habido embarazo, la actividad hormonal continúa, y durante el periodo de gestación, de 8,4 meses, y el periodo de lactancia, de 6 a 8 meses, el individuo sigue siendo hembra. Los órganos sexuales masculinos permanecen retráctiles (como en sómer), el tamaño de los pechos aumenta, y la pelvis se amplía. Junto con el fin de la lactancia, la hembra entra en sómer, y pasa a ser una vez más un perfecto andrógino. No se establece ningún hábito fisiológico, y la madre de varios niños puede ser el padre de otros.

Observaciones sociales. Superficiales hasta ahora. He estado poco tiempo en un mismo sitio para poder presentar observaciones sociales coherentes.

El kémmer no siempre es vivido en pareja. La pareja parece ser la costumbre más común, pero en las casas de kémmer de las ciudades y pueblos a veces se forman grupos, y el acoplamiento sexual puede ser de carácter promiscuo. El otro extremo de esta práctica es la costumbre del voto de *kemmerante* (en karhidi, os*kióm-mer*), que es de cualquier modo que se la considere un matrimonio monógamo. No tiene valor legal, pero social y éticamente es una institución vigorosa y antigua. Toda la estructura de los clanes-hogares y de dominio de Karhide se basa indudablemente en la institución del matrimonio monógamo. No estoy muy enterado de las leyes de divorcio en general. Aquí en Osnoriner hay divorcio, pero no un nuevo matrimonio después del divorcio o la muerte del compañero. Los votos de kémmerer se hacen una sola vez en la vida.

La descendencia es reconocida, en todo Gueden, en la línea materna, el «padre en la carne» (en karhidi, *amha*).

El incesto, con distintas restricciones, está permitido entre hermanos de sangre de un voto de kémmerer. Los hermanos, sin embargo, no están autorizados a hacer voto de kémmerer, ni a mantener el kémmer tras el nacimiento de un niño. El incesto entre generaciones está estrictamente prohibido en Karhide y Orgoreyn, pero parece que se lo permite en las tribus de Perunter, el continente antártico, aunque quizá sea una calumnia.

¿Qué otra cosa sé con seguridad? Esto parece resumirlo todo.

Hay un aspecto de estas anomalías que parece tener sentido de adaptación. Como el coito ocurre solo durante los periodos fértiles la posibilidad de concepción es alta, como en el caso de todos los mamíferos que tienen un ciclo *estro*. En condiciones duras, cuando la mortalidad infantil es alta, es posible encontrar algún factor importante de supervivencia. En la actualidad ni la mortalidad infantil ni el índice de nacimientos son muy elevados en las áreas civilizadas de Gueden. Tinibossol estima una población de más de cien millones en los tres continentes, y considera que se ha mantenido estable por lo menos durante un milenio. La abstención ética y ritual y el uso de drogas anticonceptivas parecen haber tenido especial importancia en el mantenimiento de esta estabilidad.

Hay tres aspectos de la ambisexualidad que hemos vislumbrado o entrevisto apenas, y que quizá nunca entendamos del todo. El fenómeno kémmer, por supuesto, nos fascina a todos nosotros, los investigadores. Nos fascina a nosotros, pero gobierna a los guedenianos, los domina. La estructura social, la administración de las industrias, la agricultura y el comercio, las dimensiones de las casas, los temas literarios, todo se ordena con el fin de acomodarse al ciclo sómer-kémmer.

Todas las gentes tienen un día libre una vez al mes; nadie, cualquiera que sea el puesto que ocupe, está obligado a trabajar cuando se encuentra en kémmer. Nadie tiene vedado el acceso a la casa de kémmer, por más pobre o desconocido que sea. Todo cede ante esa tormenta recurrente, esa fiesta de la pasión. Esto podemos entenderlo con facilidad. Lo que no parece en absoluto fácil de entender es que en tres cuartas partes del tiempo no hay en esa gente ningún signo de demostración sexual. Se da mucho espacio al sexo, realmente, pero un espacio de algún modo separado, aparte. La sociedad de Gueden, en su funcionamiento y continuidad cotidianos, no tiene sexo.

Considérese: cualquiera puede cambiarse en cualquiera de los dos sexos. Esto parece simple, pero los efectos psicológicos son incalculables. El hecho de que cualquiera entre los diecisiete y los treinta y cinco años, aproximadamente, pueda sentirse «atado a la crianza de los niños» (como dice Nim) implica que nadie está tan «atado» aquí como pueden estarlo, psicológica o físicamente, las mujeres de otras partes. Las cargas y los privilegios son compartidos con bastante equidad: todos corren los mismos riesgos o tienen que afrontar las mismas decisiones. Por lo tanto, nadie es aquí tan libre como un hombre libre de cualquier otra parte.

Considérese: no hay imposición sexual, no hay violaciones. Como en la mayoría de los mamíferos no humanos, el coito implica una invitación y un consentimiento mutuos; de otro modo no es posible. La seducción es por supuesto posible, pero solo con un extraordinario sentido de la oportunidad.

Considérese: no hay división de la humanidad en dos partes: fuerte/débil; protector/protegido; dominante/sumiso; sujeto de propiedad/objeto de propiedad; activo/pasivo. En verdad toda esa tendencia al dualismo que empapa el pensamiento humano se encuentra aminorada o cambiada en Invierno.

Lo que sigue ha de incluirse en mis directivas últimas: cuando uno se encuentra con un guedeniano no puede comportarse, ni deberá hacerlo, como un ser bisexual normal: esto es considerar al guedeniano hombre o mujer, y adoptar uno mismo el rol opuesto correspondiente, de acuerdo con las propias expectativas acerca de la estructura o interacciones posibles entre personas del mismo o de distinto sexo. Todas nuestras formas de interacción sociosexual son aquí desconocidas. No les es posible a los guedenianos entrar en el juego. No se ven a sí mismos como hombres o mujeres. Sí, ni siquiera alcanzamos a imaginarlo, y ya lo rechazamos como imposible. ¿Qué es lo primero que preguntamos cuando nace un niño?

Sin embargo, los guedenianos no son neutros. Son potenciales o integrales. No habiendo en mi idioma el equivalente del «pronombre humano» karhidi, y que se refiere en todos los casos a las personas en sómer, diré «él» por las razones que nos llevan a emplear el pronombre masculino refiriéndonos a un dios trascendente: es menos definido, menos específico que el neutro o el femenino. Pero esta recurrencia del pronombre masculino en mis pensamientos me hace olvidar continuamente que el karhíder con quien estoy no es un hombre, sino un hombre-mujer.

El primer móvil, si se envía uno, ha de recordar esta advertencia; si no está muy seguro de sí mismo o es un anciano, se sentirá humillado a menudo. Un hombre desea que se tenga en cuenta su virilidad, una mujer desea que se aprecie su femineidad, por más indirectos y sutiles que sean este tener en cuenta y estas apreciaciones. En Invierno no existen. Uno es respetado y juzgado solo como ser humano. La experiencia es asombrosa.

Volviendo a mi teoría. Buscando cuáles pudieran ser los propósitos de un experimento semejante, si ha sido un experimento, y tratando quizá de no acusar a nuestros antecesores hainis del pecado de barbarismo, tratar vidas como cosas, he de aventurar aquí algunas hipótesis.

El ciclo sómer-kémmer nos parece degradante, una vuelta del ciclo estro de los mamíferos inferiores, una sumisión de los seres humanos al imperativo mecánico del celo. Es posible que los experimentadores trataran de averiguar si los seres humanos despojados de una potencialidad sexual continua siguen siendo inteligentes y capaces de crear cultura.

Por otra parte, la limitación del impulso sexual, en un plazo de tiempo discontinuo, y la «homogeneidad» del estado andrógino, han de prevenir, de modo notable, tanto la explotación como la frustración de ese mismo impulso. Tiene que haber frustración sexual (aunque la sociedad trata de impedirlo, pues mientras las dimensiones de la unidad social permitan que por lo menos dos personas estén en kémmer al mismo tiempo la satisfacción sexual está bastante asegurada); pero por lo menos no puede acumularse; termina junto con el kémmer. Sí, y de este modo se evitan pérdidas de tiempo y mucha insensatez, pero ¿qué queda en sómer? ¿Qué se sublima entonces? ¿Adónde puede llegar una sociedad de eunucos? Aunque, por supuesto, no son eunucos, y sería mejor llamarlos –en sómer– prepúberes: no castrados, latentes.

Otra hipótesis sobre el objeto del posible experimento: la eliminación de la guerra. ¿Creían los antiguos hainis que la capacidad sexual continua y la opresión social organizada, atributos que no se encuentran en otros mamíferos que el hombre, son causa y efecto? O, como opina Tumass Song Angot, ¿consideraban quizá que la guerra es una actividad de desplazamiento puramente masculina, una vasta violación, y decidieron así eliminar la masculinidad que viola y la femineidad que es violada? Dios lo sabe. El hecho es que los guedenianos, aunque extremadamente competitivos (como lo prueban los elaborados medios sociales que invitan a luchas de prestigio, etc.) no parecen ser muy agresivos; por lo menos y hasta ahora, no han tenido nunca algo que pudiera llamarse una guerra. Se matan a veces, y rápidamente, de a uno o de a dos; rara vez de a diez o veinte; nunca de a cien o mil. ¿Por qué?

Quizá esto no tenga ninguna relación con esa psicología andrógina. No son tantos, al fin y al cabo, y no olvidemos el clima. El clima de Invierno es tan desapacible, tan cerca del límite de lo tolerable, aun para ellos que se han adaptado de tantos modos al frío, que quizá el espíritu de lucha se agota en la lucha contra el frío. Los pueblos marginales, los pueblos que pasan sin dejar muchas huellas, no son casi nunca guerreros. Y en última instancia, quizá el factor dominante de la vida guedeniana no sea el sexo o cualquier otra actividad humana, sino el ambiente, ese mundo helado. Aquí el hombre ha tropezado con un enemigo más cruel que él mismo.

Soy una mujer del pacífico Chiffevar, y de ningún modo una experta en los atractivos de la violencia o la naturaleza de la guerra. Algún otro tendrá que investigar aquí más a fondo. Sin embargo, no sé en verdad cómo alguien podría dar valor a la victoria o a la gloria después de pasar un invierno en Invierno, y de haberle visto la cara al Hielo.

8

Otro camino a Orgoreyn

Pasé el verano más como investigador que como móvil, yendo por las tierras de Karhide de pueblo en pueblo, de dominio en dominio, mirando y escuchando, cosas que un móvil no puede hacer al principio, cuando todavía es una monstruosidad y una maravilla, y ha de estar siempre en el escenario, preparado para actuar. Cuando llegaba a esos hogares y aldeas rurales yo acostumbraba decir quién era; la mayoría algo había oído en la radio y alguna idea tenía de mí. Eran gente curiosa, unos más, otros menos. Pocos se asustaban o mostraban alguna repulsión xenófoba. El enemigo en Karhide no es un extraño, un invasor. El extraño que llega anónimamente es un huésped. El enemigo es el prójimo.

Durante el mes de kus viví en la costa occidental en un clan-hogar llamado Gorinherin, una ciudadela granja construida sobre una loma, por encima de las nieblas eternas del océano Hodomin.

Viven allí unas quinientas personas. Cuatro mil años atrás yo hubiese encontrado a los antepasados de estas gentes viviendo en el mismo sitio, en el mismo tipo de casa. A lo largo de esos cuatro milenios había aparecido el motor eléctrico; y la máquina de tejer, los vehículos de motor, la maquinaria agrícola pasaron a ser de uso común; la Edad de la Máquina continuó desarrollándose, gradualmente, sin revolución industrial, sin revolución alguna. Invierno había llegado así en treinta siglos a lo que Terra había hecho en treinta décadas. Aunque Invierno no había pagado el precio que había pagado Terra.

Invierno es un mundo hostil. Las cosas mal hechas tienen un castigo rápido, seguro: muerte de frío o muerte de hambre. No hay alternativa, no hay postergación. Un hombre puede confiar en su propia suerte, pero no una sociedad, y los cambios culturales, como las mutaciones espontáneas, favorecen a veces las intervenciones del azar. De modo que los guedenianos marcharon muy despacio. Observando un momento cualquiera de la historia de Invierno un testigo no demasiado apresurado hubiese podido decir que la expansión y el progreso tecnológicos habían cesado del todo. Sin embargo, no es así. Compárese el torrente con el glaciar. Los dos llegan a donde tienen que ir.

Hablé mucho con los ancianos de Gorinherin, y también con los niños. Era mi primera posibilidad de ver de cerca a niños guedenianos, pues en Erhenrang están todos en las escuelas y los hogares privados y públicos. De un cuarto a un tercio de la población está dedicada casi exclusivamente a la crianza y educación de los niños. Aquí el clan entero cuidaba de la progenie; nadie y todos eran responsables. Los niños corrían por esas playas y montes nublados. Cuando conseguí al fin hablar una vez con ellos, descubrí que eran tímidos, orgullosos e inmensamente confiados.

Los instintos paternos son tan variados en Gueden como en cualquier otra parte. No es posible generalizar. Nunca vi a un karhíder que golpeara a un niño. Vi una vez a uno que le hablaba a un niño muy airadamente. La ternura que muestran con los niños me sorprendió como algo profundo, efectivo, y casi libre de toda posesividad, y quizá solo por esto –la falta de posesividad– distinto de lo que llamaríamos «instinto materno». Pienso que no vale la pena tratar de distinguir aquí entre el instinto materno y el paterno; el paterno, el deseo de cuidar, de proteger, no es una característica de índole sexual.

En los primeros días de hakanna, encontrándome en Gorinherin, oímos en el boletín de Palacio, entre susurros de estática, la noticia de que el rey Argaven estaba esperando un heredero. No otro hijo del kémmer, de los que ya tenía siete, sino un heredero en la carne, un hijo-rey. El rey estaba embarazado.

Me pareció cómico, y lo mismo opinaron los hombres de los clanes de Gorinherin, aunque por otras razones. Pensaban que el rey era demasiado viejo para llevar la carga de un embarazo, y se reían a carcajadas y decían obscenidades. Los viejos bromearon sobre el asunto durante días. Se reían del rey, aunque por otra parte no les interesaba mucho. «Los dominios son Karhide», había dicho Estraven; estas palabras y como muchas de las dichas por Estraven, me venían una y otra vez a la cabeza cuando yo aprendía algo más. Este simulacro de nación, unificada durante siglos, era un hervidero de ciudades descoordinadas, pueblos, aldeas, seudounidades económicas feudotribales, un revoltijo de individualidades vigorosas, competentes, pendencieras, sobre las que se posaba la mano insegura y leve de la autoridad. Nada, pensé, uniría nunca a Karhide como nación. La difusión masiva de aparatos de comunicación rápida, cuya consecuencia casi inevitable sería el nacionalismo, no había cambiado nada. Los ecúmenos no pueden hablarles a estos pueblos como si fuesen una unidad social, una entidad movilizable; tendrían que apelar a la humanidad de las gentes de Karhide, ese fuerte sentido que ya tenían, aunque no desarrollado, de la unidad humana. Me entusiasmé de veras pensándolo. Yo me equivocaba, por supuesto; sin embargo, había aprendido algo de los guedenianos que me sería útil más tarde.

Si yo no quería pasar todo el año en Karhide tenía que volver a la Cascada del Oeste antes que cerraran los pasos de Kargav. Aun aquí en la costa, ya habían caído dos nevadas ligeras en el último mes de verano. No de buena gana partí otra vez hacia el oeste, y llegué a Erhenrang a comienzos de gor, el primer mes de otoño. Argaven estaba ahora recluido en el palacio de verano de Varrever, y había nombrado a Pemmer Harge rem ir Tibe como regente por el periodo que durara el confinamiento. Tibe ya estaba aprovechando al máximo esos meses de poder. Antes de que pasaran dos horas desde mi llegada a la ciudad, descubrí que mi análisis de Karhide tenía un fallo –ya era anacrónico– y al mismo tiempo empecé a sentirme incómodo, quizá inseguro, en Erhenrang.

Argaven no estaba en sus cabales; la siniestra incoherencia de este hombre oscurecía la atmósfera de la capital. Argaven se alimentaba de miedo. Todo lo que se había hecho de bueno en el reino era obra de los ministros y el kiorremi. Aunque Argaven no hacía mucho daño. La lucha que libraba contra sus propias pesadillas no había afectado al reino. El primo de Argaven, en cambio, Tibe, era otra clase de pez, pues su locura tenía lógica. Tibe sabía cuándo era el momento de actuar, y cómo actuar. El problema era que no sabía cuándo había que detenerse.

Tibe hablaba mucho por radio. Estraven, mientras estuvo en el poder, nunca había recurrido a estos medios, y era algo que no estaba en las costumbres de los karhíderos; el gobierno no era casi nunca entre ellos una representación pública, sino una actividad enmascarada. Sin embargo, Tibe peroraba. Oyéndolo por radio vi otra vez aquella sonrisa de largos dientes, y el rostro oculto detrás de una red de finas arrugas. Los discursos de Tibe eran largos y ruidosos: alabanzas de Karhide, críticas a Orgoreyn, condenaciones de los «grupos desleales», discusiones sobre la «integridad de las fronteras del reino», conferencias sobre historia y moral y economía, todo en un tono emotivo, afectado y retumbante que subía al agudo junto con las vituperaciones o adulaciones. Hablaba mucho del orgullo natal y del amor a la patria, pero poco del shifgredor, el orgullo personal o el prestigio. ¿Habría perdido Karhide tanto prestigio en el valle de Sinod que no se podía tocar el caso? No, pues Tibe hablaba a menudo del valle. Decidí que evitaba deliberadamente toda referencia al shifgredor porque deseaba despertar emociones más elementales y difíciles de dominar. Toda la estructura del shifgredor no era para los fines de Tibe sino un refinamiento y una sublimación de estas emociones. Tibe deseaba que sus oyentes se asustaran y enojaran. Los temas de las charlas no eran en realidad el orgullo y el amor; estas palabras reaparecían una y otra vez, pero tal como las empleaba Tibe significaban complacencia y odio. Hablaba mucho también de la verdad, que estaba allí, decía, «bajo el barniz de la civilización».

Es una metáfora especiosa, ubicua, durable, esta del barniz (o la pintura, o la película, o lo que sea) que oculta la realidad más noble de abajo. La imagen ocul-

116

ta a la vez una serie de falacias; una de las más peligrosas es la idea de que la civilización, siendo artificial, se opone a la naturaleza, la vida primitiva... Por supuesto, no hay tal barniz sino un proceso de crecimiento, y la vida primitiva y la civilización son distintos grados de lo mismo. Si la civilización tiene un opuesto, este es la guerra. La guerra y la civilización no son coincidentes. Se tiene una o la otra, no las dos. Escuchando esos fieros y alienados discursos creí descubrir los propósitos de Tibe: obtener mediante la persuasión y el miedo que la gente de Karhide cambiara los términos de una elección que ya estaba decidida antes que empezara la historia del país: la elección entre estos opuestos.

El tiempo estaba maduro. Es cierto que el desarrollo material y tecnológico había sido allí muy lento, y que los guedenianos no eran entusiastas del «progreso» por sí mismo. Habían logrado al fin, en los últimos cinco o diez o quince siglos, adelantarse un poco a la naturaleza. Ya no estaban del todo a merced de aquel clima implacable; una mala cosecha no mataba ya de hambre a toda una provincia, ni ningún duro invierno aislaba todas las ciudades. Apoyándose en esta estabilidad material, Orgoreyn había levantado poco a poco un estado centralizado, unificado, y cada día más eficiente. Ahora Karhide tenía que tomar aliento y hacer lo mismo; y el modo de hacerlo no era acicatearle el orgullo, o desarrollando el comercio, o mejorando los caminos, las granjas, los colegios, y cosas así; todo esto era civilización, barniz, y Tibe lo rechazaba con desprecio. Lo que él pretendía era algo más seguro: el camino cierto, rápido y duradero para transformar un pueblo en una nación: la guerra. Las ideas que tenía a propósito de la guerra no eran quizá muy claras, pero sí sólidas. No hay otra manera rápida de movilizar a la gente, excepto una nueva religión. No había ninguna nueva religión a mano, y Tibe recurría a la guerra.

Le envié al regente una nota en la que le hablaba de mi pregunta a los profetas de Oderhord, y de la respuesta que me habían dado. Tibe no me contestó. Fui entonces a la embajada de Orgoreyn y pedí permiso para entrar en Orgoreyn.

En las oficinas de los Estables del Ecumen en Hain no vi nunca en verdad tantos funcionarios como en aquella embajada de un pequeño país en otro pequeño país, y todos ellos estaban armados con cientos de metros de cintas y registros sonoros. Eran lentos, prolijos, ninguno mostraba la arrogancia y los repentinos cambios de humor que caracterizan la burocracia de Karhide. Esperé, mientras ellos llenaban formularios.

La espera se hizo al fin bastante molesta. Los guardias de Palacio y los policías de la ciudad parecían multiplicarse día a día en las calles de Erhenrang; iban todos armados, y era posible advertir la aparición de algo semejante a un uniforme. Reinaba en la ciudad un aire de decaimiento, aunque los negocios marchaban bien, la prosperidad era general, y el tiempo bueno. Nadie quería tener muchas relaciones conmigo. Mi «ama de llaves» ya no mostraba mi cuarto a los curiosos, y más bien se quejaba de las molestias que le traían las «gentes del Palacio», y me trataba menos como un honorable espectáculo que como un sospechoso político. Tibe hizo un discurso a propósito de un saqueo en el valle de Sinod: unos «valientes granjeros karhíderos, verdaderos patriotas» habían atravesado la frontera sur de Sassinod, habían atacado una aldea orgota, incendiándola y después de matar a siete aldeanos habían arrastrado los cadáveres, arrojándolos al río Ey. «Una tumba semejante –dijo el regente– espera a todos los enemigos de la nación.» Escuché esta transmisión en el comedor de mi isla. Algunas gentes escuchaban poniendo mala cara, otros parecían desinteresados, y otros satisfechos, pero en todas estas expresiones, descubrí, había un elemento común, un pequeño tic o espasmo facial que antes no se veía a menudo: una mueca de ansiedad.

Aquella noche yo estaba en mi cuarto cuando alguien vino a verme, la primera visita desde mi regreso a Erhenrang. Era un hombre menudo, lampiño, tímido y llevaba del cuello la cadena dorada de un profeta, un celibatario.

—Soy amigo de alguien que le dio su amistad —me dijo, con la brusquedad de los tímidos—. He venido a pedirle a usted un favor, en beneficio de ese amigo.

—¿Habla usted de Faxe?

—No. De Estraven.

Mi expresión animosa debió de haber cambiado. Hubo una breve pausa, y luego el extraño dijo:

—Estraven, el traidor, quizá usted lo recuerde.

La cólera había desplazado a la timidez, y el hombre iba a transformar el diálogo en un conflicto de shifgredor. Si yo deseaba entrar en el juego, mi próximo movimiento tenía que ser algo así como: «No estoy seguro, cuénteme algo de él». Pero esto no me interesaba, y ya estaba acostumbrado al temperamento volcánico de los karhíderos. Enfrenté la cólera del hombre, desaprobándola, y dije:

—Por supuesto que lo recuerdo.

—Pero no con amistad. —Los ojos oscuros, oblicuos y ladinos me miraban directamente.

—Bueno, quizá con gratitud y decepción. ¿Lo envió él?

—No.

119

Esperé a que el hombre se explicara.

—Perdón —dijo—. Fue una presunción mía. Permítame aceptar las consecuencias de esa presunción.

Detuve al tieso hombrecito, que ya iba hacia la puerta.

—Por favor, no sé quién es usted, o lo que usted quiere. No he rehusado. Tampoco he aceptado. Ha de concederme usted el derecho a mostrarme prudente. Estraven fue desterrado por apoyar aquí mi misión...

—¿Se considera usted en deuda por ese motivo?

—Bueno, de algún modo. Sin embargo, mi misión está por encima de deudas y lealtades personales.

—Entonces —dijo el extraño en un tono de áspera seguridad— es una misión inmoral.

Callé. El hombre me recordaba ahora a los abogados del Ecumen, y yo no tenía respuesta.

—No lo creo así —dije al fin—; las debilidades han de cargarse al mensajero y no al mensaje. Pero dígame, por favor, qué desea de mí.

—Tengo un poco de dinero, rentas y deudas, que he podido salvar del naufragio económico de mi amigo. Enterado de que partía usted hacia Orgoreyn, pensé en pedirle que le llevara este dinero, si lo encuentra allá. Como usted sabe le estoy pidiendo que cometa una falta punible. Quizá además sea inútil. Es posible que esté en Mishnori, en una de esas condenadas granjas, o muerto. No encuentro modo de saberlo. No tengo amigos en Orgoreyn y aquí no hay nadie a quien me atreva a preguntárselo. Pensé en usted como alguien que está por encima de la política, libre de ir y venir. No se me ocurrió que usted tendría también, por supuesto, ideas políticas propias. Le pido disculpas por mi torpeza.

—Bueno, le llevaré el dinero. Pero ¿a quién se lo

devolveré, si él está muerto o no es posible encontrarlo?

El hombre me miró. Torció la cara y sofocó un sollozo. La mayoría de los karhíderos tienen el llanto fácil, pues no se avergüenzan de las lágrimas más que de la risa.

–Gracias –dijo–. Mi nombre es Fored. Soy un recluso de la fortaleza de Orgni.

–¿Pertenece al clan de Estraven?

–No. Fored rem ir Osbod. Yo fui su kemmerante.

Estraven no había tenido compañero de kémmer en el tiempo que yo lo conocí, pero me era imposible sospechar de este hombre. Quizá estaba sirviendo involuntariamente a los propósitos de alguien, pero decía la verdad. Y acababa de darme una lección: que el shifgredor puede plantearse en un nivel ético, y que el jugador experto ganará así fácilmente. El hombre me había acorralado con solo dos jugadas. Llevaba consigo el dinero y me lo dio, una suma considerable en notas mercantiles de crédito del reino de Karhide, nada que pudiera incriminarme, y nada por lo tanto que me impidiese gastármelas.

–Si usted llegara a encontrarlo... –El hombre se interrumpió.

–¿Un mensaje?

–No. Pero si yo pudiese saber...

–Si lo encuentro trataré de enviarle a usted alguna noticia.

–Gracias –dijo él, y me tendió las manos, un ademán amistoso que no es demasiado común en Karhide–. Le deseo éxito en su misión, señor Ai. Él, Estraven, creía que usted venía aquí con buenos motivos. Sí, lo creía de veras.

No había nada en el mundo para este hombre fuera de Estraven. Era uno de esos que están condenados a amar una sola vez. Hablé de nuevo:

–¿No quiere usted que le diga algo?

–Dígale que los niños están bien –me respondió; enseguida titubeó y dijo serenamente–: *Nusud,* no es nada.

Y se fue.

Dos días más tarde dejé Erhenrang a pie, esta vez por el camino del noroeste. Mi permiso para entrar a Orgoreyn había llegado mucho más pronto de lo que me habían anunciado los empleados y oficiales de la embajada orgota o de lo que ellos mismos habían esperado; cuando fui a retirar los papeles me trataron con una especie de respeto ponzoñoso, como si se sintieran resentidos de que la autoridad de alguien me hubiese librado de protocolos y regulaciones. En Karhide no hay nada que regule la salida del país, de modo que partí enseguida. Yo ya había aprendido a lo largo del verano qué país era Karhide para caminar a pie. Caminos y posadas están preparados para el tránsito de los caminantes tanto como para los vehículos motorizados, y donde no hay posadas uno puede confiar del todo en el código de la hospitalidad. Los ciudadanos de los condominios y los aldeanos, granjeros y señores de cualquier dominio darán al viajero alimento y comida por tres días, según el código, y por muchos más en la práctica; y lo mejor es que a uno lo reciben sin alboroto, sonriendo, como si hubieran estado esperándolo.

Anduve un tiempo por esas espléndidas tierras en declive entre Sess y el Ey, sin apresurarme, ganándome el sustento un par de mañanas en los campos de los grandes dominios, donde estaban recogiendo la cosecha, y utilizando todas las máquinas, herramientas y manos posibles antes que cambiara el tiempo. Fue dorada y serena, aquella semana de caminatas; y de noche, antes de acostarme, yo salía de la granja a oscuras o a la sala-hogar iluminada donde estaba alojado, y daba un paseo por los rastrojos mirando las estrellas, que brillaban como lejanas ciudades en la ventosa sombra de otoño.

En verdad, me resistía a dejar estas tierras, que yo había encontrado tan amables con el extranjero, aunque tan indiferentes hacia el Enviado. Temía de veras tener que recomenzarlo todo, tratando de repetir mis noticias en un nuevo lenguaje ante nuevos oyentes, y quizá volviendo a fracasar. Fui en algún momento más hacia el norte que hacia el este, justificando mis zigzagueos por mi interés en ver la región del valle de Sinod, el centro de la rivalidad entre Karhide y Orgoreyn. Aunque el cielo seguía despejado, el frío aumentaba, y al fin me volví al oeste antes de llegar a Sassinod, recordando que había una cerca en aquella región de la frontera, y que allí no era quizá tan fácil salir de Karhide. Aquí la frontera era el Ey, un río estrecho pero torrentoso, alimentado por el agua de los glaciares, como todos aquellos ríos continentales. Retrocedí unos pocos kilómetros hacia el sur, buscando un puente, y llegué a uno que unía dos pequeños caseríos. Passerer, en el lado de Karhide y Siuvensin, en Orgoreyn, se miraban somnolientos por encima del ruidoso Ey.

El guardián de Karhide solo me preguntó si yo tenía pensado volver esa noche, y me despidió con un descuidado ademán. En el lado orgota llamaron a un inspector que inspeccionó mi pasaporte y mis papeles durante una hora, una hora karhidi. Conservó el pasaporte diciéndome que lo reclamara a la mañana siguiente, y me dio en cambio un permiso para comer y alojarme en la comensalía de tránsito de Siuvensin. Pasé otra hora en la oficina de la casa de tránsito, mientras el superintendente leía mis papeles y verificaba la autenticidad de mi permiso, llamando por teléfono al inspector de la estación fronteriza, de donde yo venía.

No podría definir adecuadamente la palabra orgota que he traducido aquí como «comensal», «comensalía». La raíz es un vocablo que significa «comer juntos». En su uso incluye todas las instituciones nacionales gubernamentales de Orgoreyn, desde el Estado, como totalidad en sus treinta y tres subestados o distritos, hasta los subestados, las ciudades, las granjas comensales, las minas, las factorías, etcétera. Como adjetivo se aplica a todo lo que he citado, en la forma «los comensales» se refiere casi siempre a las treinta y tres cabezas de distrito, que forman el cuerpo de gobierno, ejecutivo y legislativo, o la Gran Comensalía de Orgoreyn, pero también se refiere a los ciudadanos, el pueblo. En esta curiosa falta de distinción entre las aplicaciones generales y específicas de la palabra, tanto para el todo como para la parte, el Estado como el individuo, en esta imprecisión ha de encontrarse el significado más exacto.

Mis papeles y mi presencia fueron aprobados al fin, y hacia la hora cuarta tuve mi primera comida después del desayuno temprano: una cena, potaje de kardik y rodajas frías de pan de manzana. A pesar de tantas guarniciones militares, Siuvensin era un sitio pequeño y atrasado, hundido profundamente en una modorra campesina. La casa comensal de tránsito era más reducida que su nombre. El comedor tenía una mesa y cinco sillas, y no había chimenea; la comida la traían de la tienda de calor del pueblo. El otro cuarto era el dormitorio: seis camas, mucho polvo y un poco de moho. Yo era el único ocupante. Como me pareció que todos los de Siuvensin se habían ido a la cama directamente después de cenar, hice lo mismo. Me dormí en ese completo silencio del campo en que le silban a uno los oídos. Dormí una hora y me desperté en medio de una pesadilla de explosiones, invasiones, asesinatos y conflagraciones.

Fue una pesadilla particularmente horrible, de esas en las que uno corre en la oscuridad por una calle desconocida, colmada de gente que no tiene cara, mientras, detrás, los edificios se levantan en llamas, y los niños chillan.

Me desperté en un campo abierto, de pie sobre unos rastrojos secos, junto a una cerca negra. La opaca y rojiza media luna y algunas estrellas brillaban arriba entre las nubes. El viento era cortante y frío. Cerca de mí, la mole de un establo o un granero asomaba en la oscuridad, y vi allá a lo lejos torbellinos de chispas que subían en el viento.

Yo estaba con las piernas y los pies desnudos, en camisa, sin pantalones, túnica o chaqueta; pero conservaba aún mi mochila. Llevaba allí no solo unas ropas sueltas sino también mis rubíes, dinero, documentos, papeles y el ansible; y siempre que viajo duermo con la mochila como almohada. Era evidente que yo no la soltaba ni siquiera durante las peores pesadillas. Saqué un par de zapatos y unos pantalones y mi túnica de piel, y me vestí allí en el silencio del campo oscuro y frío, mientras Siuvensin humeaba detrás, a un kilómetro. Al fin eché a andar en busca de un camino, y pronto lo encontré, y había allí otra gente. Eran también refugiados, como yo, aunque ellos sabían adónde iban. Los seguí, pues yo no tenía otro destino que el de alejarme de Siuvensin, que (según me dijeron mientras caminábamos) había sido saqueada por las gentes de Passerer, la aldea del otro lado del puente.

Habían atacado, e incendiado, retirándose enseguida. No había habido lucha. De pronto unas luces atravesaron la oscuridad, hacia nosotros, y escurriéndonos a un costado del camino vimos una caravana –veinte camiones–, que se acercaba a toda velocidad desde el oeste hacia Siuvensin y pasó a nuestro lado, con un relampagueo de luces y un siseo de ruedas repetidos veinte veces; luego silencio y otra vez oscuridad.

Pronto llegamos a una comuna campesina donde nos detuvieron y nos interrogaron. Traté de incorporarme al grupo que había venido siguiendo, pero no tuve suerte. Tampoco ellos, cuando no llevaban consigo papeles de identidad. Yo como extranjero sin pasaporte, y junto con estos últimos, fui separado de la manada, y me llevaron a dormir a un depósito de granos, un vasto semisótano de piedra, con una puerta sobre nosotros que se cerraba desde afuera, y ninguna ventana. De vez en cuando abrían la puerta y un policía campesino armado con el «fusil» sónico guedeniano echaba dentro un nuevo refugiado. Cerrada la puerta, la oscuridad era impenetrable, tanto que los ojos, engañados, creían ver chispas de luz y puntos ardientes que iban y venían por la sombra, en torbellinos. El aire era frío, y olía a polvo y grano. Nadie llevaba una linterna; todos los que estaban allí habían sido sacados a la fuerza de la cama, lo mismo que yo, y dos de ellos estaban literalmente desnudos, y los otros les habían dado mantas para el camino. No tenían nada. Les habría convenido tener papeles por lo menos. Era preferible estar desnudo a no tener papeles, en Orgoreyn.

Estábamos sentados aquí y allá en aquella sombra hueca, inmensa y polvorienta; a veces dos conversaban un rato en voz baja. No había ningún signo de camaradería, el reconocimiento de que todos éramos prisioneros. No había quejas.

Oí un susurro a mi izquierda:

—Ocurrió en la calle, frente a mi casa. Lo habían degollado.

—Son esas armas que tiran piezas de metal. Armas de saqueo.

—Tiena dijo que no eran de Passerer sino del dominio de Ovord, y que habían llegado en camiones.

—Pero no hay ninguna disputa entre Ovord y Siuvensin.

No entendían, no se quejaban, aun después de haber sido echados de sus casas por las armas y el fuego. Unos compatriotas los habían encerrado en ese sótano, y sin embargo no protestaban. No trataban de explicarse lo que había pasado. Los murmullos en la oscuridad, escasos y casi inaudibles, en la sinuosa lengua orgota (la lengua karhidi parecía en comparación un ruido de piedras en una lata) cesaron poco a poco. La gente dormía, lejos, en la oscuridad, un niño alborotó un rato, respondiendo con un llanto al eco de su propio llanto.

La puerta se abrió de pronto chillando y era pleno día; la luz del sol cayó como un cuchillo en los ojos, brillante y terrible. Me incorporé tambaleándome detrás de los otros y empecé a seguirlos mecánicamente cuando oí que decían mi nombre. No lo había reconocido; ese orgota ante todo pronunciaba la «ele». Después de abrirse la puerta, alguien había estado llamándome a intervalos.

—Por aquí, por favor, señor Ai —dijo una persona vestida de rojo, y que parecía tener prisa, y yo dejé de ser un refugiado.

Me separaron de aquellas criaturas anónimas con quienes yo había huido por un camino oscuro, y cuya falta de identidad había compartido en un sitio oscuro, toda la noche. Me dieron un nombre, fui conocido y reconocido. Me sentí de veras aliviado. Seguí de buen grado a mi guía.

En la oficina del centro comensal local todo estaba alborotado y revuelto, pero tuvieron tiempo de ocuparse de mí y me pidieron disculpas por las incomodidades de la noche anterior.

—¡Si al menos no se le hubiese ocurrido entrar por la comensalidad de Siuvensin! —se lamentó un inspector gordo—. ¡Si hubiese tomado usted los caminos de costumbre!

No sabían quién era yo o por qué estaba allí, y esta obvia ignorancia no cambiaba nada. Genly Ai, el Enviado, tenía que ser tratado como una persona distinguida. Lo fue. A media tarde yo ya estaba camino de Mishnori en un coche que el centro comensal de Homsvashom del Este había puesto a mi disposición. Yo tenía ahora un nuevo pasaporte, y un bono gratuito para todas las casas de tránsito del camino, y una invitación telegrafiada para visitar en Mishnori la residencia del primer comisionado comensal del distrito de Vías de Entrada y Puertos, el señor Ud Shusgis.

La radio se encendía junto con el motor y funcionaba con el movimiento del coche, de modo que toda la tarde, cruzando los vastos campos de cereales de Orgoreyn del Este, campos sin vallas (pues no hay allí ganado) y atravesados por arroyos, escuché la voz de la radio.

Me habló de las condiciones del tiempo, las cosechas, el estado de los caminos; me aconsejó que manejara el coche con cuidado, me dio variadas noticias de los treinta y tres distritos, la producción de varias fábricas, el movimiento naviero en puertos de mar y río; luego el aparato cantó unas canciones yomesh, y luego me habló otra vez del tiempo. Todo era muy apacible, comparado con las vociferaciones que yo había oído en la radio de Erhenrang. En ningún momento se mencionó el asalto a Siuvensin; era evidente que el gobierno orgota no quería excitar sino apaciguar. Un breve boletín oficial que repetían de cuando en cuando solo mencionaba que se mantenía y se mantendría el orden en las fronteras de occidente.

Me gustó; era tranquilizador y nada provocativo, y tenía la serena firmeza que yo había admirado siempre en los guedenianos: se mantendría el orden... Yo estaba contento ahora de estar fuera de Karhide, un país incoherente arrastrado a la violencia por la voluntad de un rey preñado y paranoico y un regente egomaníaco. Me alegró estar manejando serenamente un coche, a cuarenta kilómetros por hora, a través de esas vastas praderas trabajadas con el arado, bajo un inimitable cielo gris, hacia una capital donde se hablaba de orden.

Había muchas señales en el camino (al contrario de los caminos de Karhide donde hay que adivinar la dirección o preguntársela a alguien) y con noticias sobre la próxima parada obligatoria en el puesto de inspección del área o región comensal tal y cual; en esas aduanas internas había que mostrar los papeles de identidad y registrar el paso. Mis papeles eran siempre válidos, y me despedían cortésmente con un ademán después de unos pocos instantes, y me señalaban cortésmente la distancia a que se encontraba la próxima casa de tránsito, si yo deseaba comer o dormir. A cuarenta kilómetros por hora el viaje de Cascada del Norte a Mishnori se alargaba de veras, y pasé dos noches en el camino. La comida en las casas de tránsito era abundante aunque insípida; el albergue decente, y solo faltaba un poco de intimidad, proporcionada por otra parte por la reticencia de mis compañeros de viaje. No llegué a tratar con nadie ni tuve una verdadera charla en esas paradas, aunque lo intenté varias veces. Los orgotas no parecían gente antipática, pero eran abúlicos, incoloros, tranquilos, sumisos. Me gustaron. Yo acababa de tener dos años colmados de color, cóleras y pasiones en Karhide. Un cambio era aconsejable.

Siguiendo la orilla occidental del caudaloso Kunderer, a la tercera mañana llegué a Mishnori, la mayor ciudad de ese mundo.

A la débil luz del sol, que asomaba entre lloviznas de otoño, era una ciudad extraña: muros de piedra desnuda y unos pocos ventanucos estrechos siempre demasiado altos, calles anchas que empequeñecían a las gentes, farolas sobre postes de una altura excesiva; techos de dos aguas, empinados, como manos en oración; aleros que salían de las paredes a seis metros del suelo, como estanterías inútiles: una ciudad desproporcionada, grotesca a la luz del sol. No la habían construido para la luz del sol, la habían construido para el invierno. En invierno, con tres metros de nieve dura en la calle, los techos empinados bordeados de carámbanos, los trineos estacionados bajo los aleros protectores, las ventanas estrechas que brillaban con una luz amarilla en la cellisca, era posible apreciar las justas proporciones de la ciudad, económica, hermosa.

Mishnori era más limpia, extensa y clara que Erhenrang, más abierta e imponente. Unos edificios de piedra blancoamarillenta dominaban la ciudad; eran simples y uniformes, y albergaban las oficinas y los servicios del gobierno comensal y asimismo los templos mayores del culto yomesh, promulgado por la Comensalía. No había allí alborotos o contorsiones, ni la impresión de estar siempre a la sombra de algo elevado y tenebroso, como en Erhenrang: todo era sencillo, bien concebido y ordenado. Me sentí como si hubiera dejado atrás una edad oscura, y deseé no haber perdido dos años en Karhide. Orgoreyn, ahora, parecía un país listo ya para entrar en la Edad Ecuménica.

Recorrí un rato la ciudad, y luego devolví el coche a la oficina regional apropiada y seguí a pie hasta la residencia del primer comisionado comensal del distrito de Vías de Entrada y Puertos. Nunca había sabido bien si la invitación era un pedido o una orden cortés. *Nusud.* Yo había llegado a Orgoreyn para hablar en nombre de los ecúmenos, y tanto valía estar aquí como en cualquier otra parte.

Las ideas que yo tenía acerca de la flema y la ecuanimidad de los orgotas me las estropeó bastante el comisionado Shusgis, quien se me acercó sonriendo y gritando, me tomó las dos manos en un ademán que los karhíderos reservan para los momentos de intensa emoción personal, me sacudió los brazos hacia arriba y abajo como si tratara de provocar la aparición de una chispa que me encendiera el motor, y aulló una bienvenida al embajador del Ecumen de los Mundos Conocidos al planeta Gueden.

Esto fue una sorpresa, pues ninguno de los doce o catorce inspectores que habían examinado mis papeles mostró alguna vez señal de haber reconocido mi nombre o los términos Enviado o Ecumen, que habían sido al menos vagamente familiares para casi todos los karhíderos. Decidí que Karhide había impedido de algún modo que se me mencionara en las estaciones de radio orgotas, guardándome como un secreto nacional.

–No embajador, señor Shusgis. Solo un enviado.

–Futuro embajador, entonces. ¡Sí, por Meshe! –Shusgis, un hombre sólido, de sonrisa perenne, me miró de arriba abajo y rio de nuevo–. ¡No es usted como yo esperaba, señor Ai! Nada parecido. Alto como un farol, me dijeron, delgado como un conductor de trineos, negro como el hollín, y de ojos oblicuos. Un ogro de los hielos yo esperaba, ¡un monstruo! Nada de eso. Solo que es usted más oscuro que la mayoría de nosotros.

–Color de tierra –dije.

–¿Y estaba usted en Siuvensin la noche del saqueo? Por los pechos de Meshe, en qué mundo vivimos. Podían haberlo matado a usted, cruzando el puente del Ey, tras haber cruzado todo el espacio hasta aquí. ¡Bueno, bueno! Ya está entre nosotros y hay mucha gente que quiere verlo, y oírlo, y darle al fin la bienvenida a Orgoreyn.

Shusgis me instaló enseguida, sin discusiones, en unas habitaciones de la casa. Oficial de rango y hombre pudiente, vivía en un estilo desconocido en Karhide, aun entre los señores de los grandes dominios. La casa de Shusgis era toda una isla, que albergaba a más de cien empleados, sirvientes, domésticos, secretarios, consejeros, técnicos, etcétera, pero ningún familiar, ningún pariente. El sistema de extensos clanes de familia, de hogares y dominios, todavía vagamente distinguible en la estructura comensal, había sido «nacionalizado» cientos de años atrás en Orgoreyn. Ningún niño de más de un año vive con padres o parientes: todos se crían en los hogares de la Comensalía. No hay bienes por nacimiento. Las donaciones privadas son ilegales: un hombre al morir deja su fortuna al Estado. Todos comienzan igual. Pero obviamente no continúan como iguales. Shusgis era rico, y liberal con sus riquezas. Había lujos en mis habitaciones que yo no hubiese creído posibles en Invierno: por ejemplo, una ducha, y un calefactor eléctrico, además de la chimenea bien provista. Shusgis rio:

–No deje que el Enviado pase frío, me dijeron; viene de un mundo caliente, un mundo de horno, y no puede tolerar el frío de aquí. Trátelo como si estuviese preñado. Póngale pieles en la cama y estufas en el cuarto, caliéntele el agua del baño, y tenga las ventanas cerradas. ¿Le parece bien? ¿Se sentirá usted cómodo? Por favor, dígame qué otra cosa quiere.

¡Cómodo! Nadie en Karhide me había preguntado alguna vez, en ninguna circunstancia, si me sentía cómodo.

–Señor Shusgis –dije emocionado–. Me siento perfectamente en casa.

No estuvo satisfecho hasta conseguir otra piel de pesdri para la cama, y más leños para la chimenea.

–Sé cómo es –dijo–. Cuando yo esperaba un niño nunca alcanzaba a calentarme del todo: tenía los pies siempre fríos, me pasé el invierno sentado junto al fuego. Hace mucho, por supuesto, pero lo recuerdo bien.

Los guedenianos son casi siempre padres jóvenes; la mayoría, cumplidos los veinticuatro años, usa anticonceptivos, y deja de ser fértil, en la fase femenina, alrededor de los cuarenta. Shusgis había entrado en la cincuentena, de ahí su «hace mucho, por supuesto», y era difícil imaginarlo como joven madre. Era un político jovial y astuto, cuyos actos de bondad servían a lo que más le interesaba: él mismo.

El tipo de Shusgis es pan humano. Lo he encontrado en la Terra, y en Hain, y en Ollul. Espero encontrarlo también en el infierno.

–Está usted bien informado de mis gustos y mi aspecto, señor Shusgis. Me envanece usted. No pensé que mi reputación me hubiese precedido.

–No –dijo Shusgis entendiéndome perfectamente–; hasta hace poco lo tuvieron a usted escondido bajo

133

la nieve, allí en Erhenrang, ¿eh? Pero lo dejaron ir, lo dejaron ir. Y entonces supimos que usted no era otro de esos karhíderos lunáticos, sino la cosa real.

—No creo seguirlo del todo...

—Bien, Argaven y los suyos le tenían miedo, señor Ai. Le tenían miedo a usted y les alegraba verle la espalda. Miedo de que si no lo trataban adecuadamente, o lo hacían callar, podría haber represalias. ¡Saqueadores del espacio exterior! Así que no se atrevieron a tocarlo. Y trataron de que no se lo oyera a usted. Porque le tienen miedo, a usted y a lo que puede traerle a Gueden.

El hombre exageraba. Yo no había dejado de aparecer en las noticias de Karhide, por lo menos mientras Estraven estaba en el poder. Pero yo ya había tenido antes la impresión de que por algún motivo no se había hablado mucho de mí en Orgoreyn, y Shusgis confirmaba esas sospechas.

—Entonces ¿no teme usted lo que traigo a Gueden?

—¡No, no nosotros, señor!

—Yo sí, a veces.

Shusgis decidió que la mejor respuesta era una carcajada jovial. No juzgo mis palabras. No soy un vendedor. No estoy vendiendo progreso a los aborígenes. Hemos de encontrarnos como iguales, con una comprensión y un candor compartidos, antes que mi misión pueda siquiera empezar.

—Señor Ai, hay mucha gente que desea conocerlo, y algunos de ellos son los que usted deseaba ver aquí, la gente que produce resultados. Solicité el honor de recibirlo porque mi casa es amplia y porque me conocen bien como una especie de personaje neutral, no un dominador ni un mercader público y solo un simple comisionado que hace su trabajo y no dejará de decirle lo que usted quiera saber a propósito de los dueños de casa. –Rio–. Pero esto significa que tendrá que acompañarnos a comer muy a menudo, si no le importa.

–Estoy a su disposición, señor Shusgis.

–Entonces, esta noche habrá una pequeña cena con Vanake Slose.

–Comensal por Kuvera, distrito tercero, ¿no es así?

Por supuesto yo había husmeado un poco antes de venir a Orgoreyn. Shusgis hizo una alharaca a propósito de mi condescendencia, que me había permitido aprender algo sobre el país.

Las maneras eran aquí bastante distintas de las de Karhide; allí, el alboroto de Shusgis hubiese degradado su propio shifgredor, o hubiese insultado el mío. No estaba seguro, pero la alternativa habría sido casi ineludible.

Necesitaba ropas adecuadas para una cena, habiendo perdido mi buen traje de Erhenrang en el asalto a Siuvensin, de modo que esa tarde tomé un taxi al centro de la ciudad y me compré un atuendo orgota. Abrigo y camisa eran parecidos a los de Karhide, pero en vez de pantalones ajustados para el verano llevaban el año entero unas polainas altas hasta los muslos, abultadas e incómodas; los colores eran azules y rojos chillones, y la tela y el corte y la confección un poco burdos. Un trabajo producido en serie. Estas ropas me ayudaron a descubrir lo que faltaba en esta maciza e imponente ciudad: elegancia. La elegancia es un precio bajo si hay que pagarlo en favor de la ilustración, y yo estaba dispuesto a pagarlo. Regresé a la casa de Shusgis y me pasé un buen rato en el baño de ducha caliente, que brotaba a la vez de todos lados como una niebla de agujas. Recordé las frías bañeras de latón de Karhide del Este, en las que yo había dado diente con diente en el verano último, y la palangana de bordes escarchados de mi habitación en Erhenrang. ¿Era eso elegancia? Que viva la comodidad. Me puse los llamativos atavíos rojos, y fui con Shusgis a la cena en un coche privado con chófer. Hay más sirvientes, más servicios en Orgoreyn que en Karhide. Esto se explica porque todos los orgotas son empleados del Estado; el Estado tiene la obligación de proporcionar empleo a todos los ciudadanos y así lo hace. Esta, al menos, es la explicación aceptada, aunque como la mayoría de las explicaciones económicas parece, a veces, a cierta luz, que omitiera el punto principal.

En la sala blanca de recepción del comensal Slose, alta, ardientemente iluminada, había veinte o treinta invitados, tres de ellos comensales y todos notables de una u otra especie; algo más que un grupo de orgotas empujados por la curiosidad de ver al «extraño». Yo no era aquí una rareza, como lo había sido todo un año en Karhide, ni un monstruo, ni un misterio. Yo era ahora, parecía, una llave.

¿Qué puerta podía abrirles? Algunos de ellos tenían una cierta idea, esos políticos y oficiales que me saludaban tan efusivamente, pero no yo.

No lo descubriría durante la cena. En todo Invierno, aun en las tierras heladas y bárbaras de Perunter, se piensa que hablar de negocios en las comidas es de una vulgaridad execrable. Sirvieron enseguida la sopa, y posponiendo mis preguntas presté atención a la famosa sopa de pescado y a los otros huéspedes. Slose era un hombre frágil, aniñado, de ojos muy claros y brillantes, y una voz apagada e intensa: parecía un idealista, un alma dedicada. Me gustó de algún modo, pero me pregunté a qué estaría dedicado en verdad. A mi izquierda se sentaba otro comensal, un hombre carigordo llamado Obsle. Era tosco, cordial e inquisitivo.

Al tercer sorbo de sopa ya estaba preguntándome qué demonios era eso de que yo había nacido en otro mundo; cómo era allí, más caluroso que en Gueden, todos decían, caluroso hasta qué punto.

—Bueno, en Terra, en esta misma latitud nunca nieva.

—Nunca nieva. ¿Nunca nieva?

Obsle rio de veras como ríe un niño ante una buena mentira, animando a próximos combates.

—Lo más parecido en Terra a las zonas habitables de ustedes son las regiones subárticas. Estamos más distanciados que ustedes de la última edad glacial, pero no completamente fuera. En lo fundamental Terra y Gueden son mundos muy parecidos; como todos los mundos habitables. El hombre se desarrolló solo en un estrecho espectro de ambientes. Gueden es uno de los extremos...

—Entonces ¿hay mundos más calurosos que el nuestro?

—La mayoría. Algunos son calientes; Gde, por ejemplo. Es principalmente un desierto de arena y piedra. Era un mundo templado al principio, y una civilización exploradora arruinó el equilibrio natural hace cincuenta o sesenta mil años, quemando bosques como leña, por así decir. Todavía hay gente allí, pero se parece, si he entendido el texto, a la idea yomesh del sitio destinado a los ladrones después de la muerte.

Esto arrancó una mueca de aprobación a Obsle, una sonrisa que me hizo revisar de pronto mi estimación de este hombre.

—Algunos subcultistas opinan que esas circunstancias de más allá de la vida son reales, y están físicamente situadas en otros mundos, otros planetas del universo. ¿Se ha encontrado usted alguna vez con una idea semejante, señor Ai?

–No. Han hablado de mí de muchos modos, pero nunca como un fantasma.

Mientras hablaba miré casualmente a mi derecha, y cuando dije «fantasma» vi uno. Oscuro, con ropas oscuras, estaba sentado junto a mí, el espectro de la fiesta.

La atención de Obsle se había vuelto a su otro vecino, y la mayoría escuchaba ahora a Slose, a la cabecera de la mesa. Dije en voz baja:

–No esperaba verlo aquí, señor Estraven.

–Lo inesperado es lo que hace posible la vida –dijo Estraven.

–Me encomendaron algo para usted.

Estraven me miró, esperando.

–Se trata de dinero, dinero para usted. Fored rem ir Osbod lo manda. Lo tengo conmigo en la casa de Shusgis. Intentaré enviárselo.

–Muy amable de su parte, señor Ai.

Estraven me pareció tranquilo, sumiso, reducido: un exiliado que se consume en tierra extraña. No mostró ningún deseo de hablar conmigo, y a mí me alegró no hablarle. No obstante, de cuando en cuando, durante aquella cena ruidosa, pesada y larga, aunque toda mi atención estaba vuelta a los orgotas, poderosos y complicados, que pretendían favorecerme o utilizarme, tuve siempre conciencia de la proximidad de Estraven, de su silencio, de su rostro oscuro y apartado. Y se me ocurrió, aunque rechacé esta idea como infundada, que yo había venido a Mishnori a comer pez negro junto con los comensales por mi propia voluntad, y que tampoco ellos me habían traído aquí. Me había traído Estraven.

9

Estraven el traidor

Un cuento oriental karhidi, tal como fue contado por Tobord Chorhava en Gorinherin y registrado por G. A. La historia es bien conocida en varias versiones, y una pieza de teatro habben con el mismo tema es parte del repertorio de los actores trashumantes al este del Kargav.

Hace tiempo, antes de los días del rey Argaven I que hizo de Karhide un reino, hubo un conflicto de sangre entre el dominio de Stok y el dominio de Estre, en las tierras de Kerm. El conflicto había sido una sucesión de saqueos y emboscadas durante tres generaciones, y no había arreglo posible, pues se disputaban la posesión de unas tierras. Las tierras fértiles son escasas en Kerm, y el orgullo de un dominio es la extensión de las fronteras, y los señores de las tierras de Kerm son hombres orgullosos y hombres tenebrosos, de sombras negras.

Ocurrió entonces que el heredero en la carne del Señor de Estre, un hombre joven, mientras esquiaba en el lago Paso de Hielo, en el mes de irrem, cazando pesdris, pisó hielo quebradizo y cayó al lago. Aunque apoyando un esquí como palanca en un borde de hielo más firme consiguió al fin salir del agua, se encontró fuera del lago en una situación casi tan mala como dentro, pues estaba empapado, el aire era kurem,[1] y caía la noche. No le pareció posible llegar a Estre, a doce kilómetros montaña arriba, de modo que echó a andar hacia la aldea de Ebos, a la orilla norte del lago. Junto con la noche, la niebla descendió por el glaciar y se extendió sobre el lago de modo que el joven no podía ver el camino, ni dónde ponía los esquís. Iba lentamente, tanteando el hielo, y sin embargo con prisa, pues el frío le había calado los huesos, y no faltaba mucho para que no pudiera moverse. Al fin vio una luz allá adelante, en la noche y la niebla. Se quitó los esquís, pues la costa era abrupta y sin nieve en algunos sitios. Las piernas apenas lo sostenían, y fue arrastrándose hacia la luz. Estaba muy lejos del camino a Ebos. Esta era una de esas casitas que se encuentran en los bosques de toras, los únicos árboles en las tierras de Kerm; los toras crecían aquí alrededor de la casa y no más arriba del techo. Estraven golpeó la puerta con las manos y llamó a gritos, y alguien abrió y lo llevó a la luz del fuego.

No había ninguna otra persona allí. El hombre le sacó a Estraven las ropas, tan heladas que eran como ropas de hierro, y lo envolvió en pieles, y lo calentó con el calor del cuerpo hasta quitarle la escarcha de los pies y las manos y la cara, y le dio a beber un licor caliente. Al fin el joven se recobró, y miró a aquel que lo había cuidado.

Era un extraño, joven también. Se miraron un rato. Los dos eran fuertes de cuerpo y de facciones delicadas, erguidos y oscuros. Estraven vio en la cara del otro el fuego del kémmer.

1. Kurem: tiempo húmedo, de 15 a 25 °C bajo cero.

–Soy Arek de Estre –dijo.

El otro dijo:

–Soy Derem de Stok.

Entonces Estraven rio, pues estaba todavía débil, y dijo:

–¿Me calentaste devolviéndome a la vida para matarme luego, Stokven?

El otro dijo:

–No.

Extendió la mano y tocó la mano de Estraven, como cerciorándose de que ya no había escarcha. Estraven, aunque estaba aún a un día o dos del kémmer, sintió que este contacto lo encendía de algún modo. Así que durante un rato los dos se quedaron quietos, tocándose las manos.

–Son iguales –dijo Stokven, y apoyando la palma en la de Estraven, mostró que así era: manos idénticas, en largo y forma, dedo por dedo, y que se correspondían como las dos manos de un hombre puestas palma contra palma.

–Nunca te he visto antes –dijo Stokven–. Somos enemigos a muerte.

Se incorporó, animó el fuego de la chimenea y volvió a sentarse junto a Estraven.

–Somos enemigos a muerte –dijo Estraven–. Haría voto de kémmer contigo.

–Y yo contigo –dijo el otro.

Entonces los dos hicieron voto de kémmer y en las tierras de Kerm entonces como ahora, ese voto de fidelidad no se rompe nunca, y nunca se reemplaza. Aquella noche, y en el día que siguió, lo pasaron en la casita de la floresta, a orillas del lago helado. Por la mañana una patrulla de hombres de Stok llegó a la casa. Uno de ellos conocía al joven Estraven de vista. No dijo nada y sin ninguna advertencia sacó el cuchillo y allí, ante los ojos de Stokven, le atravesó a Estraven el pecho y la garganta, y el joven cayó sobre las brasas apagadas, ensangrentado, muerto.

–Era el heredero de Estre –dijo el asesino.

Stokven dijo:

–Ponedlo en el trineo y llevadlo a enterrar a Estre.

Y poco después volvía a Stok.

Los hombres partieron llevando el cuerpo de Estraven en el trineo, pero tras alejarse un poco dejaron el cuerpo en un bosque de toras, para que fuera así alimento de las bestias, y aquella misma noche volvieron a Stok. Derem se presentó a su padre en la carne, el señor Harish rem ir Stokven, y les dijo a los hombres:

–¿Hicieron lo que se les dijo?

Ellos respondieron:

–Sí.

Derem replicó:

–Mienten, pues nunca hubieran vuelto con vida de Estre. Estos hombres me han desobedecido y mienten para ocultarlo. Pido que se los exilie.

El señor Harish dio su consentimiento y los hombres fueron puestos fuera del hogar y la ley.

Tiempo después este Derem dejó el dominio, diciendo que quería recluirse un tiempo en la fortaleza de Roderer, y no regresó a Stok hasta un año después.

Mientras, en el dominio de Estre buscaban a Arek en montañas y llanos, y lo lloraron, más amargo el llanto porque había sido el único hijo en la carne que había tenido el señor. Pero a fines del mes de dern, cuando el invierno yacía pesadamente sobre las tierras, un hombre subió montaña arriba en esquís, y le dio al guardián de las puertas de Estre un bulto de pieles, diciendo:

–Este es Derem, el hijo del hijo de Estre.

Y enseguida se precipitó montaña abajo, esquiando, como una piedra que se desliza saltando en el agua, antes que a nadie se le ocurriera detenerlo.

Envuelto en las pieles había un recién nacido, llorando. Llevaron al niño al señor Sorve y le repitieron las palabras del desconocido, y el anciano, colmado de pena, vio en el niño al hijo perdido, Arek. Ordenó que el niño fuera criado como hijo del hogar interior, y que se llamara Derem, aunque nunca en el clan de Estre se había usado este nombre.

El niño creció, bien parecido, hermoso y fuerte; era de naturaleza sombría y silenciosa, y sin embargo todos le encontraban alguna semejanza con el perdido Arek. Cuando llegó a muchacho, el señor Sorve, con la terca resolución que es propia de la vejez, lo nombró heredero de Estre. Entre los hijos-kémmer de Sorve, todos ya en la plenitud de la vida, y que esperaban desde hacía tiempo heredar el dominio, había, claro está, muchos corazones orgullosos. Cuando el joven Derem salió solo a la caza de pesdris en el mes de irrem, estos hombres le tendieron una emboscada. Pero Derem iba armado, y prevenido. En la densa niebla que cubre el lago Paso de Hielo durante el deshielo, mató a dos de sus hermanos de hogar, y luchó contra un tercero, cuchillo a cuchillo, y lo mató también al fin aunque él mismo recibió profundas heridas en la garganta y el pecho. Luego Derem se quedó de pie junto al cadáver del hermano, en la niebla que cubría el hielo, y vio que caía la noche. Se sentía cada vez más enfermo y débil, y la sangre le manaba de las heridas, y pensó en ir hasta la aldea de Ebos en busca de ayuda; pero las sombras se cerraron, y Derem se extravió, y llegó al bosque de toras en la orilla occidental del lago. Luego, encontrando una casa abandonada entró en ella y demasiado débil para encender un fuego cayó sobre las piedras frías del hogar, y allí quedó tendido con las heridas abiertas.

Alguien llegó de la noche, un hombre solo. Se detuvo en el umbral y se quedó quieto, mirando al hombre que yacía en una mancha de sangre, sobre el hogar. Luego entró deprisa, y preparó una cama de pieles que sacó de un viejo armario, encendió un fuego, y limpió las heridas de Derem y se las vendó. Cuando vio que el joven lo miraba dijo:

—Soy Derem de Stok.

—Yo soy Derem de Estre.

Hubo un silencio entre los dos. Luego el joven sonrió y dijo:

—¿Me vendaste las heridas para matarme, Stokven?

—No —dijo el más viejo.

Estraven preguntó:

—¿Cómo ha sido que tú, señor de Stok, estés aquí solo en tierras disputadas?

—Vengo aquí a menudo —replicó Stokven.

Quiso saber si el otro tenía fiebre y le tomó el pulso y la mano, y durante un instante apoyó la palma en la palma de Estraven; y las manos se correspondían dedo a dedo, como las dos manos de un hombre.

—Somos enemigos mortales —dijo Stokven.

Estraven respondió:

—Somos enemigos mortales. Sin embargo, nunca te había visto.

Stokven volvió la cara.

—Te vi una vez, hace mucho tiempo —dijo—. Desearía que hubiese paz entre nuestras casas.

Estraven dijo:

—Haré voto de paz contigo.

De modo que hicieron esos votos, y luego no hablaron más, y el hombre herido durmió.

A la mañana siguiente, Stokven había desaparecido, pero un grupo de aldeanos de Ebos llegó a la cabaña y llevó a Estraven de vuelta a Estre. Allí nadie se atrevió a seguir oponiéndose a la voluntad del viejo señor, cuya rectitud había quedado sellada con la sangre de tres hombres en el lago de hielo y, cuando Sorve murió, Derem pasó a ser señor de Estre. Antes de un año había dado fin al viejo conflicto, cediendo la mitad de las tierras en disputas al dominio de Stok. Por esto, y por la muerte de sus hermanos de hogar, se lo llamó Estraven el traidor. Sin embargo, el nombre de Derem es todavía común entre los niños del dominio.

10

Conversaciones en Mishnori

A la mañana siguiente, mientras yo despachaba un desayuno tardío que me sirvieron en mi cuarto de la mansión de Shusgis, el teléfono de la casa emitió un balido cortés. Cuando atendí el aparato, una voz me dijo en karhidi:

—Aquí Derem Har. ¿Puedo subir a verlo?

—Sí, por favor.

Me alegró enfrentarme con Estraven y terminar de una vez. Era evidente que entre Estraven y yo no podía haber una relación de tolerancia. Aunque la desgracia y el exilio de este hombre pudieran atribuírseme, nominalmente al menos, yo no sentía sobre mí ni responsabilidad ni culpa. Estraven nunca me había explicado de veras ni sus actos ni sus motivos, y yo no podía confiar en él. Deseé que no se hubiese mezclado con estos orgotas, que de algún modo me habían adoptado. La presencia de Estraven era a la vez una molestia y una complicación.

Estraven fue introducido en el cuarto por uno de los muchos empleados de la casa. Hice que se sentara en una de las sillas almohadilladas y le ofrecí la cerveza del desayuno. Rehusó. No parecía incómodo —había dejado toda timidez muy atrás, si alguna vez la había tenido–, pero de alguna manera se contenía: parecía estar esperando algo, distante.

–La primera verdadera nevada –dijo, y al ver que yo me volvía hacia la ventana de pesadas cortinas añadió–: ¿Todavía no ha mirado fuera?

Así lo hice, y vi densos torbellinos de nieve en un viento que soplaba calle abajo, sobre los techos blanqueados; unos pocos centímetros que habían caído durante la noche. Era odarhad gor, el día decimoséptimo del primer mes de otoño.

–Es temprano –dije, perdido unos instantes en el encantamiento de la nieve.

–Anuncian un invierno duro este año.

Abrí del todo las cortinas, y la luz yerma e inmutable de afuera cayó sobre el rostro oscuro de Estraven. Parecía más viejo. Había conocido tiempos duros desde que yo lo había visto por última vez en la Esquina Roja del palacio de Erhenrang, junto a su propio fuego.

–Tengo aquí lo que me pidieron que le traiga –le dije, y le di el dinero envuelto en una hoja de papel metálico, que yo había puesto en una mesa después de la llamada. Estraven lo tomó y me agradeció gravemente. Yo no me había sentado. Al cabo de un momento, todavía con el paquete en la mano, Estraven se incorporó.

Tuve entonces algún remordimiento, pero no le presté atención. Yo quería quitarle todo deseo de acercarse a mí. Que esto humillara a Estraven era infortunado.

Estraven me miró de frente. Era más bajo que yo, por supuesto, corto de piernas y macizo, y ni siquiera alcanzaba la estatura de muchas mujeres de mi raza.

147

Sin embargo, no parecía, mientras me observaba, que alzara los ojos. No lo miré a la cara. Examiné la radio que estaba sobre la mesa, mostrando un abstraído interés.

—No se puede creer en todo lo que dice aquí la radio —comentó Estraven con tono agradable—. Sin embargo, me parece que aquí, en Mishnori, necesitará usted información y consejo.

—Hay mucha gente aquí, parece, dispuesta a dar información y consejo.

—Y hay cierta seguridad en el número, ¿no es cierto? Diez merecen más confianza que uno. Perdóneme, no debiera hablar en karhidi, me he olvidado. —Continuó en orgota—: Los exiliados no han de hablar en la lengua nativa; sale más amarga de la boca. Y este lenguaje es más adecuado para un traidor, pienso; le asoma a uno entre los dientes como jarabe azucarado. Señor Ai, tengo derecho a darle las gracias. Hizo usted algo por mí y mi viejo amigo y kemmerante, Ashe Fored, y en su nombre y en el mío reclamo ese derecho. Mis gracias se las daré como un consejo. —Hizo una pausa, no repliqué. Nunca lo había oído hablar con esta especie de dura y elaborada cortesía y no entendía nada. Estraven continuó—: Usted es, en Mishnori, lo que no era en Erhenrang. Allí decían que usted era; aquí dicen que no es. Quieren utilizarlo como instrumento de una facción. Le aconsejo que esté atento, si permite usted que lo manejen. Le aconsejo que descubra cuál es la facción enemiga, y quiénes son, y no permitir nunca que lo manejen, pues no lo manejarían bien.

Calló. Yo iba a pedirle que fuera más preciso, pero Estraven se despidió:

—Adiós, señor Ai.

Dio media vuelta, y se fue. Me quedé allí de pie, aturdido. El hombre era como una descarga eléctrica, inasible, y no podía saberse que lo había golpeado a uno.

Estraven me había fastidiado, ciertamente, el pacífico contentamiento con que yo había desayunado. Fui a la estrecha ventana y miré fuera. Había menos nieve ahora. Era hermosa, flotando en racimos blancos como una precipitación de flores de cerezo en las huertas de mi casa, cuando un viento de primavera sopla en las verdes laderas de Borland, donde yo nací, en la Tierra, la templada Tierra, donde en la primavera florecen los árboles. Casi enseguida me sentí deprimido y nostálgico. Dos años había pasado yo en este condenado planeta, y ya había empezado el tercer invierno, antes que terminara el otoño; meses y meses de frío implacable, cellisca, hielo, viento, lluvia, nieve, frío, frío adentro, frío afuera, frío hasta en los huesos y la médula. Y todo ese tiempo a solas conmigo mismo, extraño y aislado, sin nadie en quien pudiera confiar. Pobre Genly, ¿lloraremos? Vi que Estraven salía de la casa a la calle, a mis pies, una figura baja a la vaga luz blancogrisácea de la nieve. Miró alrededor, ajustándose el cinturón suelto de la túnica. No llevaba abrigo. Echó a andar calle abajo caminando con una gracia definida y suelta, una prontitud que lo hizo parecer de pronto la única cosa viva en todo Mishnori.

Me volví al cuarto caldeado. Todas aquellas comodidades eran sofocantes y recargadas: la estufa, las sillas almohadilladas, la cama recargada de pieles, las alfombras, las cortinas, las fundas.

Me puse mi abrigo de invierno y salí a dar un paseo, de un humor desagradable, en un mundo desagradable.

Yo iba a almorzar ese día con los comensales Obsle y Yegey y otros a quienes había conocido la noche anterior, y para ser presentado a algunos que no conocía aún. El almuerzo se sirve casi siempre de un aparador y se come de pie, quizá para que la gente no tenga la impresión de haberse pasado todo el día sentado a la mesa. Para estas formales circunstancias, sin embargo, habían dispuesto fuentes en la mesa, y la provisión de comida era enorme: dieciocho o veinte platos fríos y calientes, sobre todo distintas preparaciones de huevos de sube y pan de manzana. A un costado de la mesa, antes que la conversación fuese considerada tabú, Obsle me señaló mientras se llenaba el plato con pasta de huevos fritos de sube.

—El llamado Mersen es un espía de Erhenrang, y ese Gaum es un agente reconocido del Sarf. —Obste habló en un tono casual, se rio como si yo le hubiese replicado algo divertido y se volvió hacia el escabeche de pez negro.

El Sarf no significaba nada para mí.

Mientras la gente iba sentándose, entró un joven, y le habló al anfitrión, Yegey, quien enseguida se volvió hacia nosotros.

—Noticias de Karhide —dijo—. El hijo del rey Argaven nació esta mañana y murió antes de la primera hora.

Hubo una pausa y un murmullo, y luego el hombre bien parecido a quien llamaban Gaum se rio y abrió el frasco de cerveza.

—¡Que a todos los reyes de Karhide les sea dada una vida tan larga! —gritó.

Algunos lo acompañaron en el brindis, pero no la mayoría.

—Nombre de Meshe, reírse de la muerte de un niño —dijo un anciano gordo vestido de púrpura, sentado pesadamente junto a mí, con las polainas abultadas en los muslos, la cara apesadumbrada de disgusto.

Se inició una discusión acerca de cuál de los hijos kémmer de Argaven sería nombrado heredero –pues el rey ya tenía más de cuarenta, y parecía seguro que ya no habría otro hijo en la carne–, y cuánto tiempo viviría Tibe como regente. Algunos opinaban que la regencia terminaría enseguida, otros dudaban.

–¿Qué piensa usted, señor Ai? –preguntó el hombre llamado Mersen, a quien Obsle había identificado como agente karhidi, y por lo tanto quizá hombre de Tibe–. Viene usted de Erhenrang, ¿qué dicen allí de esos rumores de que en realidad Argaven ha abdicado sin ningún anuncio, pasándole el trineo al primo?

–Bueno, he oído el rumor, sí.

–¿Cree usted que tiene algún fundamento?

–No tengo idea –dije, y en este punto el anfitrión intervino mencionando el tiempo, pues la gente había empezado a comer.

Una vez los criados hubieron retirado los platos y los montañosos restos de asado y encurtidos del aparador, nos sentamos todos alrededor de la mesa larga; se sirvieron copitas de licor aguardentoso –que llamaban agua de vida–, como ocurre a menudo entre los hombres, y me hicieron preguntas.

Desde el examen a que me habían sometido los médicos y los hombres de ciencia de Erhenrang, yo no me había enfrentado con ningún grupo de gente que me pidiera explicaciones. Pocos karhíderos, comprendiendo los pescadores y granjeros con quienes yo había pasado mis primeros meses, habían tratado de satisfacer su curiosidad –que a veces era notable– mediante preguntas. Eran gente intrincada, introvertida, indirecta; no eran aficionados a preguntas y respuestas.

Pensé en la fortaleza de Oderhord y en lo que Faxe el tejedor me había dicho de las respuestas. Aun los expertos habían limitado el interrogatorio a temas estrictamente fisiológicos, tales como las funciones glandulares y circulatorias en las que yo difería de la media normal de Gueden. Nunca habían llegado a preguntarme, por ejemplo, cómo la ininterrumpida sexualidad de mi raza influía en las instituciones sociales; cómo manejábamos ese «kémmer permanente». Escuchaban mis explicaciones; los psicólogos, por ejemplo, escucharon cuando yo les hablé del lenguaje de la mente, pero ninguno de ellos se había tomado el trabajo de hacerme preguntas generales en número suficiente para tener una imagen adecuada de la sociedad ecuménica, o la de Terra; excepto, quizá, Estraven.

Estas gentes, en cambio, no se sentían tan atadas a consideraciones de prestigio y de orgullo, y hacer preguntas no era nunca ofensivo, ni para el que interrogaba ni para el interrogado. No obstante, pronto advertí que algunos me tendían trampas, para probar que yo era un fraude. Esto me confundió, un minuto. Por supuesto, yo me había enfrentado con incrédulos en Karhide, pero nunca con un deseo de incredulidad. Tibe había mostrado una actitud deliberada de «sigamos con el engaño» el día del desfile en Erhenrang, pero como yo sabía ahora, esto había sido parte de la campaña de descrédito contra Estraven, y yo sospechaba que Tibe en realidad me creía. Había visto mi nave, al fin y al cabo, el pequeño aparato de descenso que me había traído a la superficie del planeta; había tenido libre acceso, como cualquier otro, a los informes técnicos sobre la nave y el ansible. Ninguno de estos orgotas había visto la nave. Yo hubiese podido mostrarles el ansible, aunque no era una pieza muy convincente como Artefacto de Otros

Mundos; tan difícil de entender que tanto podía ocultar un engaño como algo real. La antigua ley del embargo cultural se alzaba aún contra la exportación de aparatos que pudieran ser analizados o imitados por civilizaciones como las de Gueden, de modo que yo no había traído nada excepto la nave y el ansible, mi caja de ilustraciones, la indiscutible peculiaridad de mi cuerpo, y la hipotética singularidad de mi mente. Las fotografías pasaron de mano en mano alrededor de la mesa, y fueron examinadas con esa expresión evasiva con que la gente mira las fotografías de la familia de otro. El interrogatorio continuó. ¿Qué eran los ecúmenos, preguntó Obsle, un mundo, una liga de mundos, un sitio, un gobierno?

—Bueno, todo eso y nada. Ecumen es nuestro mundo terrestre; en la lengua común se los llama la Casa; en karhidi sería el hogar. En orgota no estoy seguro, todavía no conozco bien la lengua. No la Comensalía, pienso, aunque entre el gobierno comensal y los ecúmenos hay semejanzas evidentes. Pero el Ecumen no es un mero gobierno. Es un intento de recuperación de lo místico y lo político, y como tal, por supuesto, tiene mucho de fracaso, aunque este fracaso ha ayudado más a la humanidad que los éxitos de los predecesores. Como sociedad es dueña, al menos en potencia, de una cultura. Es también una forma de educación, y en este sentido podría llamársele también una especie de escuela, muy amplia por cierto. Las razones que aconsejan la cooperación y comunicación entre los mundos son como los fundamentos del Ecumen, y por lo tanto, en otro aspecto, puede considerársele una liga o unión de mundos, con cierto grado de organización centralizada convencional. Es este aspecto, la liga, lo que yo represento. El funcionamiento del Ecumen como entidad política se funda en la coordinación, no en un sistema de normas. No impone leyes; las decisiones se alcanzan en la mesa del consejo y con el apoyo de todos, no mediante sumisión o exigencia. Como entidad económica es inmensamente activa, cuidando de la comunicación entre los mundos, manteniendo el equilibrio comercial entre los ochenta mundos. Ochenta y cuatro, para ser precisos, si Gueden entra en el Ecumen...

–¿Qué significa «no impone leyes»? –dijo Slose.

–No hay leyes. Los Estados miembros se rigen por sus propias leyes; cuando hay conflicto el Ecumen media, trata de alcanzar un acuerdo o corrección, o una elección legal o ética. Si el Ecumen, como experimento en lo superorgánico llegara a fracasar, tendría que convertirse en una fuerza de paz, desarrollar un servicio de policía, etcétera. Pero en este momento no hay ninguna necesidad. Todos los mundos centrales están todavía recuperándose de una época desastrosa de dos siglos atrás, reviviendo habilidades perdidas e ideas perdidas, aprendiendo de nuevo a hablar...

¿Cómo podía explicar yo la Edad del Enemigo y sus consecuencias a un pueblo que no tenía nombre para la guerra?

–Esto es de veras fascinante, señor Ai –dijo el anfitrión, el comensal Yegey, un hombre que arrastraba las palabras, apuesto, delicado, de mirada vivaz–. Pero no alcanzo a entender qué quieren con nosotros, es decir, ¿qué beneficios puede llevarles un mundo más entre ochenta y cuatro? Y además, diría yo, un mundo no muy inteligente, pues no tenemos naves de las estrellas, y esas cosas, como todos ellos.

–Ninguno de nosotros las tenía hasta que llegaron los hainis y los ceteanos. Y a algunos mundos se les impidió que tuvieran esas naves, durante siglos, hasta que los ecúmenos establecieron los cánones de lo que aquí se llama, creo, comercio libre.

Esto provocó una carcajada general, pues era el nombre del partido o facción de Yegey en la Comensalía.

–Comercio libre es en verdad lo que quisiera establecer aquí. Comercio no solo de productos materiales, por supuesto, sino también de conocimiento, tecnologías, ideas, filosofía, arte, medicina, ciencia, teoría... Dudo que los guedenianos vayan y vengan mucho entre los mundos. Estamos aquí a diecisiete años luz del mundo ecuménico más próximo, Ollul, un planeta de la estrella que ustedes llaman Asyomse; el más lejano está a doscientos cincuenta años luz y desde aquí ni siquiera se ve la estrella del sistema. Mediante el comunicador ansible podemos, sin embargo, comunicarnos con ese mundo como aquí nos comunicamos por radio con la ciudad próxima. Pero no creo que hayan visto alguna vez a gentes de esos mundos... La clase de intercambio que propongo puede ser muy beneficiosa, pero se basa sobre todo en la facilidad de las comunicaciones más que en el transporte. Mi tarea aquí consiste realmente en saber si desean ustedes comunicarse con el resto de la humanidad.

–«Ustedes» –repitió Slose, inclinándose hacia delante–. ¿Significa eso Orgoreyn? ¿O me está usted hablando de Gueden como un todo? –Titubeé un momento, pues no era esta la pregunta que yo esperaba.

–Aquí y ahora significa Orgoreyn, no es necesario que el contacto sea exclusivo. Si Sid, o los países de la isla, o Karhide deciden entrar en el Ecumen, pueden hacerlo. Es una cuestión de decisión individual, cada vez. Luego, lo que acostumbra a pasar en un planeta del desarrollo de Gueden, es que los distintos antrotipos o regiones o naciones concluyen por establecer un cuerpo de representantes que funcionará como coordinador del planeta con los otros planetas; lo que nosotros llamamos una estabilidad local. De este modo se ahorra mucho tiempo, y dinero, ya que se comparten los gastos. Si deciden ustedes tener una nave estelar propia, por ejemplo.

–¡Leche de Meshe! –dijo el gordo Humery a mi lado–. ¿Quiere usted que nosotros nos precipitemos al Vacío? Oh. –Humery resolló, como las notas altas de un acordeón, disgustado y divertido.

Habló Gaum:

–¿Dónde está su nave, señor Ai?

Habló a media voz, sonriendo a medias, como si la pregunta fuera extremadamente sutil, y deseara que los demás advirtieran esa sutileza. Gaum era una criatura extremadamente hermosa, de acuerdo con cualquier norma, aplicable a cualquiera de los sexos, y no dejé de mirarlo a la cara mientras respondía, y también volví a preguntarme qué sería el Sarf.

–Bueno, no es un secreto. Se habló bastante en la radio de Karhide. El cohete que me dejó en la isla Horden está ahora en el Taller Real de Fundición de la Escuela de Artesanos; la mayor parte, al menos; creo que varios especialistas se llevaron algunos fragmentos después de examinarlos.

–¿Cohete? –preguntó Humery, pues yo había usado la palabra orgota para el juguete de pólvora.

–El nombre aproximado del sistema de propulsión de la nave de descenso, señor.

Humery resopló otra vez. Gaum solo sonrió, diciendo:

–Entonces no tiene usted modo de volver a..., bueno, al sitio de donde vino.

–Oh, sí. Puedo hablar a Ollul por el ansible y pedirles que envíen una nave nafal a recogerme. Tardará en venir diecisiete años. O puedo llamar por radio a la nave del espacio que me trajo a este sistema solar. Está ahora en órbita alrededor del sol de ustedes. Llegaría aquí en cuestión de días.

La impresión que esto causó fue visible y audible, y ni siquiera Gaum pudo ocultar su sorpresa. Había aquí alguna discrepancia. Este era el único hecho importante que yo había ocultado en Karhide, aun a Estraven.

Si, como se me había hecho entender, los orgotas sabían de mí solo lo que Karhide había decidido decirles, entonces esta hubiese sido solo una de entre muchas sorpresas. Pero no, fue la sorpresa mayor.

–¿Dónde está esa nave, señor? –preguntó Yegey.

–En órbita solar, en algún punto entre Gueden y Kuhurn.

–¿Cómo vino usted desde esa nave?

–En cohete –dijo el viejo Humery.

–Sí, señor. Una nave de las estrellas no desciende en un planeta habitado hasta que hay alianza o comunicación. Así que vine en un pequeño bote cohete que bajó en la isla Horden.

–Y puede usted establecer contacto con la... la nave mayor mediante un aparato común de radio, señor Ai. –Esto venía de Obsle.

–Sí. –Omití mencionar entonces un pequeño satélite automático, puesto en órbita desde el cohete. No quería darles la impresión de que les había cubierto el cielo con máquinas–. Se necesitaría un transmisor bastante poderoso, pero ustedes lo tienen.

–Entonces ¿podríamos llamar a esa nave?

–Sí, con la señal adecuada. La gente de a bordo está en esa condición que llamamos estasis, hibernación podría decirse, de modo que no perderán años mientras esperan que yo lleve a cabo mi tarea. La señal adecuada en la frecuencia de onda adecuada pondrá en movimiento una maquinaria que sacará a la tripulación del estasis; y luego ellos me consultarán por radio o por ansible utilizando a Ollul como centro automático.

Alguien preguntó inquieto:

–¿Cuántos hombres?

–Once.

Hubo un suspiro de alivio, una risa. La tensión se relajó un poco.

–¿Y si no reciben ninguna señal?

–Saldrán automáticamente del estasis, dentro de unos cuatro años.

–¿Vendrán entonces a buscarlo?

–No, si yo no los aviso. Consultarán con los Estables de Ollul y Hain, por medio del ansible. Muy probablemente intentarán probar otra vez, y mandarán otro Enviado. El segundo Enviado encuentra a veces que las cosas son más fáciles que para el primero. Hay menos que explicar, y la gente está más dispuesta a creerle...

Obsle sonrió mostrando los dientes. La mayoría de los otros parecía aún pensativos y en guardia. Gaum me concedió un leve movimiento de cabeza, como si aplaudiera mi rapidez en responder, el gesto de un cómplice. Slose clavaba los ojos brillantes y tensos en alguna visión interior, de la que se volvió abruptamente hacia mí:

–¿Cómo, señor Enviado –dijo–, no habló usted de esta otra nave en los dos años que pasó en Karhide?

–¿Cómo sabemos que no habló? –dijo Gaum, sonriendo.

–Sabemos muy bien que no lo hizo, señor Gaum –dijo Yegey sonriendo a su vez.

—No hablé —dije—. Y lo explicaré ahora. La idea de esa nave, esperando allá afuera, puede ser alarmante. Creo que algunos de ustedes han sentido lo mismo. Nunca en Karhide llegué a tener bastante confianza con quienes me trataban como para permitirme el riesgo de hablar de esa nave. Aquí ya se ha pensado bastante en mí, y están ustedes decididos a hablarme de un modo franco y en público; no están tan dominados por el miedo. Corro el riesgo ahora porque me parece que ha llegado el momento oportuno, y que Orgoreyn es el sitio oportuno.

—¡Tiene usted razón, señor Ai, tiene usted razón! —dijo Slose con violencia—. Dentro de un mes llamará usted a esa nave, y Orgoreyn le dará la bienvenida como signo y sello de una nueva época. ¡Y los ojos cerrados se abrirán y verán!

Así siguió la tarde, hasta que al fin nos sirvieron la cena. Comimos y bebimos y nos fuimos a casa, yo agotado, aunque complacido con el camino que habían tomado las cosas. Había toques de atención y oscuridades, por supuesto. Slose quería hacer de mí una religión. Gaum quería convertirme en una farsa. Mersen parecía querer probar que no era un agente de Karhide, probando que yo lo era. Pero Obsle, Yegey y algunos otros trabajaban en un nivel más alto. Querían comunicarse con los Estables, y hacer que la nave nafal descendiera en territorio orgota, para persuadir u obligar a la Comensalía de Orgoreyn a aliarse a sí misma con el Ecumen. Creían que así Orgoreyn obtendría una amplia y duradera victoria de prestigio sobre Karhide, y que los comensales artífices de esta victoria obtendrían asimismo poder y prestigio en el gobierno. La facción del Comercio Libre, una minoría entre los Treinta-y-tres, opuesta a la continuación de la disputa del valle de Sinod, apoyaban en general una política no nacionalista, no agresiva y conservadora. No estaban en el poder desde hacía mucho tiempo, e imaginaban que el camino de vuelta al poder –con ciertos riesgos– podía ser el que yo indicaba. Que no vieran más lejos, que mi misión fuese para ellos un medio y nunca un fin, no importaba mucho. Una vez en marcha ya entenderían adónde podían ir a parar. Mientras, aunque miopes, eran al menos realistas.

Obsle, hablando para persuadir a otros, había dicho:

–Puede ocurrir que Karhide tema el poder que nos dará esta alianza y, como Karhide tiene siempre miedo de las costumbres y las ideas nuevas, se aferrará quizá al pasado y quedará atrás para siempre. La alternativa es que el gobierno de Erhenrang pierda el miedo y pida la unión, en segundo lugar, después de nosotros. En cualquier caso, el shifgredor de Karhide disminuirá de modo notable, y en cualquier caso estaremos al frente del trineo. Si tenemos la inteligencia de aprovechar la ocasión, ¡nuestra ventaja será permanente y cierta! –Enseguida, volviéndose hacia mí–: Pero los ecúmenos tendrán que ayudarnos, señor Ai. Tenemos que mostrarles otras cosas a nuestros pueblos, algo más que usted solo, un hombre ya conocido en Erhenrang.

–Entiendo, comensal. Usted quiere una prueba contundente, y me gustaría dársela. Pero no puedo llamar a la nave hasta que la seguridad de la nave misma y la voluntad de usted hayan quedado en claro. Necesito el consentimiento y la garantía del gobierno, lo que significa, creo, todo el consejo de la Comensalía, en un anuncio público.

Obsle pareció molesto, pero dijo:

–Justo.

De regreso con Shusgis, que apenas había intervenido en las conversaciones de la tarde, excepto con su risa jovial, le pregunté de pronto:

–Señor Shusgis, ¿qué es el Sarf?

–Una de las oficinas permanentes de la administración interna: investiga registros falsos, viajes no autorizados, cambios de empleo, falsificaciones, esa clase de cosas, hojarasca, basura. Eso es lo que significa *sarf* en el bajo orgota: «basura», un mote.

–Entonces ¿los inspectores son agentes del Sarf?

–Bueno, algunos.

–Y la policía, supongo que depende también de la autoridad del Sarf –dije esto con cierta prudencia, y me contestó del mismo modo.

–Creo que sí. Estoy en la administración externa, por supuesto, y no tengo presente la jurisdicción de todas las oficinas, menos de las internas.

–Hay sin duda alguna confusión. Por ejemplo, ¿qué es esa oficina de Aguas?

Puse así distancia entre nosotros y el tema del Sarf. Lo que Shusgis no había dicho sobre el tema quizá no significara nada para un hombre de Hain, digamos, o el afortunado Chiffevar, pero yo había nacido en la Tierra. No es siempre malo tener antepasados anormales. Un abuelo incendiario puede transmitir un buen olfato para el humo.

Había sido entretenido y fascinante encontrar en Gueden gobiernos tan similares a los de las viejas historias de Terra: una monarquía, una genuina y plena burocracia. Este nuevo desarrollo era también fascinante, pero menos entretenido. Era raro que en la sociedad menos primitiva sonara la nota más siniestra.

De modo que Gaum, para quien yo tenía que ser un mentiroso, era un agente de la policía secreta de Orgoreyn. ¿Sabía que Obsle lo conocía como tal? Sin duda. ¿Era él entonces un agente provocador? ¿Trabajaba en contra o a favor de la facción de Obsle? ¿Cuáles de las treinta y tres facciones del gobierno dominaban en el Sarf o eran dominadas por él? Sería bueno que yo lo supiera, pero me costaría algún trabajo. Mi camino, que por un tiempo había parecido tan esperanzado y claro, estaba a punto de complicarse en meandros tortuosos, como antes en Erhenrang. Todo había ido bien, pensé, hasta que Estraven se me apareció la noche anterior a mi lado como una sombra.

–¿Cuál es la posición del señor Estraven aquí en Mishnori? –le pregunté a Shusgis, que se había recostado en el asiento del coche, silencioso, como dormitando.

–¿Estraven? Aquí lo llaman Har, ¿sabe usted? No tenemos títulos en Orgoreyn, abandonamos todo eso en la Nueva Época. Bueno, ahora está bajo la dependencia del comensal Yegey, entiendo.

–¿Vive aquí?

–Así lo creo.

Yo iba a decir que era raro haberlo encontrado en casa de Slose la noche anterior, y no hoy en casa de Yegey, cuando vi que a la luz de nuestra breve entrevista matinal no era ya tan raro. Sin embargo, la idea de que habían decidido mantener alejado a Estraven me hizo sentir incómodo.

–Lo encontraron en el sur –dijo Shusgis, reinstalando las anchas caderas en el asiento blando–, en una fábrica de cola o de conserva de pescado o un sitio parecido, y le dieron una mano para sacarlo del albañal. Algunos de los hombres de Comercio Libre, quiero decir. Estraven, claro está, les sirvió de veras cuando estaba en el kiorremi y era primer ministro, y lo apoyan ahora. Aunque creo que lo hacen sobre todo para molestar a Mersen. ¡Ja, ja! Mersen es un espía de Tibe, y piensa como es natural que nadie lo sabe, pero todos lo saben, y no puede tolerar la vista de Har. Piensa que es un traidor o un agente doble, y no está seguro, y no puede arriesgar su propio shifgredor averiguándolo. ¡Ja, ja!

—¿Y quién es Har para usted, señor Shusgis?

—Un traidor, señor Ai. Puro y simple. Cedió los derechos de su pueblo al valle de Sinod solo para impedir que Tibe accediera al poder, pero no fue bastante hábil. Se ha encontrado aquí con un castigo peor que el exilio. ¡Por las tetas de Meshe! Si juega usted contra sí mismo, es obvio que perderá la partida. Esto es lo que estas gentes sin patriotismo, meros egoístas, no alcanzan a ver. Aunque supongo que a Har no le importa mucho dónde está, siempre que pueda seguir aspirando a alguna clase de poder. No lo ha hecho tan mal aquí, como usted ve, después de cinco meses.

—No tan mal.

—Usted tampoco le tiene confianza, ¿eh?

—No, no se la tengo.

—Me alegra oírlo, señor Ai. No veo por qué Yegey y Obsle se aferran a ese hombre. Es un traidor probado, que ha buscado siempre su propio provecho, y que tratará de subirse al trineo de usted hasta que pueda seguir solo. Así lo veo. Bien. ¡No sé si yo lo invitaría a subir conmigo un rato si él me lo pidiera!

Shusgis bufó y asintió con vigorosos movimientos de cabeza, y me sonrió, la sonrisa de un hombre virtuoso a otro. El coche circulaba por las calles anchas y bien iluminadas. La nieve de la mañana se había fundido ya, y solo quedaban unos montones sucios junto a las alcantarillas. Llovía ahora, una llovizna fría.

La lluvia oscurecía los grandes edificios del centro

de Mishnori, oficinas de gobierno, escuelas, templos yo-mesh, que parecían fundirse a la luz líquida de los faro-les. Las esquinas eran borrosas; las fachadas veteadas, salpicadas, embarradas. Había algo fluido, insustancial en la pesadez misma de esta ciudad de monolitos: ese estado monolítico donde las partes y el todo llevan el mismo nombre. Y Shusgis, mi jovial anfitrión, un hom-bre pesado, sustancial, era también de algún modo, en los ángulos y filos, un poco vago, un poco –solo un poco– irreal.

Desde que yo había cruzado en coche los campos amplios y dorados de Orgoreyn, cuatro días atrás, ini-ciando así mi marcha hacia los santuarios interiores de Mishnori, había estado advirtiendo la falta de algo. ¿Qué? Me sentía aislado. No había sentido frío última-mente. Aquí mantenían siempre una temperatura agra-dable en los cuartos. No había comido con placer últi-mamente. La comida orgota era insípida, pero no era eso importante. Pero ¿por qué las gentes con quienes yo me encontraba, bien o mal dispuestas hacia mí, me parecían también insípidas? Había verdaderas perso-nalidades entre ellos: Obsle, Slose, el hermoso y detes-table Gaum, y sin embargo a todos ellos les faltaba una cierta cualidad, alguna dimensión humana, y no alcan-zaban a convencer. No eran del todo sólidos.

Parecía, pensé, que no arrojaran sombras.

Esta especie de especulación de alto vuelo es parte esencial de mi trabajo. Sin esa capacidad nadie puede llevar el título de móvil, y yo había sido formalmente entrenado en Hain, donde le dan el digno título de vi-sión de largo alcance. Lo que se busca de este modo es percepción intuitiva de toda una moral, y tiende así a expresarse no tanto en símbolos racionales como en metáforas. Nunca fui un intuitivo excepcional, y esta noche me sentía muy fatigado y sin confianza. De nuevo en mis aposentos, me refugié en una ducha caliente. Aun entonces sentí una vaga intranquilidad, como si el agua caliente no fuese del todo real y digna de confianza, y no se pudiese contar con ella.

11

Soliloquios en Mishnori

Mishnori. Stred susmi. No soy hombre de esperanzas, y
sin embargo todo trae esperanza. Obsle comercia y re-
gatea con los otros comensales, Yegey lisonjea, Slose
busca prosélitos, y la corte de seguidores crece. Son
hombres astutos, y manejan bien sus propias facciones.
Solo siete de los Treinta-y-tres son partidarios del Comercio Libre, del resto Obsle cree que podría ganar el
apoyo de otros diez, obteniendo así mayoría simple.

Uno de ellos parece de veras interesado en el Enviado: el Csl. Idepen, del distrito de Eynyen, que ha
mostrado curiosidad acerca de la misión desde los días
en que estaba encargado de censurar las emisiones de
radio de Erhenrang. Parece llevar en la conciencia el
peso de estas supresiones. Le propuso a Obsle que los
Treinta-y-tres hicieran pública la invitación a la nave de
las estrellas, no solo a los conciudadanos de Orgoreyn
sino también a Karhide, pidiéndole a Argaven que
sume la voz de Karhide a esa invitación. Un plan noble,
que no irá a más. No le pedirán a Karhide que se sume
a nada.

Los hombres del Sarf que se cuentan entre los
Treintay-tres se oponen como es de esperar a tomar en

consideración la presencia y misión del Enviado. En cuanto a los indiferentes y no comprometidos que Obsle espera atraer a su propio partido, pienso que temen al Enviado, tanto como Argaven y los miembros de la corte, y con esta diferencia: Argaven pensaba que el Enviado estaba loco, como él mismo, mientras que los hombres de Mishnori piensan que es un mentiroso, como ellos mismos. Temen ser víctimas de una patraña en público, una patraña ya rechazada por Karhide, una patraña quizá inventada por Karhide. Pasan la invitación, la hacen pública, y a qué se reduce el shifgredor cuando no viene ninguna nave de las estrellas.

En verdad Genly Ai nos exige una confianza extraordinaria. Para él, claro está, no es extraordinaria.

Y Obsle y Yegey piensan que la mayoría de los Treinta-y-tres se convencerá al fin y confiará en el Enviado. No sé por qué tengo menos esperanzas que ellos. Quizá yo no quiera en el fondo que Orgoreyn pruebe de este modo ser más ilustrado que Karhide, corriendo el riesgo, ganando alabanzas, y dejando a Karhide en la sombra. Si esto es envidia patriótica, me llega demasiado tarde; en cuanto vi que Tibe me desalojaría pronto hice todo lo que pude para asegurar el viaje del Enviado a Orgoreyn, y aquí en el exilio he hecho todo lo posible para que ellos lo apoyen.

Gracias al dinero que me ha traído de Ashe puedo vivir de nuevo de mis propios recursos, como «unidad» no «dependiente». No voy a más banquetes, y no me muestro en público con Obsle y otros partidarios del Enviado, y no he visto al Enviado mismo durante más de medio mes, desde su segundo día en Mishnori.

El Enviado me dio el dinero de Ashe como alguien que paga a un asesino. Pocas veces había sentido tanta cólera, y lo insulté deliberadamente. Él sabía que yo estaba enojado, pero quizá no entendió que yo lo insultaba; pareció que aceptaba un consejo, aun dado de ese modo, y cuando me serené vi esto, y me preocupé. ¿Es posible que todo ese tiempo en Erhenrang haya buscado mi consejo no sabiendo cómo decírmelo? Si es así, entonces el Enviado tiene que haber entendido mal la mitad y nada del resto de lo que le dije en el palacio, junto al fuego, la noche que siguió a la ceremonia de la clave del arco. El shifgredor de este hombre ha de tener otro fundamento, composición y sustancia que el nuestro; y cuando yo me creía más directo y franco, él quizá me ha encontrado más sutil y oscuro.

Esta torpeza es ignorancia, y esta arrogancia es ignorancia. Nos ignora: lo ignoramos. Él es infinitamente extraño, y yo un tonto, permitiendo que mi sombra caiga sobre la luz que nos trae. Mantendré baja mi mortal vanidad. No me cruzaré en su camino, pues esto es claramente lo que él quiere. Tiene razón. Un karhíder traidor y exiliado no acredita la causa.

De acuerdo con la ley orgota de que toda «unidad» ha de tener empleo, trabajo desde la hora octava al mediodía en una fábrica de plásticos. Trabajo fácil: manejo una máquina que junta y pega piezas de plástico, formando cajitas transparentes. No sé para qué son esas cajitas. A la tarde, encontrándome un poco embotado, retomo las viejas disciplinas que aprendía en Roderer. Me alegra ver que no he perdido mi habilidad en despertar la fuerza doza, o entrar en intrance, pero no he obtenido mucho con el intrance, y en cuanto a las habilidades de la inmovilidad y el ayuno, es como si nunca las hubiese aprendido, y tengo que empezar todo de nuevo, como una criatura. He ayunado un día y el vientre me chilla: ¡Una semana! ¡Un mes!

Las noches son heladas ahora. Anoche un viento

duro trajo una lluvia helada. Toda la tarde pensé en Estre, y el sonido del viento era como el viento que sopla allá. Le escribí hoy a mi hijo una larga carta. Mientras le escribía tuve una y otra vez la impresión de que Arek estaba allí, conmigo, y que solo me faltaba volver la cabeza para verlo. ¿Por qué escribo estas notas? ¿Para que mi hijo las lea? Poco bien le harían. Quizá escribo para escribir en mi propio idioma.

Harhahad susmi. La radio no ha mencionado todavía al Enviado; ni una palabra. Me pregunto si Genly Ai ve que en Orgoreyn, a pesar del vasto aparato visible de gobierno, nada se hace de modo visible, nada se dice en voz alta. La maquinaria oculta las maquinaciones.

Tibe desea que Karhide aprenda a mentir. Ha seguido el ejemplo de Orgoreyn, un buen ejemplo. Pero creo que nos será difícil aprender a mentir, habiendo practicado tanto tiempo el arte de dar vueltas y vueltas a la verdad, nunca manchándola con mentiras, nunca alcanzándola.

Un saqueo orgota ayer del otro lado del Ey: quemaron los graneros de Tekember. Lo que el Sarf quiere, y lo que Tibe quiere. Pero ¿adónde vamos?

Slose, interpretando las declaraciones del Enviado de acuerdo con su misticismo yomesh, sostiene que la venida del Ecumen a la tierra es en verdad la venida a este mundo del Reino de Meshe, y pierde de vista nuestro propósito. Tenemos que parar esta rivalidad con Karhide antes que lleguen los nuevos hombres, dice. Tenemos que preparar las almas para esa venida, abandonar todo shifgredor, prohibir los actos de venganza, y unirnos todos sin envidia, como hermanos de un mismo hogar.

Pero ¿cómo, hasta que vengan? ¿Cómo romper el círculo?

Guirni susmi. Slose encabeza un comité de persecución de piezas obscenas, que se interpretan aquí en las casas públicas de kémmer; deben de ser algo parecido a las *huhud* de Karhide. Slose las combate porque son triviales, vulgares y blasfemas.

Oponerse a algo es mantenerlo.

Dicen aquí que «todos los caminos llevan a Mishnori». Sí, claro; si le damos la espalda a Mishnori y nos alejamos estamos todavía en el camino de Mishnori. Oponerse a la vulgaridad es inevitablemente ser vulgar. Hay que ir a alguna otra parte; hay que tener otra meta; entonces el camino es distinto.

Yegey en el salón de los Treinta-y-tres, hoy:

—Me opongo una vez más a este bloqueo de exportación de granos a Karhide, y el espíritu de competencia que lo motiva.

—Correcto, pero por ahí no saldrá del camino de Mishnori. Tiene que ofrecerles una alternativa. Tanto Orgoreyn como Karhide han de abandonar el camino que siguen ahora, en direcciones opuestas. Yegey, creo, tendría que hablar del Enviado y nada más.

Ser un ateo y sostener a Dios. La existencia o no existencia de Dios es casi lo mismo en el plano de la prueba. De modo que «prueba» es una palabra que los handdaratas no usan a menudo, pues han elegido no tratar a Dios como hecho, sujeto de prueba o creencia. Así han roto el círculo, y son libres.

Aprender qué preguntas no pueden contestarse, y no contestarlas: esta capacidad es de veras necesaria en tiempos de tensión y oscuridad.

Tormenbod susmi. Mi intranquilidad crece. Todavía ni una palabra acerca del Enviado en la radio de las oficinas centrales. Ninguna de las noticias que dimos de él en Erhenrang se oyó nunca aquí, y los rumores que proceden de la recepción ilegal de estaciones de radio del otro lado de la frontera, y de las historias de comerciantes y viajeros, no parecen haberse extendido mucho. El Sarf controla las comunicaciones con una eficacia que yo no hubiese creído posible. Esta sola posibilidad es aterradora. En Karhide el rey y el kiorremi tienen bastante poder sobre lo que la gente hace, pero poco sobre lo que la gente oye, y ninguno sobre lo que dicen. Aquí el gobierno no solo vigila los actos sino también el pensamiento. No creo que ningún hombre tenga tanto poder sobre otros.

Shusgis y algunos más llevan abiertamente a Genly Ai por la ciudad. Me pregunto si entienden que esta exhibición oculta el hecho de que el Enviado vive oculto. Nadie sabe que está aquí. Les he preguntado a mis compañeros de fábrica y no saben nada y piensan que hablo de algún enloquecido sectario yomesh. Ninguna información, ningún interés, nada que pueda apoyar la causa de Ai, o protegerle la vida.

Es una lástima que se nos parezca tanto. En Erhenrang la gente lo señalaba a menudo en la calle, pues sabían de él alguna verdad o algún rumor, y que estaba allí. Aquí, donde la presencia de Ai es un secreto, nadie le presta atención. Lo ven seguramente como yo lo vi al principio: un joven muy alto, fornido y moreno que está entrando en kémmer. He estudiado los informes médicos del año pasado. Las diferencias de Ai con nosotros son profundas, y no se ven fácilmente. Hay que conocerlo para saber que es un extraño.

¿Por qué lo ocultan entonces? ¿Por qué ninguno de los comensales se decide a hablar de él por radio en un discurso público? ¿Por qué calla el mismo Obsle? Miedo.

Mi rey le tenía miedo al Enviado. Estas gentes se

tienen miedo entre ellas. Pienso que yo, un extranjero, soy la única persona en quien Obsle confía. Le complace de veras mi compañía y muchas veces ha dejado de lado el shifgredor y me ha pedido consejo. Pero cuando lo incito a hablar, a despertar el interés público como defensa contra la intriga de facciones, Obsle no me escucha.

—Si toda la Comensalía tiene los ojos puestos en el Enviado, el Sarf no se atreverá a tocarlo —dije—, ni a tocarlo a usted.

Obsle suspira:

—Sí, sí, pero no es posible, Estraven. Radio, boletines impresos, periódicos científicos, todos están en manos del Sarf. ¿Qué podría hacer yo? ¿Pronunciar discursos en la esquina de una calle como un sacerdote fanático?

—Bueno, se puede hablar con la gente, propagar rumores. Hice algo parecido el año último en Erhenrang. Que la gente haga preguntas para las que usted tiene respuestas, es decir, el Enviado mismo.

—Si al menos trajese aquí esa condenada nave, y pudiéramos mostrarle algo al pueblo. Pero tal como...

—No traerá la nave hasta asegurarse de que están ustedes actuando de buena fe.

—¿Y no es ese mi caso? —gritó Obsle, hinchándose como un pez hobo—. ¿No he dedicado todo un mes a este asunto? ¡Buena fe! ¡Espera que creamos todo lo que dice! ¡Y como retribución no nos tiene ninguna confianza!

—¿Podría ser de otro modo?

Obsle bufó y no dijo más. Está más cerca de la honestidad que cualquier otro miembro del gobierno orgota.

Odgedeni susmi. Para llegar a ser jerarca del Sarf es

172

imprescindible, parece, una cierta y complicada estupidez. Gaum es un ejemplo. Ve en mí a un agente de Karhide que intenta empujar a Orgoreyn a una tremenda pérdida de prestigio, haciéndoles creer en la patraña del Enviado del Ecumen; piensa que como primer ministro me he pasado los días preparando este engaño. Dios, hay en mi vida tareas más interesantes que un duelo de shifgredor con la escoria. Pero Gaum no alcanza a ver esta simplicidad. Ahora que en apariencia Yegey me ha dejado de lado, Gaum cree que se me puede comprar, y está preparando la compra a su propio y curioso modo. Me observó o hizo que me observaran con bastante atención como para saber que yo tendría que entrar en kémmer en posde o tormenbod; y así se me apareció anoche en pleno kémmer, sin duda inducido por hormonas, dispuesto a seducirme. Un encuentro accidental en la calle Pyenefen.

–¡Har! No lo veo desde hace un mes, ¿dónde se ha estado escondiendo? Venga a tomar una copa de cerveza conmigo.

Eligió una casa de bebidas junto a una casa pública de kémmer. No pidió cerveza para nosotros, sino agua de vida. No quería perder tiempo. Después del primer vaso puso la mano sobre la mía y acercó la cara, murmurando:

–No nos encontramos por casualidad. He estado esperándote, te deseo para mi kémmer de esta noche.

Y me llamó por mi nombre primero. No le corté la lengua porque desde que dejé Estre no llevo cuchillo. Le dije que era mi propósito abstenerme mientras viviese en el exilio. Gaum arrulló y susurró, tomándome las manos. Estaba pasando muy rápidamente a fase plena como mujer. Gaum es muy hermoso en kémmer, y contaba con esta belleza y una apropiada insistencia sexual, sabiendo, supongo, que como yo era de los handdaras no usaría drogas reductoras del kémmer, y preferiría probar mi abstinencia. Olvidó que el odio es tan bueno como cualquier droga. Me libré del manoseo, que por supuesto estaba haciendo algún efecto en mí, y lo dejé, insinuándole que probara la casa pública de kémmer próxima. Gaum me miró entonces con un odio lastimoso, pues estaba, aunque tuviese segundas intenciones, de veras en kémmer y excitado.

¿Pensó Gaum realmente que yo me vendería por unas monedas? Cree entonces que estoy muy inquieto; lo que en verdad hace que me sienta inquieto.

Malditos, estos hombres poco limpios. No hay un hombre limpio entre todos ellos.

Odsordni susmi. Esta tarde Genly Ai habló en la Sala de los Treinta-y-tres. No se permitió la presencia de público, ni lo transmitieron por radio, pero Obsle me llamó más tarde y me hizo escuchar su propia grabación. El Enviado habló bien, con un candor y un apremio conmovedores. Hay en él una inocencia que yo he llamado otras veces extraña y tonta; sin embargo, en algunos momentos esa aparente inocencia se muestra como una sabia disciplina y una amplitud de propósito que me dejan sin aliento. En la voz del Enviado habla un pueblo astuto y magnánimo, un pueblo que ha cambiado en sabiduría una profunda, vieja, terrible y extraordinariamente variada experiencia. Pero él mismo es joven, impaciente, inexperto. Está por encima de nosotros, y ve más allá, pero no tiene más altura que la del hombre.

Habla mejor ahora que en Erhenrang, de un modo más simple y más sutil; ha aprendido su trabajo haciéndolo, como todos nosotros.

El discurso del Enviado fue interrumpido a menudo por miembros de la facción dominante, exigiendo que el presidente hiciese callar a este lunático, lo echara a la calle, y comenzaran a tratarse los asuntos del día. Csl. Yemembey fue el más estrepitoso y quizá espontáneo:

−¿No se ha creído usted este *guichi-michi*? −le rugía a Obsle. Las interrupciones deliberadas, difíciles de seguir a veces en la cinta, vinieron sobre todo de Kaharosile, me dijo Obsle. Cito de memoria:

Alshel (presidiendo): «Señor Enviado, encontramos que esta información y las proposiciones de los señores Obsle, Slose, Idepen, Yegey y otros son muy interesantes, muy estimulantes. Sin embargo, necesitamos algo más. (Risas.) Como el rey de Karhide tiene ese... vehículo de usted guardado bajo llave, y no podemos verlo, ¿no sería posible para usted, como ya se sugirió, traer esa... nave de las estrellas? ¿Cómo lo llaman ustedes?».

Ai: «Nave de las estrellas es un nombre adecuado, señor».

Alshel: «Oh, ¿cómo lo llaman ustedes?».

Ai: «Bueno, la denominación técnica es nafal-20-cetiano».

Voz: «¿Está seguro de que no es el trineo de san Petete?». (Risas.)

Alshel: «Por favor. Sí. Bueno, si puede traer esa nave a nuestro suelo, a un suelo sólido podríamos decir, de modo que pudiésemos tener algo más sustancial».

Voz: «¡Tripa de pescado sustancial!».

Ai: «Quisiera de veras traer aquí esa nave, señor Alshel, como prueba y testigo de nuestra recíproca buena fe. Solo espero el anuncio público preliminar de ustedes».

Kaharosile: «¿No ven ustedes, comensales, de qué se trata aquí? No es solo una broma estúpida. Hay una intención: burlarse públicamente de nuestra credulidad, nuestra bobería, nuestra estupidez; una intención maquinada con increíble impudicia por esta persona que tenemos hoy delante de nosotros. Ustedes saben que viene de Karhide. Ustedes saben que es un agente de Karhide. Pueden ver que es una desviación sexual de un tipo que en Karhide no se cura, a causa de la influencia del culto de las Tinieblas, y que a veces se lo crea artificialmente para las orgías de los profetas. Y sin embargo cuando dice «Soy del espacio exterior», algunos de ustedes cierran los ojos, humillan la inteligencia, ¡y creen! Nunca hubiera pensado que fuese posible, etcétera».

Por lo que se oye en la cinta, Ai aguantó con paciencia escarnios y ataques. Obsle dice que se las arregló bien; yo esperaba afuera a que terminara la sesión, y cuando salieron vi que Ai tenía una expresión sombría y meditabunda. No podía ser de otro modo.

Mi impotencia es intolerable. Fui uno de los que puso en marcha esta máquina, y ahora funciona como quiere. Me escabullo embozado por las calles para echar una mirada al Enviado. En beneficio de esta vida solapada e inútil, abandoné poderes, dinero, amigos. Qué insensato eres, Derem.

¿Por qué no descanso al fin mi corazón en algo posible?

Odeps susmi. El dispositivo transmisor que Genly Ai ha puesto ahora en manos de los Treinta-y-tres, y al cuidado de Obsle, no cambiará ningún criterio. Es indudable que funciona, como dice el Enviado, pero si el Shorst Real de Matemática dice: «No entiendo principios», ningún otro matemático o ingeniero orgota entenderá más, y nada será probado o desaprobado. Resultado admirable, si estuviésemos en una fortaleza de los handdaras, pero, ay, hemos de ir adelante perturbando la nieve, probando y desaprobando, preguntando y respondiendo.

Una vez más insistí ante Obsle acerca de la posibilidad de que Ai llame por radio a esa nave, despierte a la gente de a bordo, y les pida que hablen a los comensales en transmisión directa a la Sala de los Treinta-y-tres. Esta vez Obsle tenía una razón para negarse:

–Escuche, Estraven, querido. La radio la maneja aquí el Sarf, ya lo sabe. No tenemos la menor idea, ni siquiera yo, de cuál es la gente de comunicaciones que pertenece al Sarf; la mayoría, sin duda, pues sabemos que operan los transmisores y receptores en todos los niveles, incluidos los servicios técnicos y de reparaciones. Podrían bloquear o falsificar cualquier transmisión, y lo harían así, ¡y eso si hay transmisión! ¿Se imagina la escena, en la Sala? Nosotros, «los del espacio exterior», víctimas de nuestra propia mentira, escuchando sofocados una catarata de estática, y nada más, ninguna respuesta, ningún mensaje...

–¿Y no tiene usted dinero para pagar a un técnico amigo o para sobornar a alguien? –pregunté, pero fue inútil.

Obsle cuida ahora de su propio prestigio. No es el mismo conmigo. Si cancela la recepción de esta noche al Enviado, puede temerse lo peor.

Odarhad susmi. Obsle canceló la recepción.

Esta mañana fui a ver al Enviado, en apropiado estilo orgota. No abiertamente, en casa de Shusgis, donde pululaban sin duda los agentes del Sarf, siendo Shusgis uno de ellos, sino en la calle, de modo azaroso, estilo Gaum, solapado y furtivo.

—Señor Ai, ¿me atendería usted un momento?

Ai miró alrededor, sobresaltado, y se alarmó al verme.

Al cabo de un momento dijo:

—¿Qué pretende usted, señor Har? Sabe que no puedo confiar en lo que me diga..., desde Erhenrang...

Esto me pareció cándido, nada penetrante. Sin embargo, era penetrante también; Ai entendía que yo quería darle un consejo, no pedirle algo, y había hablado para no ofender mi orgullo.

Dije entonces:

—Estamos en Mishnori, no en Erhenrang; pero el peligro en que está usted es el mismo. Si no convence a Obsle o a Yegey de que le permitan hablarle a la nave, de modo que la gente de a bordo pueda apoyar las declaraciones de usted sin correr riesgos, entonces opino que debiera recurrir usted a su propio instrumento, el ansible, y pedirle a la nave que baje enseguida. El riesgo será menor entonces para ellos que ahora para usted.

—Las discusiones de los comensales acerca de mis mensajes han sido secretas. ¿Qué sabe usted de mis «declaraciones», señor Har?

—El problema de mi vida ha sido averiguar...

—Pero aquí no es un problema suyo, señor. Corresponde a los comensales de Orgoreyn...

—Le digo que la vida de usted corre peligro, señor Ai —dije.

Ai no respondió y lo dejé.

Debía haberle hablado hace días. Es demasiado tarde. El miedo corroe de nuevo la misión del Enviado, y mi esperanza. No el miedo a lo desconocido, lo extraño, no aquí. A estos orgotas les falta inteligencia, espíritu, para temer lo que es verdadera e inmensamente extraño. Ni siquiera lo ven. Miran al hombre de otro mundo, ¿y qué ven? Un espía de Karhide, un perverso, un agente, una irrisoria unidad política, como ellos mismos.

Si Ai no llama a la nave enseguida, será demasiado tarde. Quizá ya es demasiado tarde. La culpa es mía. No he hecho nada bien.

12

Del tiempo y de la oscuridad

De Las palabras de Tuhulme el Gran Sacerdote: un libro del canon yomesh, compuesto en Orgoreyn del Norte alrededor de 900 años atrás.

Meshe es el centro del tiempo. El momento en que lo vio todo claramente llegó a él cuando había vivido treinta años en la tierra, y después de ese momento vivió otros treinta años en la tierra, de modo que la visión ocurrió en el centro de su vida. Y todas las edades anteriores a la visión fueron tantas como serán después de la visión, que ocurrió en el centro del tiempo. Y en el centro no hay tiempo pasado ni tiempo por venir. El centro está en todo tiempo pasado y en todo tiempo por venir. No ha sido ni está por venir. Es todo. Nada queda oculto.

El hombre pobre de Sheney llegó a Meshe lamentando que no tenía comida para los hijos en la carne, ni semilla para sembrar, pues las lluvias habían arruinado la semilla en la tierra, y toda la gente del hogar moría de hambre. Dijo Meshe:

—Cava en los campos de piedra de Tuerresh, y encontrarás allí un tesoro de plata y piedras preciosas, pues veo un rey enterrado allí, diez mil años atrás, cuando un rey vecino lo instó a una contienda.

El hombre pobre de Sheney cavó en los campos de Tuerresh y en el sitio señalado por Meshe desenterró un tesoro de joyas antiguas, y al verlo dio gritos de alegría. Pero Meshe, que estaba a su lado, lloró mirando las joyas y dijo:

–Veo a un hombre que mata a un hermano de hogar por una de estas piedras talladas. Esto ocurrirá dentro de diez mil años, y los huesos del asesino yacerán en esta tumba donde está el tesoro. Oh, hombre de Sheney, conozco también el sitio de tu tumba, y veo cómo yaces en esa tumba.

La vida del hombre está en el centro del tiempo, pues todo es visto por los ojos de Meshe, y reside en el ojo. Somos las pupilas del ojo. Nuestros actos son su visión, nuestro ser es su conocimiento.

Había un árbol de hemmen en el corazón de la floresta Ornen, de ciento cincuenta kilómetros de largo y ciento cincuenta kilómetros de ancho, que era viejo y corpulento, de un centenar de ramas, y en cada rama mil vástagos, y en cada vástago cien hojas. El ser enramado del árbol se dijo a sí mismo:

–Todas mis hojas son visibles, menos una, que está oculta a la sombra de las otras hojas. Esta hoja la guardo en secreto. ¿Quién la verá a la sombra de mis hojas? ¿Y quién contará el número de mis hojas?

Meshe pasó un día por la floresta de Ornen, y de ese árbol arrancó esa hoja.

En las tormentas del otoño no cae ninguna gota de lluvia que haya caído antes, y la lluvia ha caído, y cae, y caerá a través de todos los otoños de los años. Meshe ve todas las gotas, donde cayeron, y caen, y caerán.

En el ojo de Meshe están todas las estrellas, y la oscuridad entre las estrellas, y todas resplandecen.

Respondiendo a la pregunta del Señor de Shord, en el momento de la visión, Meshe vio todo el cielo como si fuese un único sol. Sobre la tierra y bajo la tierra, toda la esfera del cielo resplandecía como la superficie del sol, y no había oscuridad. Pues Meshe vio no lo que era, ni lo que será, sino lo que es. Las estrellas que escapan y se llevan la luz están todas presentes en el ojo de Meshe, y toda la luz brilla en ese presente.[1]

Solo en el ojo mortal hay oscuridad, el ojo que cree ver, y no ve. En la visión de Meshe no hay oscuridad.

Así quienes invocan la oscuridad[2] son insensatos que Meshe escupe fuera de su boca, pues dan nombre a lo que no es, llamándolo origen y término.

No hay origen ni término, pues todas las cosas están en el centro del tiempo. Así como una gota de lluvia que cae en la noche puede reflejar todas las estrellas, así también todas las estrellas reflejan la gota de lluvia. No hay oscuridad ni muerte, pues todas las cosas son, a luz del momento, y el fin y el comienzo son uno.

Un centro, una visión, una ley, una luz. ¡Mira ahora en el ojo de Meshe!

---

1. Expresión mística de una de las teorías que apoyan la hipótesis de un universo en expansión, propuesta la primera vez por la Escuela Matemática de Sid hace cuatro mil años, y que los cosmólogos posteriores aceptaron en general, aunque las condiciones meteorológicas en Gueden impiden las observaciones astronómicas. El ritmo de la expansión (constante de Hubble; constante de Rerherek) se mide por la luz que es posible observar en el cielo nocturno, y esto implica que si el universo no estuviese en expansión, el cielo nocturno no parecería oscuro.

2. Los handdaratas.

13

En la granja

Alarmado por la súbita reaparición de Estraven, el conocimiento que tenía de mis asuntos, y el apremio de sus advertencias, llamé a un taxi y fui directamente a la isla de Obsle, a quien quería preguntarle cómo era que Estraven sabía tanto y cómo había surgido de pronto de la nada, incitándome a hacer precisamente lo contrario de lo que Obsle me había aconsejado el día anterior. El comensal no estaba en la casa, y el portero no pudo darme ninguna indicación sobre el paradero presente o futuro de Obsle. Fui a casa de Yegey y no tuve mejor suerte. Caía una nevada densa, la mayor del otoño hasta entonces, y el conductor se negó a llevarme más allá de la casa de Shusgis, pues no tenía agarraderas para la nieve en los neumáticos. Esa noche no pude comunicarme con Obsle, Yegey o Slose por teléfono.

A la hora de la cena, Shusgis explicó:

–Estaba celebrándose un festival yomesh, la Solemnidad de los Santos y Fieles del Trono, y se esperaba que los altos oficiales de la Comensalía visitaran los templos.

Me explicó asimismo la conducta de Estraven con

mucho ingenio, como la de un hombre poderoso y caído ahora, que se aferra a cualquier posibilidad de in-
fluir en personas y acontecimientos, cada vez de un
modo menos racional, más desesperado, a medida que
el tiempo pasa y descubre que está hundiéndose en un
anonimato inútil. Estuve de acuerdo en que esto podría explicar la ansiedad y el estado casi frenético de
Estraven. La ansiedad, sin embargo, se me había contagiado. Me sentí de algún modo intranquilo durante
casi toda la larga y pesada comida. Shusgis hablaba y
hablaba, conmigo y a los secretarios, ayudantes y sico-
fantes que se sentaban a su mesa todas las noches; yo
nunca lo había visto tan animado, tan incesantemente
jovial.

Cuando la cena terminó era demasiado tarde para
salir de nuevo, y de cualquier modo la Solemnidad
mantendría ocupados a todos los comensales, dijo
Shusgis, hasta medianoche. Decidí saltarme la cena, y
me fui a la cama temprano. En algún momento, entre
medianoche y el alba, unos extraños me despertaron
diciéndome que estaba detenido, y una guardia armada me llevó a la prisión de Kundershaden.

Kundershaden es viejo, uno de los pocos muy viejos
edificios que quedan en Mishnori. Yo ya lo había visto
antes, caminando por la ciudad: un sitio de mal aspecto, con muchas torres, sucio y largo, que se distinguía
enseguida entre los volúmenes pálidos de los edificios
de la Comensalía. Es lo que el nombre y el aspecto dicen. Es una cárcel. No es una máscara de otra cosa, una
mera fachada, un seudónimo. Es real, la cosa real, la
cosa detrás de la palabra.

Los guardias, unos hombres robustos y sólidos,
me llevaron a empujones por muchos pasillos y al fin
me dejaron en un cuartito, muy sucio y muy ilumina-

do. Pocos minutos después llegó otro grupo de guardias como escoltas de un hombre de cara delgada y aire de autoridad. Despachó a todos menos a dos, y le pregunté si se me permitía mandar un mensaje al comensal Obsle.

–El comensal está enterado del arresto de usted.

–¿Está enterado? –repetí como un estúpido.

–Por supuesto, mis superiores actúan por orden de los Treinta-y-tres. Bien, tendremos que interrogarlo.

Los dos guardias me sujetaron los brazos. Me resistí, gritándoles:

–¡Estoy dispuesto a contestar todas las preguntas, no es necesario que me amenacen!

El hombre de cara delgada no me prestó atención, y llamó a otro guardia. Entre los tres me sujetaron con correas a una mesa columpio, me desnudaron, y me inyectaron, supongo, alguna droga de la verdad.

No sé cuánto duró el interrogatorio ni sobre qué me preguntaron. Parece que me drogaban de distintos modos casi sin interrupción, y no recuerdo nada. Cuando recobré el sentido no tenía idea del tiempo que había pasado en Kundershaden: cuatro o cinco días, considerando mi estado físico, pero no podía asegurarlo. Durante un tiempo no supe en qué día del mes estábamos ni en qué mes, y en verdad tardé bastante en ir comprendiendo dónde me encontraba ahora.

Yo iba en una caravana de camiones, muy parecidos a aquel que me había llevado de Kargav a Rer; pero en la caja, no en la cabina. Había otras veinte o treinta personas conmigo; era difícil decir cuántas, pues no había ventanas y la luz entraba solo por una ranura de la puerta trasera, protegida con cuatro capas de alambre tejido. Parecía evidente, cuando recuperé la conciencia, que estábamos viajando desde hacía tiempo, pues el sitio que ocupaba cada uno estaba ya bastante definido, y el olor de los excrementos, vómitos y sudores había alcanzado un nivel estable. Nadie conocía a nadie. Nadie sabía adónde íbamos. Se hablaba poco. Era ya la segunda vez que me encerraban en la oscuridad con gente de Orgoreyn desesperanzada y sumisa. Entendía ahora la señal que se me había presentado en aquella primera noche. Había ignorado el sótano oscuro y había ido a buscar la sustancia de Orgoreyn en la superficie, a la luz del día. No era raro que nada me hubiese parecido real.

Me pareció de algún modo que el vehículo iba hacia el este, y así seguí pensándolo aun cuando fue claro que nos dirigíamos al oeste, adentrándonos más y más en Orgoreyn.

Nuestros subsentidos magnéticos y de orientación no funcionan bien en otros planetas; cuando el intelecto no puede o no quiere compensar las discrepancias, el resultado es una profunda confusión, la impresión de que no hay, literalmente, puntos de referencia.

Uno de mis compañeros de encierro murió aquella noche. Le habían golpeado o pateado el vientre y murió de una hemorragia. Nadie trató de hacer algo, no había nada que hacer. Unas horas antes nos habían traído una jarra de agua de plástico, pero no quedaba una gota. El hombre yacía a un lado, a mi derecha, y le puse la cabeza en mis rodillas para que reposara mejor, y allí murió. Estábamos todos desnudos, y las piernas, muslos y manos me quedaron cubiertos de sangre; una vestidura seca, de color castaño, que no calentaba.

La noche se enfrió más, y tuvimos que juntarnos en busca de un poco de calor. El cadáver, que no tenía nada que dar, fue expulsado del grupo, excluido. Nos apretamos unos contra otros sacudiéndonos y balanceándonos todos juntos el resto de la noche. La oscuridad era total dentro de la caja de acero. Estábamos en algún camino secundario y no se oía a ningún otro vehículo; aun acercando la cara a la malla de alambre no podía verse otra cosa que oscuridad y los borrosos reflejos de la nieve caída.

Nieve caída, nieve recién caída, nieve de hace tiempo, nieve que precede a la lluvia, nieve escarchada... El orgota y el karhidi tienen una palabra para cada una de estas nieves. En karhidi (que conozco mejor que el orgota) he contado por lo menos sesenta y dos palabras para las distintas clases, estados, edades y cualidades de la nieve, es decir, la nieve caída. Hay otra serie de palabras para las variedades de la nieve que cae; otras para el hielo, y unas veinte más que indican la temperatura, la fuerza del viento, y la clase de precipitación de ese momento, todo junto. Aquella noche me senté y traté de hacer listas de esas palabras en mi cabeza. Cada vez que recordaba una nueva, repetía la lista insertando la palabra en orden alfabético.

Poco después del alba el camión se detuvo. La gente gritó por la ranura que había un muerto en la caja, vengan y sáquenlo. Uno tras otro gritamos y aullamos. Golpeamos los costados y la puerta, haciendo un ruido de todos los demonios en aquella caja de acero, tanto que era inaguantable para nosotros mismos. No vino nadie. El camión no se movió durante varias horas. Al fin se oyó afuera un sonido de voces; el camión se sacudió, resbalando en la carretera helada, y se puso otra vez en marcha. Podía verse por la ranura que era una mañana soleada, y que cruzábamos unas lomas con árboles.

El camión continuó así durante otros tres o cuatro días y noches desde mi despertar. No se detuvo en ningún puesto de inspección, y se me ocurrió que nunca cruzábamos ningún poblado. El viaje del vehículo era errático, furtivo. Había paradas para cambiar de conductor y recargar baterías; había otras paradas más largas, no sabíamos por qué causa. En dos de esos días no nos movimos desde el mediodía hasta la noche, como si nos hubiesen abandonado; luego nos pusimos otra vez en marcha junto con las sombras. Promediando el día se abría la puerta trampa y nos pasaban una jarra de agua.

Contando el cadáver éramos veintiséis personas, dos treces. Los guedenianos cuentan a menudo en series de trece, veintiséis, cincuenta y dos, sin duda a causa del ciclo lunar de veintiséis días, la duración del mes y el plazo de recurrencia del ciclo sexual. El cadáver fue empujado contra las puertas traseras de acero, donde se mantenía frío. El resto nos pasábamos las horas sentados y encogidos, cada uno en su sitio, su territorio, su dominio, hasta la noche; cuando el frío empezaba a aumentar nos íbamos acercando unos a otros, poco a poco, hasta que al fin nos confundíamos en una entidad que ocupaba un espacio templado en el medio, frío en la periferia.

Había bondad allí. Unos cuantos y yo, un viejo y alguien que tosía mucho, fuimos reconocidos como menos resistentes al frío, y todas las noches nos encontrábamos en el centro del grupo, la entidad de veinticinco, donde había más calor. No luchábamos por ocupar ese puesto; estábamos ahí simplemente, todas las noches. Es algo terrible, esta bondad que los seres humanos nunca pierden. Terrible, porque cuando nos encontrábamos desnudos en la oscuridad y helados, no teníamos otra cosa. Nosotros que somos tan capaces, tan fuertes, terminamos en eso. No nos queda otra cosa.

A pesar de la promiscuidad y las noches en que nos apretábamos para dormir, nadie trataba de acercarse a los otros. Algunos estaban como adormilados por las drogas, otros eran quizá criaturas enfermas desde un punto de vista mental o social; todos habían sido perseguidos y aterrorizados. Sin embargo, parecía extraño que entre veinticinco personas ninguna le hablara alguna vez a todas las otras, ni siquiera para maldecirlas. Había bondad allí, y resistencia, pero en silencio, siempre en silencio. Apretados y juntos en la amarga sombra de nuestra compartida mortalidad, nos entrechocábamos continuamente, nos sacudíamos juntos, caíamos unos sobre otros, mezclábamos nuestros alientos, juntábamos el calor de nuestros cuerpos como preparando un fuego, pero seguíamos siendo extraños. Nunca supe el nombre de ninguna de aquellas gentes.

Un día, el tercer día me parece, cuando el camión llevaba horas detenido, y yo me preguntaba si no nos habían abandonado a nuestra suerte en algún lugar desierto, uno de los hombres del camión empezó a hablarme, y me contó una larga historia acerca de un molino en el sur de Orgoreyn, donde él había trabajado, y cómo había tenido problemas con un supervisor. Me habló y habló con una vocecita inexpresiva y tomándome la mano como si quisiera estar seguro de que yo lo escuchaba. El sol se ponía, y cuando tomamos una curva del camino un rayo de luz entró por la ranura de la puerta; de pronto fue posible ver hasta la otra pared de la caja. Vi una muchacha, una muchacha fatigada, estúpida, bonita, sucia, que me miraba a la cara mientras hablaba sonriendo tímidamente, buscando sosiego.

El joven orgota estaba en kémmer, y se me había acercado. La única vez en que uno de ellos me pedía algo, pero yo no podía complacerlo. Me levanté y me acerqué a la ventana-ranura para tomar aire y echar una mirada afuera, y no volví a mi sitio durante un largo rato.

Aquella noche el camión entró en unos campos ondulados, subiendo un tiempo, bajando, subiendo de nuevo; cada vez que nos deteníamos un silencio helado e ininterrumpido parecía extenderse más allá del acero de la caja: el silencio de los vastos páramos, de las tierras altas. El orgota en kémmer seguía a mi lado, tratando todavía de tocarme. Yo volví a pasar mucho tiempo con la cara apretada contra el alambre tejido, respirando un aire que me entraba en la garganta y los pulmones como una navaja, apoyando en la puerta de metal unas manos temblorosas. Me di cuenta al fin de que se me estaban helando. Mi aliento había hecho un puentecito de hielo entre mis labios y el alambre, y tuve que quebrar este puente con los dedos antes de que pudiera darme vuelta. Cuando me uní a los otros empecé a temblar de frío, con unas sacudidas que yo no conocía, como espasmos convulsivos de fiebre. El camión se puso otra vez en marcha. El ruido y el movimiento daban la ilusión de calor, quebrando aquel silencio glacial, pero hacía todavía demasiado frío para dormir aquella noche. Se me ocurrió que quizá estuviésemos entonces en tierras muy altas, pero no podía asegurarlo, ya que en esas circunstancias la respiración, el pulso, el nivel de energía no eran indicadores fieles. Como supe más tarde, estábamos cruzando los Sembensyens aquella noche, y los pasos se elevaban a más de tres mil metros.

El hambre no me perturbaba demasiado. La última comida que yo recordaba había sido aquella cena larga y pesada en casa de Shusgis; seguramente me habían alimentado en Kundershaden, pero de esto no tenía ningún recuerdo. La comida no parecía ser parte de la existencia en esta caja de acero, y yo no pensaba mucho en la comida. La sed, por otra parte, es condición ineludible de la vida. Una vez por día, con el camión detenido, se abría la puerta trampa instalada evidentemente con este propósito, y uno de nosotros sacaba afuera la jarra plástica y pronto la devolvían llena, junto con una breve ráfaga de aire helado. No había modo de medir el agua. La jarra pasaba de mano en mano, y cada uno de nosotros tomábamos tres o cuatro buenos sorbos antes que se extendiera la mano próxima, buscando la jarra. Ninguna persona o grupo actuó nunca como distribuidor o guardián; nadie atendía a que se guardara un trago para el hombre de la tos, y que ahora tenía mucha fiebre. Sugerí esto una vez, y los que estaban a mi alrededor asintieron, pero nadie hizo nada. El agua se repartía más o menos equitativamente –nadie trataba de tomar un poco más– y desaparecía en unos pocos minutos. En una ocasión, los tres últimos, que se sentaban contra la pared delantera de la caja, se quedaron sin agua; la jarra estaba vacía cuando llegó a ellos. Al día siguiente dos de estos hombres insistieron en ocupar los primeros puestos de la fila, y los ocuparon. El tercero se quedó encogido en el rincón, y nadie se cuidó de que recibiera su ración. ¿Por qué no lo intenté yo? No lo sé. Aquel era el cuarto día en el camión. Si no me hubiesen dado agua, creo que no habría protestado. Tenía conciencia de la sed y el sufrimiento de este hombre, y del hombre enfermo, y de los demás, como de mi sed y mi sufrimiento propios. Nada podía hacer contra ese sufrimiento, y por ese motivo yo lo aceptaba, como ellos, plácidamente.

Sé que la gente puede actuar de modos muy distintos en las mismas circunstancias. Estas criaturas eran orgotas, gente entrenada desde el nacimiento en una disciplina de cooperación, obediencia, sumisión a los intereses del grupo. No tenían en verdad cualidades sobresalientes de independencia y decisión. No eran coléricos. Formaban un todo, yo entre ellos; así lo sentían, y esa unidad de grupo donde cada uno tomaba vida de los otros era un refugio y un verdadero apoyo en la noche. Pero no había allí quien hablara por todos; era una entidad acéfala, pasiva.

Quizá unos hombres de temple más combativo se las hubiesen arreglado mejor: hablando más, repartiendo el agua más equitativamente, ayudando a los enfermos y manteniendo el ánimo. No sé. Solo sé lo que ocurrió dentro del camión.

En la mañana quinta, si no voy errado, el camión se detuvo. Oímos charla fuera y unas voces que llamaban y respondían. De pronto se oyó el ruido de unos cerrojos, y las puertas de acero del fondo se abrieron de par en par.

Uno tras otro nos arrastramos hacia el extremo abierto de la caja, algunos sobre manos y rodillas, y saltamos o nos dejamos caer al suelo. Veinticuatro salimos así. Los dos muertos, el viejo cadáver y uno nuevo, el hombre que no había bebido durante dos días, fueron sacados a rastras.

Hacía frío fuera, tanto frío y tanta luz blanca sobre la nieve blanca que dejar el fétido refugio del camión era muy duro, y algunos se echaron a llorar. Nos quedamos amontonados junto al vehículo, todos desnudos y malolientes, nuestra pequeña entidad nocturna, expuesta ahora a la cruel y brillante luz del día. Nos separaron, nos ordenaron en una fila, y nos llevaron a un edificio que estaba a un centenar de metros. Las paredes metálicas y el techo cubierto de nieve del edificio, la llanura nevada alrededor, la cadena de montañas a la luz del sol naciente, la amplitud del cielo, todo parecía estremecerse y centellear con exceso de luz.

Nos alinearon para que nos lavásemos en una amplia batea techada; todos comenzamos por beber el agua del baño. Luego nos llevaron al edificio principal y allí nos dieron unas camisetas, camisas grises, de fieltro, pantalones y botas de fieltro. Un guardia verificó nuestros nombres en una lista a medida que entrábamos en el refectorio. Junto con un centenar de prisioneros nos sentamos a unas mesas pegadas a las paredes y allí nos sirvieron el desayuno: potaje de cereales y cerveza. Después de esto todos nosotros, los prisioneros viejos y los nuevos, fuimos divididos en escuadras de doce. La mía fue llevada a un aserradero, a unos pocos cientos de metros detrás del edificio principal, dentro del perímetro cercado. Fuera de la cerca, y no muy lejos, se veían los primeros árboles de un bosque que se extendía entre las lomas, perdiéndose en el norte. A las órdenes de un guardia llevamos y almacenamos unas maderas aserradas desde el molino hasta un depósito amplio donde se guardaba la leña en invierno. No era fácil caminar, agacharse y cargar madera tras los días pasados en el camión. No permitían que nos demoráramos, pero tampoco nos obligaban a forzar el paso. Al mediodía nos sirvieron un tazón de cereal no fermentado: orsh; antes del anochecer fuimos de nuevo a las barracas y allí nos dieron la cena: potaje de verduras y cerveza. Luego nos encerraron en el dormitorio, que quedó iluminado toda la noche. Dormimos en unos camastros de un metro y medio de largo, dispuestos en dos filas superpuestas alrededor de las paredes.

Los prisioneros más antiguos luchaban por los camastros de arriba, pues el calor sube. Como abrigo de cama se proporcionaba a cada hombre un saco de dormir. Eran sacos, toscos y pesados, que conservaban el olor a sudor de otros hombres, pero bien forrados y calientes, aunque demasiado cortos. Un guedeniano de tamaño normal, podía meterse en el saco con cabeza y todo, pero no yo, como tampoco podía estirarme bien en el camastro.

El lugar se llamaba Tercera Granja Voluntaria y Agencia de Reeducación de la Comensalía de Pulefen. Pulefen, distrito treinta, está en el extremo noroeste de la zona habitable de Orgoreyn, limitado por las montañas Sembensyen, el río Esagel y la costa; un área poco poblada, sin ciudades importantes. El pueblo más cercano se llamaba Turuf, a varios kilómetros al suroeste; nunca lo vi. La granja está junto a una zona boscosa, extensa y despoblada, Tarrenbed. Demasiado al norte para los árboles mayores, como el hemmen, el sérem o el vate negro, no había allí otro árbol que el tora, una conífera nudosa, de espinas grises, achaparrada, de no más de tres a cuatro metros de altura. Aunque el número de especies nativas, plantas o animales, es en Invierno insólitamente reducido, hay muchos individuos de cada especie; en aquel bosque había miles de kilómetros de toras, y casi nada más. Aun las tierras vírgenes son manejadas con economía allí, y aunque ese bosque estaba siendo explotado desde hacía siglos, no había en él tierras baldías, ni troncos talados, ni declives erosionados. Parecía como si no hubiera allí un solo árbol que no hubiese sido tenido en cuenta, y ni una mota de serrín que no fuera aprovechada. Había un pequeño taller en la granja, y cuando el tiempo impedía que las cuadrillas fuesen al bosque trabajaban en el aserradero o en el taller, preparando y componiendo astillas, cortezas y serrín en distintas formas, y extrayendo de las espinas secas del tora una resina que se usaba en la fabricación de plásticos.

El trabajo era verdadero trabajo, y nunca nos sentíamos agotados. Si nos hubieran dado un poco más de comida y mejor ropa, mucho de ese trabajo hubiese sido agradable, pero teníamos demasiado frío y hambre la mayor parte del tiempo. Los guardias pocas veces eran duros y nunca crueles; a mí me parecían estólidos, descuidados, pesados, y afeminados, no en el sentido de un exceso de delicadeza, sino justamente por lo opuesto: una carnosidad blanda y lerda, una bovinidad sin filo. Entre mis compañeros de prisión yo también tenía por vez primera en Invierno la impresión de ser de algún modo un hombre entre mujeres o entre eunucos. Los prisioneros tenían la misma flaccidez y bastedad. Era difícil diferenciarlos; el tono emocional de todos ellos parecía siempre bajo, la charla trivial. Creí al principio que este desánimo y abulia tenían como causa principal la falta de buena comida, calor y libertad; pero pronto descubrí que el efecto era más específico: resultado de las drogas proporcionadas a los prisioneros para mantenerlos fuera del kémmer.

Yo sabía que había drogas capaces de reducir o eliminar virtualmente la fase de potencia en el ciclo sexual guedeniano, y que eran utilizadas cuando la conveniencia, la medicina o la moral aconsejaban la abstinencia. Un kémmer, o varios, podía ser evitado así sin efectos adversos. El uso voluntario de esas drogas era comúnmente aceptado. No se me había ocurrido que podía administrarse a la fuerza.

Había allí buenas razones. Un prisionero en kémmer sería un elemento subversivo en una cuadrilla de trabajo. Si se permitía la aparición del kémmer, la situación podía ser enojosa, especialmente si ningún otro prisionero entraba en kémmer al mismo tiempo, lo que parecía posible, ya que éramos solo ciento cincuenta prisioneros. Pasar por el kémmer sin compañía es bastante duro para un guedeniano; mejor, entonces, ahorrarse el sufrimiento y el tiempo de trabajo perdido, y eliminar el kémmer.

Los prisioneros que llevaban allí varios años estaban psicológicamente, y creo que hasta cierto punto físicamente, adaptados a esta castración química. Parecían tan asexuados como bueyes. No tenían vergüenza ni deseo, y en este sentido eran como ángeles; pero no es propio de los humanos no tener vergüenza o deseo.

Siendo tan estrictamente definido y limitado por naturaleza, el instinto sexual de los guedenianos no está muy sujeto a imposiciones de la sociedad. Hay menos códigos, normas y represión del sexo que en cualquier sociedad bisexual. La abstinencia es del todo voluntaria; la indulgencia es del todo aceptable. El miedo y la frustración sexuales son muy raras. Este era el primer caso que yo veía de una situación social que contrariaba el impulso sexual. Pero como se trataba de una supresión, y no de una represión, no producía frustraciones, pero sí algo que a la larga era quizá más ominoso: pasividad.

No hay comunidades de insectos en Invierno. Los guedenianos no comparten el planeta, como los terrestres, con esas sociedades más antiguas, esas ciudades innumerables de pequeños trabajadores asexuados que no responden a otro instinto que la obediencia al grupo, al todo. Si hubiese hormigas en Gueden, los guedenianos habrían tratado de imitarlas desde hace tiempo. El régimen de las granjas voluntarias es algo bastante reciente, limitado a un país del planeta, y literalmente desconocido en otras partes. Pero es un signo ominoso del camino que puede tomar un pueblo tan vulnerable al control del sexo.

En la granja de Pulefen vivíamos, como dije, desnutridos, y nuestras ropas, en especial el calzado, eran completamente inadecuadas para aquel clima invernal. Los guardias, la mayor parte prisioneros en prueba, no estaban mucho mejor. El propósito del lugar y de este régimen no era destructivo sino primitivo, y creo que la vida allí podría ser soportable, sin las drogas y los exámenes.

Algunos prisioneros eran examinados en grupos de doce, y se contentaban con recitar una especie de confesión y catecismo; les daban luego la inyección antikémmer, y eran devueltos al trabajo. A los otros, los prisioneros políticos, se los drogaba e interrogaba cada cinco días.

No sé qué drogas empleaban. No conozco el propósito de los interrogatorios, ni tengo la menor idea de las preguntas que me hacían. Yo despertaba cada vez en el dormitorio, unas pocas horas más tarde, tendido en mi camastro lo mismo que cinco o seis de los otros, algunos despertando junto a mí, otros todavía dominados por la droga. Cuando al fin estábamos todos de pie, los guardias nos llevaban al trabajo; pero un día, después del tercero o cuarto de estos exámenes, no me pude levantar. Me dejaron en el camastro, y al día siguiente pude incorporarme a mi cuadrilla, aunque me sentía vacilante. Tras el examen siguiente quedé inutilizado dos días. Era evidente que las hormonas antikémmer o las drogas de la verdad tenían un efecto tóxico en mi sistema nervioso no guedeniano, y que este efecto era acumulativo.

Recuerdo que planeé cómo le hablaría al médico en el próximo examen. Empezaría por prometerle que respondería francamente a todas las preguntas, sin necesidad de drogas, y luego le diría:

–Señor, ¿no ve usted qué inútil es conocer la respuesta a una pregunta inadecuada?

A continuación, el inspector se transformaba en Faxe, con la cadena de oro de los profetas colgándole del cuello, y yo tenía largas y agradables conversaciones con Faxe mientras vigilaba la caída de las gotas de ácido de un alambique a una vasija de madera pulverizada. Por supuesto, cuando entré en el cuartito donde nos examinaban, el ayudante del inspector me había bajado el cuello de la camisa y me había dado una inyección antes de que yo tuviera tiempo de decir una palabra, y todo lo que recuerdo de esa sesión, aunque quizá ocurrió en otra anterior, es al Inspector, un joven orgota de uñas sucias y aspecto fatigado que decía en un tono monótono:

–Tiene que responder a mis preguntas en orgota; no me hable en otro lenguaje. Hable en orgota.

En la granja no había enfermería. El principio era allí trabajar o morir, aunque en la práctica se permitían ciertas lenidades, intervalos entre el trabajo y la muerte, proporcionadas por los guardias. Como ya he dicho, no eran crueles, aunque tampoco bondadosos. Eran descuidados, y no se preocupaban mucho, mientras pudieran mantenerse apartados de los problemas. Cuando fue evidente que otro de los hombres y yo no podíamos tenernos en pie, después de uno de esos exámenes dejaron que nos quedáramos en el dormitorio, metidos en los sacos de dormir, como si no nos hubiesen visto. Yo me sentía muy enfermo; el otro, un hombre de mediana edad, padecía de algún trastorno o enfermedad en un riñón, y se estaba muriendo. La agonía no era rápida y le permitían pasarse un tiempo en el camastro dedicado a esa tarea.

Lo recuerdo muy claramente, más que a nadie de

la granja de Pulefen. Físicamente era un guedeniano típico del Gran Continente, macizo, corto de piernas y brazos, con una sólida capa de grasa subcutánea que daba, aun en la enfermedad, cierta redondez al cuerpo. Tenía manos y pies menudos, caderas bastante anchas, y tórax amplio; los pechos estaban apenas más desarrollados que en un hombre de mi raza. La piel era de un color castaño rojizo oscuro, el pelo negro, feo y lanoso; la cara ancha, de facciones fuertes y pequeñas, y de pómulos prominentes: un tipo no muy distinto de los aislados grupos terrestres que viven en las zonas muy altas o en las áreas polares. Se llamaba Asra; había sido carpintero.

Hablamos.

Asra, me parece, no se resistía a morir, pero le tenía miedo a la muerte y buscaba distracción.

Poco teníamos en común excepto la cercanía de la muerte, y no queríamos hablar de ella, de modo que muy a menudo no nos entendíamos. Esto no le importaba a Asra. Yo, más joven e incrédulo, hubiese querido alguna comprensión, entendimiento, explicación. No había explicación. Hablamos.

Por la noche en la barraca-dormitorio había luz, gente y ruido. Durante el día apagaban las luces y la barraca quedaba a oscuras, vacía, tranquila. Estábamos acostados cerca, en los camastros, y hablábamos en voz baja. Asra prefería contarme largas y sinuosas historias acerca de su juventud en una granja comensal del valle de Kunderer, aquella vasta y espléndida llanura que yo había cruzado viniendo de la frontera a Mishnori. El dialecto del hombre era muy acentuado, y hablaba de gentes, lugares, costumbres, herramientas, con palabras que yo no conocía, de modo que muy a menudo no me llegaban más que ráfagas de estas reminiscencias. Cuando se sentía mejor, casi siempre alrededor del mediodía, le pedía que me contara un mito o una leyenda. La mayoría de los guedenianos guardan buen acopio de estas historias. La literatura es allí, aunque también existe en forma escrita, una viva tradición oral, y en este sentido todos son letrados. Asra conocía los cuentos populares orgotas, las anécdotas de Meshe, el relato de Parsid, partes de las mayores epopeyas y la saga novelada de los Mercaderes del Mar. Esto, y los fragmentos de leyendas locales que recordaba de la infancia, me lo contaba Asra en un farfullado y susurrado dialecto, y cuando se sentía cansado me pedía a mí una historia.

—¿Qué cuentan en Karhide? —me decía frotándose las piernas, que lo atormentaban con dolores y punzadas, y volviendo a mí la cara con una leve, tímida y paciente sonrisa.

Una vez dije:

—Conozco una historia de gente que vive en otro mundo.

—¿Qué clase de mundo?

—Parecido a este, en casi todo. Pero no da vueltas alrededor del sol, sino en torno a una estrella que aquí llaman Selemy. Es una estrella amarilla, como el sol y en ese mundo, bajo ese sol, vive otra gente.

—De eso se habla en las enseñanzas sanovi, de otros mundos. Había un viejo sacerdote sanovi que estaba loco y venía a mi hogar cuando yo era pequeño, y nos hablaba de eso a los niños, dónde van los mentirosos cuando mueren, y también los suicidas, y los ladrones. ¿Ahí es donde iremos, eh, usted y yo, a uno de esos sitios?

—No, el mundo del que hablo no es de los espíritus. Es un mundo real. La gente que vive allí es real, gente viva, como aquí. Pero aprendieron a volar hace mucho tiempo.

Asra sonrió mostrando los dientes.

–No agitando los brazos, no. Volaban en máquinas parecidas a coches. –Pero era difícil explicar esto en orgota, que no tiene palabras que signifiquen literalmente «volar», y la más aproximada es la que podría traducirse por «deslizarse»–. Bueno, aprendieron a fabricar máquinas que iban por el aire así como un trineo va por la nieve. Y al cabo de un tiempo aprendieron a fabricar máquinas que iban más lejos y más rápido, hasta que fueron como la piedra que arroja la honda, y pasaron sobre la tierra y las nubes y más allá del aire, hasta otro mundo que giraba alrededor de otro sol. Y cuando llegaron a ese otro mundo, qué encontraron allí sino hombres que...

–¿Se deslizaban en el aire?

–Quizá sí, quizá no. Cuando llegaron a mi mundo ya sabíamos cómo viajar por el aire. Pero nos enseñaron cómo ir de mundo en mundo, y todavía no teníamos máquinas para eso. Asra no entendía bien la intromisión del narrador en la narración. Me sentía afiebrado, molesto por las llagas que me habían aparecido en el pecho y los brazos a causa de las drogas, y no sabía cómo podría entretejer el relato.

–Adelante –dijo Asra, tratando de descubrir algún sentido–. ¿Qué hacían además de ir por el aire?

–Oh, casi lo mismo que la gente de aquí. Pero están todos en kémmer todo el tiempo.

Asra rio entre dientes. No había por supuesto posibilidad de ocultamientos en esta vida, y mi sobrenombre entre los guardias y prisioneros era «el perverso». Pero cuando no hay deseo ni vergüenza, nadie, por más anómalo que sea, es señalado con el dedo; y creo que Asra no relacionó esta idea conmigo mismo y mis peculiaridades. La vio meramente como la variante de un viejo tema, de modo que rio un poco y dijo:

—En kémmer todo el tiempo, ¿eh? Entonces ¿un lugar de recompensa? ¿O un lugar de castigo?

—No sé, Asra. ¿Qué es este mundo?

—Ni una cosa ni otra, criatura. Esto es solo el mundo; es como es. Naces aquí y... las cosas son como son...

—No nací aquí. Vine aquí. Elegí venir.

El silencio y la sombra pesaban a nuestro alrededor. Lejos, en el silencio de los campos, del otro lado de la barraca, había un minúsculo filo de sonido, un serrucho de mano: nada más.

—Ah, bien..., ah, bien —murmuró Asra, y suspiró, y se frotó las piernas, gimiendo, y sin darse cuenta de que gemía—. Nadie elige —añadió.

Una noche o dos después entró en coma y murió. Yo no me había enterado de por qué había ido a parar a la granja voluntaria; un crimen, una falta o alguna irregularidad en los papeles de identificación. Solo sabía que estaba allí en Pulefen desde hacía menos de un año.

El día que siguió a la muerte de Asra me llamaron para mi examen; esta vez tuvieron que llevarme de vuelta en brazos; y no recuerdo lo que pasó después.

14

La huida

Cuando Obsle y Yegey dejaron la ciudad y el portero de Slose me cerró el paso, supe que era hora de que me volviese a mis enemigos, pues ya nada bueno podía esperar de mis amigos. Fui a ver al comisionado Shusgis y lo extorsioné. Como no tenía dinero suficiente para comprarlo, recurrí a mi reputación. Entre los pérfidos, el nombre de traidor tiene su propio valor. Le dije que estaba en Orgoreyn como agente de las facciones nobles de Karhide, y que planeábamos el asesinato de Tibe, y que él había sido designado como mi contacto Sarf; si rehusaba darme la información que yo necesitaba, les diría a mis amigos de Erhenrang que él era un agente doble, al servicio de la facción de Comercio Libre, y esto, claro está, volvería a Mishnori y al Sarf. El condenado tonto me creyó. Me dijo casi enseguida lo que yo quería saber, y hasta pidió mi aprobación.

Mis amigos Obsle, Yegey y los otros no eran aún una amenaza inmediata para mí. Habían comprado seguridad sacrificando al Enviado, y confiaban en que yo no me crearía dificultades ni se las crearía a ellos. Hasta que vi a Shusgis nadie en el Sarf, sino Gaum, me había prestado alguna atención, pero ahora los tendría a todos pisándome los talones. Tengo que llevar a término mis asuntos y perderme de vista.

No teniendo modo de enviar un mensaje directo a Karhide, ya que una carta podía ser leída, y el teléfono y la radio estaban vigilados, fui por vez primera a la Embajada Real. Sardon rem ir Chenevich, a quien yo había conocido bien en la corte, tenía un cargo en la embajada. Estuvo enseguida de acuerdo en enviarle un mensaje a Argaven informándole de qué le había ocurrido al Enviado y dónde estaba prisionero. Yo podía confiar en que Chenevich, una persona inteligente y honesta, evitaría que el mensaje fuese interceptado, pero de lo que Argaven haría luego yo no tenía ninguna idea. Yo quería que Argaven tuviese esa información, en caso de que la nave de Ai descendiera de pronto saliendo de las nubes, pues en ese entonces esperaba aún que Ai hubiese tenido tiempo de enviar una señal a la nave, antes de que el Sarf lo arrestara.

Yo estaba ahora en peligro, y si me habían visto entrar en la embajada, en peligro inmediato. Fui directamente de allí al puerto de caravanas del barrio y en las últimas horas de esa mañana, odstred susmi, dejé Mishnori como había entrado: como peón de carga de un camión. Llevaba conmigo todos los viejos permisos, algo alterados de acuerdo con el nuevo empleo. La falsificación de papeles es asunto de riesgo en Orgoreyn, donde los piden e inspeccionan cincuenta y dos veces por día, pero no es raro a pesar de los riesgos, y mis viejos compañeros de la isla del Pescado me habían enseñado los ardides adecuados. Llevar un nombre falso me irrita de veras, pero ninguna otra cosa podría salvarme, o llevarme al otro extremo de Orgoreyn, la costa del mar Occidental.

Mis pensamientos estaban puestos en el Oeste cuando la caravana cruzó traqueteando el puente Kunderer y dejó atrás Mishnori. El otoño volvía ahora la cara hacia el invierno, y yo tenía que llegar a mi destino antes de que los caminos se cerraran al tránsito rápido, y que mi presencia allí fuese del todo inútil. Había visto una Granja Voluntaria en Komsvashom, y había hablado con exprisioneros de granjas. Lo que había visto y oído pesaba ahora sobre mí. El Enviado, tan vulnerable al frío que llevaba aún un abrigo cuando la temperatura subía a cero grados, no sobreviviría a un invierno en Pulefen. De modo que la necesidad exigía rapidez, pero la caravana me llevaba a paso lento, zigzagueando entre las ciudades al norte y al sur del camino, cargando y descargando; me llevó medio mes llegar a Edven, en la desembocadura del río Esagel.

En Edven tuve suerte. Hablando con los hombres de la casa de tránsito me enteré del comercio de pieles río arriba, y cómo los hombres de las trampas iban río arriba y río abajo por trineo o barca de hielo cruzando el bosque de Tarrenbed casi hasta el Hielo.

De esa conversación sobre trampas nació mi plan de poner trampas. Hay pesdris de piel blanca en las tierras de Kerm como en el interior del país; les gustan los sitios donde se siente el aliento del glaciar. Yo los había cazado en mi juventud en los bosques de toras de Kerm, ¿por qué no cazarlos ahora en los bosques de toras de Pulefen?

En aquel noreste lejano de Orgoreyn, en las vastas tierras desérticas al este de los Sembensyen, los hombres son libres de ir y venir, pues no hay bastantes inspectores para acosar a toda la población. Algo de la vieja libertad sobrevive allí a la Nueva Época. Edven es un puerto gris construido sobre las rocas grises de la bahía de Esagel; un viento lluvioso sopla en las calles, y los habitantes son gente de mar, torva y de pocas palabras. Tengo buenos recuerdos de Edven, donde mi suerte cambió.

Compré esquís, calzado para la nieve, trampas y provisiones, y en la oficina comercial obtuve mi licencia, autorización e identificación de cazador, y fui a pie, Esagel arriba, junto con una partida de cazadores conducida por un viejo llamado Mavriva. El río no estaba aún helado, y en los caminos había vehículos de ruedas, pues había más lluvias que nieve en aquellas vertientes de la costa, aun en este último mes del año. La mayoría de los cazadores esperaban al pleno invierno, y en el mes de dern remontaban el Esagel en barca de hielo, pero Mavriva pretendía llegar bien al norte cuanto antes, y atrapar al pesdri cuando comenzaba a emigrar a los bosques. Mavriva conocía aquellas tierras, los Sembensyen del Norte y las Tierras del Fuego tan bien como cualquiera, y en aquellos días en que remontamos el río aprendí de él muchas cosas que me fueron útiles más tarde.

En el pueblo que llaman Turuf me separé de la patrulla fingiendo una enfermedad. Ellos siguieron hacia el norte y yo fui solo hacia el noreste, internándome en las altas laderas de los Sembensyen. Pasé algunos días explorando los alrededores y luego, ocultando casi todo lo que llevaba en un valle escondido a unos quince kilómetros de Turuf, volví al pueblo, llegando de nuevo desde el sur; esta vez entré en el pueblo y me alojé en la casa de tránsito, y como preparándome para una cacería con trampas compré esquís, zapatos para la nieve y provisiones, un saco de dormir y ropa de invierno, todo otra vez; también una estufa chabe, una tienda de piel sintética y un trineo ligero para cargarlo todo. Luego nada que hacer sino esperar a que la lluvia se transformara en nieve y el barro en hielo: no tardaría mucho, pues ya había pasado más de un mes en llegar de Mishnori a Turuf. En arhad dern el invierno había helado los campos, y la nieve que yo esperaba ya estaba cayendo.

Pasé las cercas electrizadas de la granja de Pulefen en las primeras horas de la tarde, y todas las huellas que yo iba dejando eran cubiertas enseguida por la nieve. Dejé el trineo en la hondonada de un arroyo, en el interior del bosque, al este de la granja, y llevando solo un saco atado a mis espaldas, regresé al camino con mis zapatos para la nieve, y lo seguí directamente, hasta la puerta principal de la granja. Allí exhibí los papeles que yo había vuelto a falsificar mientras esperaba en Turuf. Tenían un «sello azul» ahora, me identificaban como Dener Bend, convicto en libertad bajo palabra, y estaban acompañados por la orden de que me presentara antes de eps dern en la tercera granja voluntaria de la Comensalía de Pulefen, para un trabajo de dos años como guardia. Los ojos penetrantes de un inspector hubieran sospechado ante esta batería de papeles, pero aquí había pocos ojos penetrantes.

Nada más fácil que entrar en prisión. Yo esperaba poder salir.

El jefe de guardias me llamó la atención por haber llegado un día más tarde de lo que especificaban mis órdenes, y me enviaron a las barracas. Habían terminado de cenar, y por fortuna era demasiado tarde para que me dieran un par de botas y un uniforme, confiscándome mi buena ropa. No me dieron un arma, pero encontré una a mano mientras me escurría en la cocina, pidiéndole al cocinero que me sirviera algo de comer. El cocinero guardaba el arma colgada de un clavo detrás de los hornos. La robé. No tenía dispositivos letales; quizá ocurría lo mismo con todas las armas que tenían allí los guardias. No mataban a gente en las granjas; esos crímenes los dejaban en manos de la desesperación y el invierno.

Había allí unos treinta o cuarenta guardias, y ciento cincuenta o ciento sesenta prisioneros, ninguno de ellos despiertos, la mayoría durmiendo profundamente aunque apenas pasábamos de la cuarta hora. Conseguí que un joven guardia me acompañara y me mostrara a los prisioneros dormidos. Los vi a la luz enceguecedora de la barraca donde dormían, y abandoné toda esperanza de poder actuar esa primera noche, antes de despertar sospechas. Los prisioneros estaban metidos en sus sacos de dormir, como niños en la matriz, invisibles, indistinguibles. Todos menos uno, demasiado largo para ocultarse, un rostro oscuro como una calavera, los ojos cerrados y hundidos, una mata de pelo largo y fibroso.

La fortuna que me había sido esquiva en Erven ahora daba vuelta al mundo entero al alcance de mi mano. Nunca tuve sino un don: saber cuándo la gran rueda responderá a un roce de la mano, saberlo y actuar. Yo había dado este don por perdido, el año anterior en Erhenrang; había creído que no lo recuperaría nunca. Me sentí realmente contento teniendo de nuevo esa certeza, sabiendo que podía encaminar mi fortuna y las posibilidades del mundo como un trineo de rastra corta que desciende la empinada, peligrosa hora.

Como yo seguía yendo de un lado a otro y mirando alrededor, en mi papel de individuo curioso y de pocas luces, me incluyeron en la última ronda nocturna; a medianoche todos dormían menos el otro guardián nocturno y yo. Seguí hurgando aquí y allá, paseándome a veces de arriba abajo entre las camas. Decidí mis planes y empecé a prepararme la voluntad y el cuerpo para entrar en doza, pues mis propias fuerzas nunca me bastarían sin ayuda de esa fuerza que viene de la oscuridad. Un rato antes del alba entré de nuevo en el dormitorio y con el arma del cocinero le di a Genly Ai un buen golpe en la cabeza. Luego lo levanté, con saco de dormir y todo, y lo cargué a hombros hasta el cuarto de guardia.

–¿Qué haces? –dijo el otro guardia, adormilado–. ¡Déjalo!

–Está muerto.

–¿Otro muerto? Por las entrañas de Meshe, y el invierno apenas ha empezado. –Inclinó la cabeza para mirar la cara del Enviado, que colgaba a mis espaldas–. Ah, el perverso. Por el Ojo que no creía todo lo que dicen de los karhíderos hasta que le eché una mirada, qué monstruo desagradable. Se pasó la semana acostado, gimiendo y suspirando, pero no creía que se moriría así, de pronto. Bueno, déjalo fuera y que se quede allí hasta que amanezca. No te estés ahí como si cargaras un saco de turdas.

Me detuve en la oficina de inspección, mientras iba corredor abajo, y siendo yo el hombre a cargo de la guardia nadie me impidió entrar y mirar hasta que encontré el panel que contenía las alarmas y las llaves. Ninguna tenía nombre, pero los guardias habían garrapateado unas letras al lado de los interruptores para ayudar a la memoria cuando había prisa; imaginando que C. C. significaba «cercas», cerré el interruptor que cortaba la corriente de las defensas exteriores de la granja, y luego seguí mi camino, arrastrando ahora a Ai por los hombros. Llegué así al guardia centinela junto a la puerta. Hice como que trabajaba para alzar ese peso muerto, pues la fuerza doza estaba actuando ya y no quería mostrar con qué facilidad podía mover o cargar a un hombre más pesado que yo.

—Un prisionero muerto —dije—. Me indicaron que lo sacara del dormitorio. ¿Dónde lo pongo?

—No sé. Llévelo fuera. Bajo techo, que no lo sepulte la nieve y reaparezca apestando en el deshielo de la primavera. Está nevando *peditia*. —Se refería a lo que llamaríamos nieve *sove*, de copos densos y acuosos; la mejor de las noticias para mí.

—Muy bien, muy bien —dije, y llevé mi carga fuera, del otro lado de la barraca, donde el guardián no podía verme.

Cargué otra vez a Ai sobre los hombros, fui hacia el noroeste unos pocos centenares de metros, pasé encaramándome por encima de la cerca muerta, deslicé mi carga por debajo, levanté una vez más a Ai, y corrí todo lo que pude hacia el río. No estaba muy lejos de la cerca cuando chilló un silbato, y se encendieron unos reflectores. Nevaba con bastante fuerza como para que no pudieran verme desde unos pocos metros de distancia, pero no lo suficiente para que mis huellas se borrasen enseguida. Sin embargo, cuando llegué al río todavía no estaban detrás de mí. Fui hacia el norte por unos claros entre los árboles, o por el agua cuando el bosque me cerraba el paso; el río, un pequeño y rápido afluente del Esagel, no se había helado todavía. Todo se veía más claro ahora a la luz del alba, y me apresuré. Encontrándome en la plenitud de la doza, el Enviado no me parecía una carga pesada, aunque entorpecía mis movimientos. Siguiendo el arroyo que se internaba en el bosque llegué al fin a la hondonada, y allí até al Enviado con unas correas al trineo, distribuyendo mis ropas y aparatos alrededor y encima, hasta que quedó bien oculto, y luego eché una tela impermeable sobre todo; me cambié entonces de ropa, y comí un poco de mis provisiones, pues el hambre que uno siente en la doza prolongada ya estaba mordiéndome el estómago. Luego partí hacia el norte por el camino principal del bosque. No había pasado mucho tiempo cuando un par de esquiadores me dio alcance.

Yo estaba vestido y equipado ahora como cazador de trampas, y les dije que estaba tratando de alcanzar la patrulla de Mavriva, que había ido hacia el norte en los últimos días de grende. Conocían a Mavriva y aceptaron mi historia tras echarle una ojeada a mi licencia de cazador. No esperaban encontrar a los fugitivos en camino hacia el norte, pues nada hay al norte de Pulefen, sino el bosque y el hielo, y quizá no tenían mucho interés en encontrarnos. ¿Por qué habían de tenerlo? Siguieron adelante y una hora después me encontré de nuevo con ellos, que volvían a la granja. Uno de ellos era el que me había acompañado en la guardia de la noche. Nunca me había visto la cara, aunque me había tenido delante la mitad de la noche.

Cuando estuve seguro de que se habían ido, dejé el camino principal y durante todo el día seguí un largo semicírculo de vuelta al bosque y las laderas al este de la granja, volviendo al fin desde el este, las tierras desérticas, a la hondonada oculta más arriba de Turuf, donde yo había escondido mi equipo. Era difícil ir en trineo por aquellos terrenos tan ondulados y con aquel peso de más, pero la nieve era espesa y estaba afirmándose y yo estaba en doza. Tenía que mantenerme en ese estado, pues una vez que la fuerza de la doza cae, uno no sirve para nada. Nunca había estado en doza mucho más de una hora, pero sabía que algunos de los

211

ancianos pueden mantenerse así todo un día y una noche y todavía más, y mi necesidad presente se sumaba ahora a la capacidad desarrollada en mi entrenamiento. En doza uno no se preocupa mucho, y no encontraba ningún motivo de ansiedad excepto la condición del Enviado, que tenía que haber despertado hacía tiempo de aquella dosis de sónico. No se movía, y no había tiempo para atenderlo. ¿Era tan distinto a nosotros que un arma paralizante podía matarlo? Cuando la rueda gira a nuestro alcance, hay que cuidar las palabras; y yo había dicho que estaba muerto dos veces, y lo había cargado como se cargan los muertos. Se me ocurrió que quizá yo había transportado a un hombre muerto entre aquellas lomas, y que mi suerte se había agotado junto con la vida de ese hombre. En ese momento me puse a maldecir y a sudar, y la fuerza de la doza pareció escapárseme como agua de una jarra rota. Pero seguí adelante, y la fuerza no me faltó del todo hasta que llegué al escondrijo en la ladera y levanté la tienda e hice lo que pude por Ai.

Abrí una caja de cubos de hiperalimentos. Devoré la mayoría, y le di unos cuantos como caldo, pues parecía estar muriéndose de hambre. Ai tenía úlceras en los brazos y el pecho, agravadas por el sucio saco de dormir en que estaba. Cuando le limpié las llagas y lo pasé al caliente saco de pieles, tan bien oculto como era posible en aquel desierto invernal, supe que ya no tenía nada más que hacer. La noche había caído y la oscuridad mayor, el precio por el emplazamiento voluntario de la fuerza plena del cuerpo estaba envolviéndome duramente; me encomendé, y encomendé a Ai a esa oscuridad.

Dormimos. Nevó sin duda toda la noche y el día y la noche de mi sueño dangen. Ninguna cellisca: la primera verdadera nevada del invierno. Cuando al fin desperté, e hice un esfuerzo para levantarme y mirar afuera, la tienda estaba hundida a medias en la nieve. La luz del sol y unas sombras azules se extendían vívidas sobre el blanco. Lejos y arriba, en el este, una nube gris apagaba el brillo del cielo: el humo de Udenushreke, la más cercana de las montañas del bosque. Alrededor del minúsculo pico de la tienda se extendía la nieve; terraplenes, loma, laderas, todas blancas, sin huellas.

Estando todavía en el periodo de recuperación me sentía muy débil y somnoliento, pero siempre que podía levantarme le daba caldo a Ai, un poco cada vez; y al anochecer de aquel día me pareció que recuperaba el conocimiento, aunque no la inteligencia. Ai, sentado en el saco de pieles, lloraba como aterrorizado. Cuando me arrodillé junto a él, luchó tratando de apartarme, y siendo este esfuerzo excesivo para él, se desmayó. Aquella noche habló mucho, en una lengua que yo no conocía. Era raro, en aquella oscura quietud de los bosques, oírle murmurar palabras de un lenguaje que había aprendido en otro planeta. El día siguiente fue difícil, pues cada vez que quería cuidarlo Ai me tomaba, pienso, por uno de los guardias de la granja, y reaccionaba aterrorizado de que yo le diese alguna droga. Farfullaba entonces en una mescolanza orgota y karhidi, suplicándome que «no» y resistiéndose con la fuerza del pánico. Esto ocurrió una y otra vez, y como yo estaba todavía en dangen, y débil de miembros y voluntad, me pareció que no podría cuidarlo. Se me ocurrió que no solo lo habían drogado, sino que además le habían cambiado la mente, volviéndolo imbécil o loco. Entonces deseé que Ai hubiese muerto en el trineo en el bosque de toras, o que yo no hubiese tenido suerte, y me hubieran arrestado cuando salía de Mishnori, enviándome a alguna granja a trabajar en mi propia condena.

Desperté y Ai estaba observándome.

—¿Estraven? —dijo en un débil murmullo de asombro.

Sentí que me volvía el ánimo. Pude tranquilizarlo y atenderlo; y aquella noche los dos dormimos bien.

Al día siguiente Ai había mejorado mucho, e incluso se sentó para comer. Las llagas se le estaban curando. Le pregunté qué eran.

—No sé. Creo que las causaron las drogas. Me ponían continuamente inyecciones...

—¿Para impedir el kémmer?

Yo lo sabía por hombres que habían estado en una granja y que habían escapado o fueron puestos en libertad.

—Sí. Y otras, no sé qué eran, drogas de la verdad o algo parecido. Me hacían daño, y seguían poniéndomelas. ¿Qué estaban tratando de descubrir, qué podía decirles?

—No era el interrogatorio lo que les interesaba, sino domesticarlo a usted.

—¿Domesticarme?

—Haciéndolo a usted sumiso por adicción forzada a uno de los derivados de orgrevi. La práctica no es desconocida en Karhide. O quizá estaban experimentando con usted y los otros. Me habían dicho que en las granjas prueban drogas y técnicas para cambiar la mente. Lo dudé cuando me lo dijeron; no ahora.

—¿No tienen estas drogas en Karhide?

—¿En Karhide? —dije—. No.

Ai se frotó la frente, incómodo.

—En Mishnori dirán que no hay sitios así en Orgoreyn, supongo.

–Al contrario. Se enorgullecen de tenerlos, y le muestran a usted cintas y fotografías de las granjas voluntarias, donde se rehabilita a los extraviados y se da refugio a restos de grupos tribales. Hasta lo pasearían a usted por la granja voluntaria del primer distrito, en las afueras de Mishnori, una excelente exhibición. Si cree que tenemos granjas en Karhide, señor Ai, nos sobrestima; no somos gente sofisticada.

Ai se quedó mirando largo rato la incandescente estufa chabe, que yo había encendido hasta que emitió un calor sofocante. Luego Ai se volvió hacia mí.

–Me lo contó usted esta mañana, lo sé, pero yo no tenía la cabeza muy clara entonces. ¿Dónde estamos, y cómo llegamos aquí?

Se lo dije otra vez.

–¿Y usted... salió así, caminando, conmigo?

–Señor Ai, cualquiera de ustedes los prisioneros, todos juntos, podían haber salido caminando de ese lugar, cualquier noche. Si no hubiesen estado hambrientos, agotados, desmoralizados y drogados; si tuviesen ropas de invierno, y adónde ir... Y esta es la clave. ¿Adónde irían? ¿A una ciudad? No es posible sin papeles. ¿Al desierto? No es posible sin techo. Supongo que en verano traen más guardias a Pulefen. En invierno, el invierno mismo guarda la granja.

Ai apenas me oía.

–Usted no puede llevarme a cuestas treinta metros, Estraven. Menos todavía correr conmigo a hombros, a campo traviesa en la oscuridad...

–Yo estaba en doza.

Ai titubeó.

–¿Inducida voluntariamente?

–Sí.

–¿Es usted... handdarata?

–Crecí en la doctrina handdara y viví dos años como recluso en la fortaleza Roderer. En las tierras de Kerm la mayoría de las gentes de los hogares del Interior son handdaratas.

–Creía que después del periodo doza el consumo extremo de energía necesitaba de una especie de colapso...

–Sí, dangen se llama, el sueño oscuro. Dura mucho más que el periodo doza, y una vez que uno entra en la etapa de recuperación es muy peligroso resistirse. Dormí dos noches seguidas, y todavía estoy en dangen; no podría subir a esa loma. Y el hambre interviene también; me he comido las raciones de casi una semana.

–Muy bien –dijo Ai con una prisa malhumorada–. Entiendo, le creo, qué otra cosa podría hacer. Aquí estoy, ahí está usted... Pero no entiendo por qué lo hizo.

Sentí que perdía la cabeza, tuve que mirar un rato el cuchillo de hielo que estaba junto a mi mano, sin volver los ojos a Ai y sin responder hasta que pude dominarme. Por fortuna, no había en mí mucho calor o animación, y me dije a mí mismo que Ai era un hombre ignorante, un extranjero, mal acostumbrado y asustado. Llegué de ese modo a un cierto nivel de justicia y dije al fin:

–Siento que es en parte por mi culpa que haya ido usted a parar a Orgoreyn, y a la granja de Pulefen. Trato de corregir esa falta.

–Usted no tiene nada que ver con mi venida a Orgoreyn.

–Señor Ai, usted y yo hemos visto las mismas cosas con ojos diferentes: creí por error que pensábamos lo mismo. Permítame que vuelva a la primavera última. Fue entonces cuando le hablé por primera vez al rey

216

Argaven sobre la conveniencia de esperar, de no tomar decisiones acerca de usted o su misión. Faltaba alrededor de medio mes para la ceremonia de la clave del arco. La audiencia ya había sido planeada, y parecía lo mejor llevarla a término, aunque sin esperar ningún resultado. Pensé que usted había entendido, pero me equivoqué. Di muchas cosas por sentadas; no quise ofenderlo, prevenirlo; creí que había visto usted el peligro: el poder que Pemmer Harge rem ir Tibe tenía de pronto sobre el kiorremi. Si Tibe hubiese tenido alguna buena razón para temerlo a usted, lo habría acusado de servir a una facción, y Argaven, que es muy sensible a las insinuaciones del miedo, lo habría hecho matar de buen grado. Yo lo prefería a usted abajo, sano y salvo, mientras Tibe estaba arriba y era poderoso. Tal como ocurrieron las cosas, yo fui a parar abajo, junto con usted. Mi caída ya estaba decidida, aunque yo desconocía que ocurriría aquella misma noche en que hablamos; pero nadie es primer ministro de Argaven mucho tiempo. Tras recibir la orden de exilio ya no podía comunicarme con usted sin contaminarle mi desgracia, acrecentando la posibilidad de peligro. Vine aquí a Orgoreyn. Traté de sugerirle a usted que viniese también a Orgoreyn. Les aconsejé a los hombres de quienes menos desconfiaba entre los Treinta-y-tres comensales que autorizaran la entrada de usted; no la hubiera conseguido sin este apoyo. Vieron en usted, y yo los animé a que así lo vieran, una vía hacia el poder, un modo de escapar a la creciente rivalidad con Karhide y de restaurar el libre comercio, una posibilidad quizá de librarse del Sarf. Pero en vez de proclamarlo como el Enviado, lo escondieron, y así perdieron la oportunidad, y lo vendieron al Sarf para salvar el pellejo. Confié demasiado en ellos, y esa es mi culpa.

–Pero ¿para qué tanta intriga, tanta ocultación y manejos, para qué, Estraven? ¿Qué pretendía con ello?

–Lo mismo que usted, señor Ai. La alianza de mi mundo y el suyo. ¿Qué le parece?

Nos quedamos mirándonos por encima de la estufa ardiente como un par de muñecos de madera.

–¿Quiere decir que aunque fuese Orgoreyn quien hiciese la alianza...?

–Aun Orgoreyn. Karhide se hubiese unido pronto. ¿Cree usted que yo podría tener en cuenta mi shifgredor cuando hay tanto en juego para todos nosotros, todos mis hermanos? ¿Qué importa qué país despierte primero, mientras despertemos?

–¡No sé cómo puedo creerle a usted! –estalló Ai. La debilidad física daba a la indignación de Ai un aire de protesta quejosa–. Si todo esto es cierto, tenía que habérmelo dicho antes, en primavera, y nos hubiéramos ahorrado el viaje a Pulefen. Los esfuerzos de usted...

–Sí, fracasaron. Y le trajeron a usted dolor, y vergüenza y peligro. Lo sé. Pero si hubiese tratado de enfrentar a Tibe, usted no estaría aquí ahora, sino en una tumba de Erhenrang. Y hay hoy unas pocas gentes en Karhide, y unas pocas en Orgoreyn, que creen en su historia, porque me han escuchado. Quizá todavía le sirvan a usted. Mi mayor error, sí, es no haberle hablado claramente. No tengo la costumbre. No tengo costumbre de dar, o aceptar, ya sea consejos o reproches.

–No quiero ser injusto, Estraven...

–Pero lo es. Curioso. Soy el único hombre de todo Gueden que ha confiado plenamente en usted, y soy el único hombre en Gueden en quien usted no ha querido confiar.

Ai se llevó las manos a la cabeza. Al fin dijo:

–Lo lamento, Estraven.

Era a la vez una disculpa y un reconocimiento.

–El hecho es –dije– que usted no puede o no quiere creer que yo creo en usted. –Me incorporé pues se me habían entumecido las piernas y descubrí que yo temblaba de enojo y cansancio–. Enséñeme ese lenguaje de la mente –dije, tratando de hablar tranquilo y sin rencor–, ese lenguaje que no miente. Enséñemelo, y pregúnteme entonces por qué hice lo que hice.

–Me complacería de veras, Estraven.

15

Hacia el Hielo

Desperté. Hasta ahora había sido extraño, inverosímil despertar dentro de un oscuro cono de calor, y oír la voz de la razón que me decía esto es una tienda, y te encuentras vivo, y ya no estás en la granja de Pulefen. Hoy no hubo extrañeza, sino una agradecida sensación de paz. Desperté, me senté, bostecé, y traté de peinarme hacia atrás pasándome los dedos por el pelo. Miré a Estraven, durmiendo aún, tendido sobre el saco de dormir a medio metro de distancia. No llevaba puestos más que los pantalones; tenía calor. La cara oscura y secreta se mostraba a la luz, a mi mirada. Estraven dormido parecía un poco estúpido, como todos cuando duermen: una cara redonda, fuerte, descansada y remota; sobre el labio superior y las cejas espesas había unas gotas de transpiración. Recordé cómo había sudado durante todo el desfile de Erhenrang, envuelto en una panoplia de rango y luz de sol. Lo vi ahora indefenso, y casi desnudo a una luz fría, y por primera vez lo vi como era.

Despertó tarde y tardó en levantarse. Al fin se incorporó, tambaleándose y bostezando, se puso la camisa, sacó fuera la cabeza un momento para ver cómo era el día, y luego me preguntó si yo quería una copa de orsh. Cuando descubrió que yo había estado trabajando y había puesto a hervir una olla con orsh y el agua que él había dejado como hielo sobre la estufa en la noche anterior, aceptó una taza, me agradeció encarecidamente y se sentó a beber.

–¿Adónde iremos ahora, Estraven?

–Depende de adónde quiera ir, señor Ai, y cómo.

–¿En qué dirección se sale más rápido de Orgoreyn?

–Hacia el oeste. La costa. Unos cincuenta kilómetros.

–¿Y luego?

–Los puertos estarán helándose o ya helados, aquí. De cualquier modo no habrá viajes largos en invierno. Habrá que esperar escondidos en alguna parte hasta la próxima primavera, cuando los principales mercaderes salen hacia Sid y Perunter. No habrá barcos para Karhide, si continúa el embargo de comercio. Podríamos embarcar en una nave de carga. Lamentablemente, no tengo dinero.

–¿Y la alternativa?

–Karhide. El norte.

–¿A qué distancia? ¿Mil quinientos kilómetros?

–Sí, por carretera, pero esto no es para nosotros. No pasaríamos la primera inspección. Nuestro único camino es hacia el norte entre las montañas, luego el este cruzando el Gobrin, y el sur hasta la frontera de la bahía de Guden.

–¿Cruzando el Gobrin? ¿La capa de hielo?

Estraven asintió.

–No es posible en invierno, ¿o sí?

–Creo que sí, con suerte, como en todos los viajes de invierno. En cierto sentido es mejor cruzar un glaciar en invierno. El buen tiempo tiende a estacionarse sobre los glaciares, donde el hielo refleja la luz del sol; las tormentas son desplazadas a la periferia. De ahí las leyendas del sitio en el corazón de la tormenta. Tendríamos eso a nuestro favor. Poco más.

—Entonces piensa usted seriamente...

—Hubiera sido un disparate sacarlo a usted de Pulefen si no pensara así.

Estraven parecía todavía envarado, malhumorado, hosco. La conversación de la noche anterior nos había perturbado a ambos.

—Y he de entender que cruzar el hielo es menos arriesgado, según usted, que esperar a embarcarse en primavera...

Estraven asintió.

—Soledad —explicó, lacónico.

Lo pensé un rato.

—Espero que haya tenido en cuenta mis incapacidades. Mi resistencia al frío es escasa, no puede compararse con la suya. No soy experto en esquí. No estoy en buena forma, aunque haya mejorado mucho en los últimos días.

Estraven volvió a asentir con un movimiento de cabeza.

—Creo que podríamos lograrlo —respondió con esa simplicidad que yo había interpretado siempre como ironía.

—Muy bien.

Estraven me echó una mirada y apuró la taza de té. Té es un nombre posible: extraído por fermentación del cereal llamado perm, previamente tostado, el orsh es una bebida agridulce, de color castaño, rica en vitaminas A y C, azúcar, y un estimulante agradable semejante a la lobelina. Cuando no hay cerveza en Invierno no hay orsh; si no hay cerveza ni orsh tampoco hay hombres.

—Será duro —dijo Estraven, dejando la taza—. Muy difícil. Necesitamos más suerte.

—Prefiero morir en el Hielo que en ese pozo negro de donde usted me ha sacado.

Estraven cortó un pan de manzana seco, me ofreció una rebanada, y se quedó meditabundo, masticando.

—Necesitaremos más comida —dijo.

—¿Qué pasa si llegamos a Karhide? Qué le pasa a usted, quiero decir. Todavía es un proscrito.

Estraven volvió a mí los oscuros ojos de nutria.

—Sí, supongo que me convendría quedarme de este lado.

—Y cuando descubran que ha ayudado a escapar a un prisionero...

—No es necesario que lo descubran. —Estraven sonrió, sombrío, y dijo—: Primero tenemos que cruzar el Hielo.

Estallé.

—Escuche, Estraven, discúlpeme por lo que dije anoche...

—*Nusud.* —Estraven se incorporó, masticando todavía, se puso la túnica, el abrigo y las botas, y se deslizó como una nutria fuera de la puerta-válvula, que se cerraba automáticamente. Cuando ya estaba fuera, asomó la cabeza y dijo—: Quizá vuelva tarde, o a la mañana. ¿Podrá arreglárselas aquí?

—Sí.

—Muy bien.

Estraven desapareció. Nunca conocí a nadie que reaccionara de un modo tan completo y rápido ante un cambio de situación. Yo estaba recobrándome, y dispuesto a partir; él había salido del dangen. En el momento en que esto fue evidente, Estraven partió. Nunca parecía precipitado ni con prisa, pero estaba siempre listo. Este era sin duda el secreto de la extraordinaria carrera política que él mismo había arruinado en mi beneficio; explicaba también por qué creía en mí y le importaba tanto mi misión. Cuando llegué, él ya estaba preparado. Nadie más lo estaba en todo Invierno. No obstante, Estraven se consideraba a sí mismo un hombre lento, pobre en recursos de emergencia.

Una vez me dijo que siendo de pensamientos tan lentos a menudo tenía que guiarse por una especie de intuición acerca de cómo venía la «suerte», y que esta intuición pocas veces le fallaba. Los profetas de las fortalezas no son en Invierno los únicos capaces de ver el futuro. Esa gente ha domesticado y entrenado el presentimiento, pero no le ha dado mayor exactitud. En este sentido los yomeshtas tienen algo que decir: el don no es quizá estricta o simplemente un don de profecía, sino quizá la capacidad de ver (aun en un relámpago) todo a la vez: de ver la totalidad.

Mantuve la pequeña estufa en el punto máximo mientras Estraven estaba fuera, y así conseguí calentarme de veras por primera vez... ¿en cuánto tiempo? Pensé que estaríamos ahora en dern, el primer mes de invierno y del nuevo año, pero había perdido la cuenta en Pulefen.

La estufa era uno de esos excelentes y económicos aparatos perfeccionados por los guedenianos en milenios de lucha contra el frío. Solo utilizando una pila de fusión se hubiese podido obtener algo mejor. Las baterías biónicas alcanzan para catorce meses de uso continuo; el poder calórico es notable, y el aparato sirve a la vez como estufa, cocina y luz, todo en uno, y no pesa más de dos kilos. Nunca hubiésemos viajado ochenta kilómetros sin esa estufa. Tenía que haberle costado bastante dinero a Estraven, ese dinero que yo le había pasado con altanería en Mishnori. La tienda, de material plástico, resistente a las inclemencias del tiempo, y diseñada para evitar en parte la condensación interior de agua, que es el defecto principal de las tiendas en tiempo frío; los sacos de dormir de piel de pesdri; ropas, esquís, trineos, provisiones, todo era excelente, liviano, durable, caro. Si Estraven había ido a buscar más alimentos, ¿qué otras cosas traería?

Estraven no volvió hasta el anochecer del día siguiente. Yo había salido varias veces con los zapatos para la nieve, probando fuerzas y practicando en las faldas del valle nevado que ocultaba la tienda. Manejaba bien los esquís pero no los zapatos para la nieve. No me atrevía a subir a las lomas, por miedo a extraviarme. Era una región salvaje, cruzada de arroyos y hondonadas, que se alzaba, empinada, abrupta, hacia las montañas nubosas del este. Tuve tiempo de preguntarme qué sería de mí en esta desolación si Estraven no volvía.

Estraven llegó deslizándose por la loma crepuscular –era un magnífico esquiador– y se detuvo junto a mí, sucio, cansado y cargado. Traía a la espalda un saco grande y abultado de paquetes: Papá Noel que baja por las chimeneas de la vieja Tierra. Los paquetes contenían germen de kadik, pan de manzana seco, té, y tabletas de esa azúcar roja, dura, de sabor terrestre que los guedenianos obtienen por refinación de un tubérculo.

–¿Cómo lo consiguió?

–Lo robé –dijo el que fuera primer ministro de Karhide, adelantando las manos hacia la estufa, que estaba todavía en máximo; Estraven, incluso él, parecía helado–. En Turuf. Asunto breve.

Nunca supe más. Estraven no estaba orgulloso de su hazaña y no la creía divertida. El robo es un crimen grave en Invierno; en verdad, solo los suicidas son más despreciados allí que los ladrones.

–Primero comeremos esto –dijo Estraven mientras yo fundía un poco de nieve sobre la estufa–. Lo más pesado.

La mayor parte de la comida que Estraven había reunido antes era raciones de «hiperalimentos», unos cubos de alimentos energéticos, comprimidos, deshidratados, fortalecidos, que los orgotas llaman guichi-michi, y así lo llamábamos nosotros aunque, por supuesto, hablábamos en karhidi. Teníamos bastante de este alimento, el suficiente para que nos durara sesenta días con la ración común mínima: medio kilo por día y por persona. Después de lavarse y comer, Estraven estuvo sentado largo rato junto a la estufa, pensando en lo que teníamos y en cómo y cuándo utilizarlo. No había allí pesas ni balanzas y lo medimos todo comparándolo con una caja de medio kilo de guichi-michi. Estraven conocía bien, como muchos guedenianos, el valor nutritivo y calórico de los distintos alimentos, y las necesidades de su propio organismo en diferentes circunstancias y cómo evaluar las mías de un modo bastante aproximado. Conocimientos de este tipo son de mucho valor para la supervivencia, en Invierno.

Cuando consiguió al fin planear la distribución de las raciones, Estraven se metió en el saco de dormir. Durante la noche oí que hablaba en sueños; números, pesos, días, distancias...

Teníamos que recorrer unos mil quinientos kilómetros. Los primeros cien viajaríamos hacia el norte o el noreste, cruzando el bosque y las estribaciones norteñas de la cordillera de los Sembensyen hasta el gran glaciar, la capa de hielo que cubre el Gran Continente de doble lóbulo hasta el paralelo 45, y en algunos sitios casi hasta el 35. Una de estas prolongaciones hacia el sur es la región de las Tierras de Fuego, los últimos picos de los Sembensyen, y esa región era nuestra primera meta. Allí, entre las montañas, razonaba Estraven, encontraríamos el modo de entrar en la capa de hielo. Ya fuese descendiendo por la ladera de una montaña o trepando por la pendiente de un glaciar. Luego viajaríamos por el mismo Hielo, hacia el este, unos mil kilómetros. Donde el borde del glaciar se vuelve otra vez hacia el norte, cerca de la bahía de Guden, cortaríamos camino hacia el sureste durante unos ochenta a ciento veinte kilómetros atravesando los pantanos de Shenshey, donde la capa de nieve tendría en ese entonces de tres a seis metros de altura, hasta la frontera de Karhide.

Esta ruta nos mantenía desde el principio al fin en tierras deshabitadas o inhabitables. No tropezaríamos con ningún inspector. Esto era de veras importante. Yo no tenía papeles, y Estraven dijo que en los suyos ya no cabían más falsificaciones. De cualquier modo, aunque yo podía pasar por guedeniano si nadie se fijaba en mí, ningún disfraz podía ocultarme a un ojo inquisitivo. En este aspecto, pues, el camino que proponía Estraven parecía el más práctico.

En otros aspectos era una idea de locos.

Me guardé mi opinión, pues yo había hablado en serio cuando dije que prefería morir en la huida, si se trataba de elegir. Estraven, sin embargo, buscaba aún una alternativa. Al día siguiente, mientras equipábamos y cargábamos el trineo con mucho cuidado, Estraven dijo:

—Si llamara usted hoy a la nave de las estrellas, ¿cuándo vendría?

—En cualquier momento en un plazo que se iniciaría dentro de ocho días, y se extendería hasta mediados de mes, según el punto de la órbita solar en que esté ahora, en relación con Gueden. Quizá se encuentra del otro lado del sol.

—¿No antes?

—No antes. El dispositivo nafal no tiene aplicación dentro de un sistema solar. La nave solo puede acercarse aquí impulsada por cohetes, lo que significa ocho días de viaje. ¿Por qué?

Estraven tironeó de la cuerda y la anudó antes de contestar:

—Pensaba en la conveniencia de pedir ayuda a su mundo, ya que el mío no parece bien dispuesto. Hay un transmisor de radio en Turuf.

—¿Poderoso?

—No mucho. El transmisor grande más poderoso estaría en Kuhumey, a unos cuatrocientos kilómetros al sur de aquí.

—Kuhumey es una ciudad importante, ¿no?

—Un cuarto de millón de almas.

—Tendríamos que encontrar el modo de usar el transmisor; luego ocultarnos ocho días con el Sarf alertado... No es muy prometedor.

Estraven asintió.

Arrastré el último saco de germen de kadik fuera de la tienda, lo metí en el sitio libre que quedaba en el trineo, y dije:

—Si yo hubiese llamado a la nave aquella noche en Mishnori..., la noche en que usted me habló, la noche que me arrestaron... Pero mi ansible lo tenía Obsle; todavía lo tiene, supongo.

–¿Podría utilizarlo?

–No, ni siquiera por casualidad, metiendo aquí y allá los dedos. Los indicadores de coordenadas son extremadamente complejos. Ah, si yo lo hubiese utilizado entonces...

–Si yo hubiese sabido que la partida había terminado, ese día –dijo él, y sonrió. No era aficionado a remordimientos.

–Usted lo sabía, pienso. Pero yo no lo creí.

Cuando cargamos el trineo, Estraven insistió en que pasásemos el día ociosos, acumulando energía, y se quedó acostado en la tienda, escribiendo en una libreta de notas, en una rápida y menuda cursiva-vertical, la escritura de Karhide, lo que se reproduce como capítulo anterior. No había podido escribir nada en su diario en el último mes, y se sentía fastidiado; era muy metódico en lo que concernía a este asunto. Llevar un diario era para él, pienso, tanto una obligación de familia como un modo de sentirse unido a ellos, el hogar de Estre. Me enteré de esto más tarde; en ese momento no sabía qué estaba escribiendo, y me pasé las horas sentado, encerando esquís o sin hacer nada. Silbé una melodía bailable y me detuve en la mitad. Teníamos una sola tienda, y si íbamos a compartirla sin volvernos locos, sería necesaria una cierta dosis de buenas maneras, de restricciones voluntarias. Estraven había alzado los ojos cuando empecé a silbar, pero no se mostró irritado. Me miró con un aire que podría llamarse soñador y dijo:

–Ojalá yo hubiese tenido conocimiento de esa nave el año pasado... ¿Por qué lo mandaron solo a este mundo?

–El primer Enviado a un mundo siempre llega solo. Un extraño es una curiosidad; dos una invasión.

–La vida del primer Enviado no tiene mucho valor.

–No; los ecúmenos dan verdadero valor a todas las vidas. Mejor que solo una vida esté en peligro, y no dos, o veinte. Son además costosos, y llevan tiempo, ya sabe usted, esos saltos de mundo a mundo. Además yo mismo pedí que me mandaran.

–En peligro, honor –dijo Estraven citando evidentemente un proverbio, pues continuó en un tono apacible–: Tendremos mucho honor cuando lleguemos a Karhide...

Cuando Estraven hablaba así yo me sorprendía creyendo que de veras llegaríamos a Karhide, cruzando mil doscientos kilómetros de montañas, hondonadas, desfiladeros, volcanes, glaciares, capas de hielo, pantanos helados o bahías heladas, todo desolado, inhóspito, muerto, en medio de las tormentas de pleno invierno en plena Edad Glacial.

Estraven estaba allí escribiendo sus notas, con la misma paciente y obstinada dedicación que yo había visto en un rey loco trepado a un andamio y cimentando unas piedras, y diciendo:

–Cuando lleguemos a Karhide...

Este «cuando» no era sin embargo una esperanza sin fecha. Estraven pretendía llegar a Karhide al cuarto día del cuarto mes de invierno, arhad anner. Partiríamos al día siguiente, el décimo tercero del primer mes, tormenbod dern. Nuestras raciones, de acuerdo con las conjeturas de Estraven, podían estirarse hasta un máximo de tres meses guedenianos, setenta y ocho días; luego tendríamos que viajar veinte kilómetros por día durante siete días y llegar a Karhide en arhad anner. Esto era definitivo. Lo único que podíamos hacer ahora era dormir bien.

Partimos al alba, calzando los zapatos para la nieve, en medio de una nevada tenue y sin viento. La nieve sobre las lomas era *bessa*, blanda y suelta todavía, lo que los esquiadores terrestres llaman, creo, nieve primera. El trineo estaba muy cargado; Estraven opinó que el peso total era de alrededor de ciento cincuenta kilos. Un peso difícil de empujar en la nieve floja, aunque el trineo era tan manejable como un botecito bien diseñado; los patines eran excelentes, revestidos con un polímero que suprimía casi del todo la resistencia, pero que por supuesto no servían de nada cuando el trineo se atascaba en un alud. En aquellos terrenos, y subiendo y bajando por terraplenes y barrancas, descubrimos que era mejor ir uno adelante, tirando, y el otro atrás, empujando. La nieve cayó, fina y suave, todo el día. Nos detuvimos dos veces a probar un bocado. En toda aquella región montañosa no se oía un sonido. Continuamos, y de pronto cayó la noche. Nos detuvimos en un valle muy parecido al que habíamos dejado a la mañana, una concavidad entre jorobas de nieve. Yo estaba tan cansado que trastrabillaba, aunque no podía creer todavía que el día hubiese terminado. Habíamos cubierto, según el indicador del trineo, poco más de veinte kilómetros.

Si podíamos viajar así en nieve blanda, con el trineo tan cargado, cruzando una región abrupta con lomas y valles que corrían atravesándose en nuestro camino, seguramente marcharíamos todavía mejor cuando llegásemos al hielo, con nieve dura, terreno llano, y una carga cada vez más liviana. Mi confianza en Estraven había sido más un producto de la voluntad que una actitud espontánea: ahora creía del todo en él. Estaríamos en Karhide en setenta días.

—¿Ha viajado antes así? —le pregunté.

—¿En trineo? Muchas veces.

—¿Viajes largos?

–Unos trescientos kilómetros sobre el hielo de Kerm, un otoño, hace años.

El extremo más bajo de las tierras de Kerm, la montañosa península sureña del semicontinente de Karhide, es una región de glaciares como el norte. Las gentes del Gran Continente viven en una estrecha franja de tierra entre dos muros blancos. Un decrecimiento del ocho por ciento en la radiación solar –se ha calculado– uniría esos muros, y no habría hombres, ni campos, solo hielo.

–¿Por qué?

–Curiosidad, aventura. –Estraven titubeó y sonrió apenas–. El acrecentamiento de la complejidad y la intensidad de la vida inteligente –dijo, citando una de mis sentencias ecuménicas.

–Ah, extendía usted conscientemente la tendencia evolutiva inherente al Ser; una de cuyas manifestaciones es la exploración.

–Los dos nos sentimos complacidos con nosotros mismos, sentados al calor de la tienda, bebiendo té caliente y esperando a que hirviese el potaje de granos de kadik.

–Así es –dijo Estraven–. Seis de nosotros. Todos muy jóvenes. Mi hermano y yo venimos de Estre; cuatro de nuestros amigos de Stok. El viaje no tenía ningún propósito. Queríamos ver el Teremander, una montaña que se alza en el hielo, allá abajo. No mucha gente la ha visto desde tierra.

El potaje estaba listo; algo muy diferente del salvado espeso que nos daban en la granja de Pulefen; el sabor recordaba las castañas asadas de la Tierra, y quemaba espléndidamente la boca. Sentí el calor de la comida en el cuerpo, y dije, amable:

–Las pocas veces que he comido bien en Gueden ha sido siempre en compañía de usted, Estraven.

–No en aquel banquete de Mishnori.

–No, claro... Usted odia a Orgoreyn, ¿no es así?

–Pocos orgotas saben cocinar. ¿Si odio a Orgoreyn? No, ¿por qué debería odiarlo? ¿Cómo odia uno a un país, o lo ama? Tibe habla de eso; yo no soy capaz. Conozco gente, conozco ciudades, granjas, montañas y ríos y piedras, conozco cómo se pone el sol en otoño del lado de un cierto campo arado en las colinas; pero ¿qué sentido tiene encerrar todo en una frontera, darle un nombre y dejar de amarlo donde el nombre cambia? ¿Qué es el amor al propio país? ¿El odio a lo que no es el propio país? Nada bueno. ¿Solo amor propio? Bien, pero no es posible hacer de eso una virtud, o una profesión... Mientras tenga amor a la vida, amaré también las colinas del dominio de Estre, pero este amor no tiene fronteras de odio. Y más allá, soy ignorante, espero.

Ignorante, en el sentido handdara: ignorar la abstracción, atenerse a las cosas. Había quizá en esta actitud algo femenino, un rechazo de lo abstracto, lo ideal, una sumisión a lo dado que me desagradaba.

Sin embargo, Estraven continuó, escrupuloso:

–Un hombre que no detesta un mal gobierno no es un insensato. Y si hubiese algo semejante a un buen gobierno en la tierra sería una verdadera alegría servirlo.

Allí nos entendíamos.

–Conozco algo de esa alegría –dije.

–Sí, así me pareció.

Enjuagué nuestros tazones con agua caliente, y eché el agua del lavado por la puerta-válvula de la tienda. Era noche cerrada afuera; caía una nieve tenue, apenas visible en el óvalo de luz de la abertura. Protegidos de nuevo en el calor seco de la tienda, tendimos nuestros sacos. Estraven dijo:

–Deme los tazones, señor Ai –o algo parecido y yo repliqué:

–¿Será así, «señor», todo el cruce del hielo Gobrin?

Estraven alzó los ojos y se rio.

–No sé cómo llamarlo.

–Mi nombre es Genly Ai.

–Lo sé. Usted use mi nombre natal.

–No sé cómo llamarlo tampoco.

–Har.

–Entonces soy Ai... ¿Quiénes usan nombres propios?

–Los hermanos de hogar, o los amigos –dijo Estraven, y diciéndolo pareció remoto, fuera de alcance, a medio metro de mí en una tienda de dos metros y medio de largo.

No respondí. ¿Hay algo más arrogante que la sinceridad? Sentí frío y me metí en mi saco de pieles.

–Buenas noches, Ai –dijo el extraño, y el otro extraño respondió:

–Buenas noches, Har.

Un amigo. ¿Qué es un amigo en un mundo donde cualquier amigo puede ser un amante en la próxima fase de la luna? No yo, prisionero de mi virilidad; no un amigo de Derem Har, o cualquier otro de esa raza. Ni hombre ni mujer, y los dos a la vez, cíclicos, lunares, metamorfoseándose al contacto del otro variable de la estirpe humana, no eran de mi carne, no eran amigos: no había amor entre nosotros.

Dormimos. Desperté una vez y oí el golpeteo blando de la nieve sobre la tienda.

Estraven estaba levantado al alba, preparando el desayuno. El día amaneció claro. Cargamos el trineo, y partimos cuando el sol doraba las puntas de los matorrales alrededor de la hondonada, Estraven adelante en los arneses y yo empujando detrás y como al timón. Había ya una costra de nieve, y en cuesta abajo nos deslizábamos rápidamente como un trineo de perros. Aquel día marchamos un tiempo junto al bosque que bordea Pulefen, el bosque de toras, de barbas de hielo, de miembros de gnurl, poblados y enanos. No nos atrevimos a usar la carretera norte, e íbamos a menudo por los sitios talados, y como no había allí árboles caídos ni matorrales la marcha era fácil. Una vez que llegamos a Tarrenbed encontramos menos hondonadas o precipicios. El medidor del trineo indicaba treinta kilómetros en la jornada, y estábamos menos cansados que la noche anterior.

Un paliativo del invierno en Invierno son las muchas horas de luz. El planeta tenía unos pocos grados de inclinación respecto a la eclíptica aunque no los suficientes para diferenciar claramente las estaciones en las latitudes más bajas. Las estaciones no son un efecto hemisférico en Invierno sino global: resultado de una órbita eliptoide. En los lentos extremos de la órbita, en las vecindades del afelio, hay suficiente pérdida de energía solar como para perturbar las ya inestables condiciones del tiempo, y transformar el grisáceo y húmedo verano en un blanco y violento invierno. Más seco que el resto del año, el invierno sería la estación más agradable, prescindiendo del frío. El sol, cuando llega a verse, brilla en lo alto del cielo; no hay allí esa sangría de luz que se pierde en la oscuridad, como en las tierras polares de la Tierra, donde el frío y la noche llegan juntos. Gueden tiene un invierno brillante; amargo, terrible y brillante.

Tardamos tres días en cruzar el bosque de Tarrenbed. En el último día nos detuvimos temprano e instalamos la tienda. Estraven quería poner unas trampas y cazar pesdris. El pesdri es uno de los animales terrestres de mayor tamaño en Invierno; de las dimensiones de un zorro, ovíparo vegetariano con una espléndida piel blanca o gris. Estraven quería la carne, pues el pesdri es comestible. En esa época emigraba hacia el sur en grandes cantidades; son tan ligeros de miembros y solitarios que vimos solo dos o tres mientras viajábamos, pero en la nieve de los claros del bosque había innumerables huellas, como de pequeños zapatos para la nieve, que apuntaban todas hacia el sur. Las trampas de Estraven se llenaron en una hora o dos. Estraven limpió y desmembró las seis bestias, colgó a helar un poco de carne, y puso una parte a hervir para la comida de la noche. Los guedenianos no son cazadores, pues hay poco allí que cazar: ningún herbívoro grande y por lo tanto ningún carnívoro grande, excepto en los mares. Los guedenianos pescan, y cultivan la tierra. Nunca había visto antes a un guedeniano con sangre en las manos.

Estraven miró las pieles blancas.

–Una semana de trabajo para un cazador de pesdris –dijo, y me tendió una piel para que la tocara. El pelo era tan suave y espeso que era casi imposible saber cuándo la mano empezaba a sentirlo. Nuestros sacos de dormir, los abrigos y capuchas estaban todos forrados con esa misma piel, un aislador extraordinario y de hermoso aspecto.

–No parece que valga la pena para un caldo –dije.

Estraven me echó una breve y oscura ojeada y dijo:

–Necesitamos proteínas.

Hizo a un lado las pieles que esa misma noche los russi, las feroces y pequeñas ratas-serpientes, devorarían junto con las entrañas y los huesos, lamiendo la nieve ensangrentada.

Estraven tenía razón; generalmente tenía razón. Había de medio kilo a un kilo de carne comestible en un pesdri. Tomé mi parte del caldo esa noche, y podría haber comido la otra mitad sin darme cuenta. A la mañana siguiente, cuando emprendimos la marcha hacia las montañas, advertí que las fuerzas se me habían redoblado.

Aquel día subimos. Las benéficas nevadas y el *kroxet* —tiempo sin viento entre los cinco y los veinte grados centígrados bajo cero— que nos había acompañado en todo el cruce del Tarrenbed, fuera del alcance de cualquier perseguidor, se arruinaba ahora en lluvias y temperaturas sobre cero. Ahora empezaba a entender por qué los guedenianos se quejan cuando sube la temperatura en invierno, y se alegran cuando desciende. En la ciudad la lluvia es un inconveniente; para el viajero es una catástrofe. Llevamos el trineo subiendo por los flancos de los Sembensyen toda la mañana inmersos en un caldo frío de aguanieve. Por la tarde, ya en las pendientes abruptas, la nieve había desaparecido casi por completo. Torrentes de lluvia, kilómetros de barro y arenisca. Levantamos los patines, pusimos las ruedas, y continuamos subiendo. Como vehículo rodado el trineo valía poco: se atascaba y volcaba a cada rato. La oscuridad cayó antes que encontráramos un sitio protegido, una cueva o el pie de un acantilado, para levantar allí la tienda, de modo que a pesar de todos nuestros cuidados se nos mojaron las cosas. Estraven había dicho que una tienda como la nuestra nos albergaría con suficiente comodidad, cualesquiera que fuesen las condiciones del tiempo, siempre que mantuviéramos seco el interior. Si los sacos de dormir no están bien secos, el cuerpo pierde mucha temperatura durante la noche, y no se duerme bien; esto había que evitarlo pues nuestras raciones eran muy reducidas. No podíamos contar con la luz del sol para secar las cosas, de modo que debíamos mantenerlas secas. Yo había prestado atención, y había sido tan escrupuloso como Estraven en tratar de impedir que la nieve y el agua entraran en la tienda, de modo que no hubiese allí otra humedad que la inevitable de la cocina, los pulmones y los poros. Pero esta noche todo estaba mojado aun antes de armar la tienda. Nos acurrucamos humeando junto a la estufa chabe, y al cabo de un rato teníamos un caldo de carne de pesdri para comer, caliente y espeso, suficiente para compensar todo lo demás. El medidor del trineo, ignorando la dura ascensión que nos había llevado el día entero, indicaba que no habíamos progresado más de quince kilómetros.

–Primer día que no cumplimos nuestro plan –dije.

Estraven asintió, y quebró el hueso de una pata para sorber el tuétano. Se había sacado las ropas de abrigo, y estaba allí sentado en camisa y pantalones, descalzo, con el cuello desprendido. Yo aún tenía demasiado frío para quitarme el gabán y las botas. Estraven continuó quebrando huesos, fuerte, tranquilo; el agua le resbalaba del pelo fino y apretado como de las plumas de un pájaro; le goteaba en los hombros como cayendo de unos aleros, y él no lo notaba. No estaba desanimado. Era parte de esta vida.

La primera ración de carne me había provocado cólicos intestinales, y aquella noche me sentí peor. Pasé mucho tiempo despierto, tendido en aquella empapada oscuridad, escuchando el estruendo de la lluvia.

En el desayuno, Estraven dijo:

–Has pasado mala noche.

–¿Cómo lo sabes?

Estraven había dormido profundamente, sin moverse casi, aun cuando yo salía de la tienda.

Me echó otra vez aquella mirada.

–¿Pasa algo malo?

–Diarrea.

Estraven se sobresaltó y dijo con énfasis:

–Es la carne.

–Creo que sí.

–Culpa mía. Yo hubiese...

–Está bien.

–¿Puedes viajar?

–Sí.

La lluvia caía y caía. Un viento marino del oeste mantenía la temperatura en cero, aun aquí a mil o mil quinientos metros de altura. Nunca vimos a más de quinientos metros a través de la niebla gris y la masa de lluvia. Nunca alcé la vista hacia lo que nos esperaba allá arriba en la pendiente; no había nada que ver sino la lluvia. Nos guiábamos por la brújula, conservando el rumbo norte en tanto lo permitieran las vertientes y los desfiladeros de aquellas estribaciones.

El glaciar que cubría las laderas había estado moliéndolas durante cientos de miles de años, mientras avanzaba y retrocedía en el norte. Había dejado huellas a lo largo de las faldas de granito; huellas largas y rectas, como cortadas con escoplo. A veces podíamos llevar el trineo por esas cicatrices como por un camino.

Yo prefería tirar del trineo; podía apoyarme en los arneses, y el esfuerzo me sacaba el frío. Cuando nos detuvimos para el bocado del mediodía me sentí enfermo y no pude comer. Continuamos subiendo. La lluvia caía y caía. En mitad de la tarde Estraven detuvo el trineo bajo un promontorio de piedra negra. Alzó la tienda casi antes de que yo me desprendiera de los arneses. Me ordenó que entrara y me acostara.

–Me encuentro bien –dije.

–No estás bien –dijo él–. Entra.

Obedecí, aunque no me gustó el tono. Cuando entré en la tienda, con las cosas para la noche, me senté para cocinar, pues era mi turno. Estraven me dijo en el mismo tono perentorio que me acostara y me quedase quieto.

–No tienes por qué darme órdenes –dije.

–Lo siento –dijo él, inflexible, de espaldas a mí.

–No estoy enfermo, ya sabes.

–No, no sabía. Si tú no lo reconoces y lo dices, tengo que guiarme por tu aspecto. No te has recobrado aún, y el viaje ha sido duro. No conozco el límite de tus fuerzas.

–Te avisaré cuando lleguemos a ese límite.

La actitud paternal de Estraven me había irritado. Yo le llevaba una cabeza, y él tenía más grasa que músculos, en un cuerpo que de algún modo parecía más de mujer que de hombre; cuando arrastrábamos juntos el trineo yo tenía que acortar el paso y contener mis fuerzas para no derribarlo: un caballo en yunta con el mulo.

–¿Ya no estás enfermo entonces?

–No. Claro que estoy cansado. Lo mismo que tú.

–Sí, estoy cansado –dijo él–. Estaba preocupado por ti. El camino es largo.

Estraven no se había mostrado condescendiente. Había pensado que yo estaba enfermo, y los enfermos reciben órdenes. Era franco, y esperaba de mí una franqueza equivalente de la que yo quizá no era capaz. Estraven, al fin y al cabo, no conocía normas de masculinidad, de virilidad que le afectaran un supuesto orgullo. Por otra parte, si era capaz de dejar de lado todas sus ideas de shifgredor, como yo sabía que había hecho conmigo, quizá yo pudiese olvidar asimismo los elementos más competitivos de un amor propio masculino, que Estraven seguramente no entendía, así como yo no entendía su shifgredor...

–¿Cuánto hemos andado hoy?

Estraven miró alrededor y sonrió apenas, amable.

–Diez kilómetros –dijo.

Al día siguiente recorrimos once kilómetros; al otro día diecinueve, y luego salimos de la lluvia, y de las nubes y de las regiones humanas. Era el noveno día de nuestro viaje. Estábamos ahora entre los mil quinientos y los dos mil metros de altura sobre el nivel del mar, en una meseta alta donde se veían señales de una actividad geológica y volcánica reciente; estábamos en las Tierras del Fuego de la cordillera de los Sembensyen. La meseta se estrechaba poco a poco hasta convertirse en un valle, y el valle en un paso entre paredes de piedra. A medida que nos acercábamos a la salida del paso, las nubes se hacían más tenues y escasas. Al fin un viento norte las dispersó del todo, desnudando los picos que asoman en lo alto del paso, a la derecha y la izquierda, de basalto y nieve, de colores y con parches brillantes y negros, a la luz de un sol repentino, bajo un cielo resplandeciente. Frente a nosotros, barridos y revelados por ráfagas del mismo viento, serpeaban unos valles de hielo y piedras, allá abajo, a centenares de metros. Del otro lado de estos valles se levantaba una gran muralla, una muralla de hielo, y alzando mucho los ojos hasta el borde superior de la muralla, podía verse allí el Hielo mismo, el glaciar Gobrin, enceguecedor, de un blanco que se perdía allá en el norte, un blanco que los ojos no podían medir.

Aquí y allá, de los valles colmados de piedras y de los acantilados y las pendientes y los bordes de la masa de hielo, asomaban unas moles oscuras; y en la meseta se alzaba una montaña, alta como los picos que bordeaban nuestro camino, y de este lado subía pesadamente un mechón de humo de un kilómetro de largo. Más allá había otros picos, cimas, conos de ceniza. El humo brotaba en jadeos de unas bocas ardientes que se abrían en el hielo.

Estraven estaba allí a mi lado, llevando aún los arneses y mirando aquella magnífica y silenciosa desolación.

–Me alegra haber vivido para ver esto –dijo.

Yo me sentía como él. Es bueno que el viaje tenga un fin, pero al fin es el viaje lo que importa.

No había llovido aquí en estas laderas que miraban al norte. Los campos nevados se iniciaban en los pasos y continuaban en los valles de piedra. Guardamos las ruedas, descubrimos los patines, nos calzamos los esquís, y partimos: abajo, al norte, internándonos en aquella silenciosa vastedad de hielo y fuego donde se leía en enormes letras blancas y negras, *Muerte, Muerte,* escritas todo a lo largo de un continente. El trineo se deslizaba como una pluma, y nos reíamos, felices.

16

Entre el Drumner y el Dremegole

Odirni dern. Ai pregunta desde el saco de dormir:

—¿Qué escribes, Har?

—Una relación de hechos.

Ai ríe un poco.

—Debería llevar un diario para los archivos ecuménicos, pero soy incapaz de perseverar sin un escritor de voz.

Expliqué que mis notas estaban destinadas al pueblo de Estre, que las incorporaría cuando llegara el momento a los archivos del dominio; esto volvió mis pensamientos a mi hijo y a mi hogar; traté de apartar esos pensamientos, y dije:

—Tu progenitor, quiero decir tus padres, ¿viven todavía?

—No —dijo—. Murieron hace setenta años.

Me quedé perplejo. Ai no tenía treinta años.

—¿Esos años que cuentas son distintos de los nuestros?

—No. Oh, sí. Son los saltos en el tiempo. Veinte años de la Tierra a Hain-Davenant, de allí cincuenta a Ellul, de Ellul a aquí diecisiete. Dejé la Tierra hace solo siete años, pero nací allí hace ciento veinte años.

En otros, días, en Erhenrang, Ai me había explicado cómo el tiempo se acorta dentro de las naves que van de mundo en mundo, casi tan rápido como la luz de las estrellas, pero yo nunca consideré este hecho en relación con los años de una vida humana, o las vidas que uno deja atrás en su propio mundo. Mientras uno vive unas pocas horas a bordo de una de esas naves inimaginables que viajan entre los planetas, todos los que han quedado atrás, en casa, envejecen y mueren, y los hijos de esta gente envejecen también... Dije al fin:

—Y pensé que yo era un exiliado.

—Tú en mi beneficio, yo en el tuyo —dijo Ai, y rio de nuevo, un sonido bastante animoso en aquel pesado silencio.

Dejamos el paso hace tres días y el trabajo ha sido duro y de escasa utilidad; pero Ai ya no se desanima ni confía demasiado, y es más paciente conmigo. Quizá el trabajo, el sudor, lo libró de las drogas. Quizá hemos aprendido a tirar juntos del trineo.

Empleamos el día en bajar de la saliente basáltica por la que trepamos ayer. Desde el valle parecía un buen camino para llegar al hielo, pero a medida que ascendíamos fuimos encontrando detritos y paredes de roca, y cada vez más empinados, hasta que incluso sin el trineo hubiese sido posible subir. Esta noche estamos de vuelta al pie de la montaña, en el valle de piedras. Nada crece aquí. Rocas, pedruscos, cantos rodados, arcilla, barro. Un brazo del glaciar se ha retirado de esta pendiente hace cincuenta o cien años, dejando al aire los huesos pelados del planeta; ninguna carne de humus, de hierba. Aquí y allá unas fumarolas vierten una pesada niebla amarilla, baja, que se arrastra por el suelo. El aire huele a azufre, la temperatura es de diez grados bajo cero; un aire quieto; cielo nublado. Espero que no nieve mucho antes de que crucemos este sombrío territorio entre nosotros y el brazo de glaciar que asoma a unos pocos kilómetros al este de la cordillera. Parece ser un ancho río de hielo que desciende de la meseta, entre dos montañas, dos volcanes coronados de vapor y humo. Si podemos abordarlo desde las laderas del volcán más próximo, sería quizá un buen camino ascendente hasta la meseta de hielo. Al este un glaciar más pequeño desciende a un lago helado, pero describiendo una curva y aun desde aquí es posible ver las profundas hendiduras; intransitable para nosotros, equipados como lo estamos ahora. Acordamos intentar la vía del glaciar entre los volcanes, aunque marchando hacia el oeste perderemos por lo menos dos días, uno en ir hacia el oeste y otro en volver hacia el este.

Opposde dern. Nieva *neserem.*[1] No hay posibilidad de viajar. Dormimos todo el día. Hemos tirado del trineo durante casi medio mes; despertamos descansados.

Ottormenbod dern. Nieva *neserem.* Hemos dormido lo suficiente. Ai me ha enseñado un juego terrestre que se juega en casillas con piedrecitas; lo llaman go, y es un juego excelente y difícil. Como dice Ai, aquí sobran las piedras para jugar al go.

Ai resiste el frío bastante bien, y si el coraje bastara, lo soportaría como una lombriz de nieve. Es raro verlo envuelto en la túnica y el abrigo con la capucha puesta cuando el frío no es inferior a los quince grados bajo cero; pero cuando viajamos, si hay sol y el viento no es demasiado cortante, pronto se saca el abrigo y suda como uno de nosotros.

En la tienda hemos llegado a una solución de com-

---

1. *Neserem:* nevada tenue con ráfagas moderadas; cellisca ligera.

promiso. Ai quiere mantenerla caliente, yo fría, y la comodidad de uno es una pulmonía del otro. Hemos encontrado un punto medio, y Ai tiembla fuera del saco de dormir, mientras que yo me sofoco en el mío; pero considerando las distancias que hemos recorrido para compartir esta tienda un rato, lo hacemos bastante bien.

Gedeni danern. Ha aclarado después de la cellisca; amainó el viento; el termómetro indica alrededor de los diez grados bajo cero todo el día. Hemos acampado en los bajos de la vertiente oriental del volcán más próximo: el monte Dremegole en mi mapa de Orgoreyn. El compañero del otro lado del río de hielo es el Drumner. El mapa está muy mal trazado; hay un pico alto que asoma al oeste y que no aparece en el mapa, y las proporciones son todas erróneas. Los orgotas, es evidente, no vienen a menudo a las Tierras del Fuego. En verdad, no hay muchas razones para venir excepto la grandiosidad del escenario. Hoy hemos recorrido dieciocho kilómetros, trabajo difícil: roca desnuda. Ai se durmió temprano. Me he lastimado el tendón de un tobillo: metí el pie entre dos piedras y traté de sacarlo tironeando como un loco; anduve cojeando a la tarde. El descanso de la noche me curará del todo. Mañana bajaremos al glaciar.

Nuestras provisiones de alimentos parecen haber disminuido de un modo alarmante, pero es porque hemos estado consumiendo las cosas de mayor bulto. Teníamos alrededor de unos cincuenta kilos de comida; la mitad era producto de mis robos en Turuf: treinta kilos han desaparecido ya transcurridos quince días de viaje. Hemos empezado a comer guichi-michi a razón de medio kilo por día, dejando para más adelante dos sacos de germen de kadik, un poco de azúcar y una caja de pasteles secos de pescado. Me alegra haberme librado de esos pesados bultos de Turuf. El trineo es más liviano ahora.

Sordni danern. Cinco grados bajo cero; lluvia helada, viento que desciende al río de hielo y sopla como dentro de un túnel. Acampamos a quinientos metros de la orilla, en una veta larga y chata de nieve reciente. El descenso del Dremegole es abrupto y empinado, rocas desnudas y pedregales; en el borde del glaciar hay muchas hendiduras, con tanta grava y pedruscos apresados por el hielo que también aquí probamos las ruedas. Antes de marchar cien metros una rueda se atascó doblando el eje. De ahí en adelante recurrimos a los patines. Hoy no viajamos más de seis kilómetros, alejándonos todavía de nuestro rumbo. El glaciar parece moverse en una larga curva hacia el oeste y la meseta del Gobrin. Aquí el espacio entre los volcanes es de más de seis kilómetros, y no ha de ser difícil continuar hacia el centro, aunque hay demasiadas grietas, y la superficie es muy irregular.

El Drumner está en erupción. La cellisca que nos moja los labios tiene sabor a humo y azufre. Una oscuridad se ha cernido todo el día en el oeste, aun bajo las nubes de lluvia. De cuando en cuando todas las cosas, las nubes, la lluvia, el hielo, el aire, se vuelven de un color rojo apagado; luego recobran lentamente el color gris. El glaciar se extiende un poco a nuestros pies.

Eskichve rem ir Her ha supuesto que la actividad volcánica en el noroeste de Orgoreyn y en el archipiélago ha estado aumentando en los últimos diez o veinte milenios, y presagia el fin del hielo, o por lo menos una recesión y un periodo interglacial. El CO_2 liberado por los volcanes en la atmósfera será con el tiempo una capa aislante que conservará las ondas largas de energía calórica reflejadas desde la tierra, y permitirá que el calor solar nos llegue directamente. La temperatura media del mundo, dice, subirá al fin unos quince grados, hasta alcanzar los veinte grados centígrados. Me alegra no estar presente entonces. Ai dice que teorías similares se han propuesto en la Tierra para explicar la recesión todavía incompleta de la última Edad de Hielo. Todas esas teorías son en gran parte irrefutables e indemostrables; nadie sabe con certeza por qué viene el hielo, por qué se va. Nadie ha hollado la Nieve de la Ignorancia.

Sobre el Drumner, ahora, en la oscuridad, arde un palio de fuegos opacos.

Eps danern. El medidor indica hoy veintitrés kilómetros, pero no estamos a más de doce en línea recta desde el campamento de anoche. No salimos todavía del paso de hielo entre los dos volcanes. El Drumner está en erupción.

Sierpes de fuego bajan arrastrándose por las laderas oscuras, visibles cuando el viento barre las turbulencias de las nubes de ceniza, humo y vapores blancos. Continuamente, sin pausa, hay un siseo en el aire; un sonido, tan prolongado e intenso que es difícil oírlo cuando uno se detiene a escuchar; y sin embargo ocupa y colma todos los intersticios de tu propio ser. El glaciar tiembla día y noche, cruje y rechina, se estremece bajo nuestros pies. Todos los puentes de nieve que la ventisca pudo haber levantado sobre las hendiduras han desaparecido ahora, destruidos, derribados por estos golpes y sacudidas del hielo y de la tierra bajo el hielo. Vamos hacia atrás y adelante, buscando el fin de una grieta que podría devorarse el trineo entero, y luego buscando el fin de la grieta siguiente. Tratando de ir hacia el norte y obligados siempre a ir hacia el este o el oeste. Sobre nosotros el Dremegole, en simpatía con los trabajos del Drumner, gime y echa un humo fétido.

La cara de Ai estaba cubierta de escarcha esta mañana: nariz, orejas, barbilla, todo de un gris muerto. Acerté a mirarlo y le friccioné la cara reavivándole la circulación, pero hemos de tener más cuidado. El viento que baja del Hielo es mortal de necesidad, y tenemos que darle la cara mientras subimos.

Me alegraré cuando salgamos de este brazo de hielo hendido y arrugado. Las montañas tienen que mirarse, y no oírse. *Arhad danern*. Un poco de nieve sove, entre los cinco y los diez grados bajo cero. Hemos hecho hoy diecinueve kilómetros, y ocho de ellos provechosos; el borde del Gobrin se ve ahora más cerca, en el norte, encima. Notamos ahora que el río de hielo tiene kilómetros de ancho: el «brazo» entre el Drumner y el Dremegole es solo un dedo, y nos encontramos en el dorso de la mano. Mirando desde aquí hacia atrás se ve el glaciar hendido, dividido, desgarrado y atravesado por los picos negros y humeantes. Mirando hacia delante el glaciar se ensancha, alzándose y curvándose lentamente, empequeñeciendo los bordes oscuros de tierra, y al fin encuentra la pared de hielo allá arriba, debajo de velos de nubes y humo y nieve. Hollín y cenizas caen ahora junto con la nieve, y hay restos de escoria dentro y fuera del hielo; una superficie adecuada para caminar, pero bastante abrupta para el trineo, y los patines ya necesitan una capa de barniz plástico. Dos o tres veces unos proyectiles volcánicos cayeron en el hielo cerca de nosotros. Sisean ruidosamente cuando golpean la superficie, y arden abriendo agujeros en el hielo. Las cenizas caen acompasadamente, junto con la nieve. Nos arrastramos con paso infinitesimal hacia el norte, a través del caos de un mundo que se hace a sí mismo.

Alabada sea la creación inconclusa.

Nederhad danern. No nieva desde la mañana; nublado y ventoso, y aproximadamente diez grados bajo cero. El glaciar múltiple fluye descendiendo a un valle desde el oeste, y nosotros nos encontramos ahora en la extrema orilla occidental. El Dremegole y el Drumner han quedado de algún modo a nuestras espaldas, aunque una cresta afilada del Dremegole todavía se alza al este de nosotros, casi al nivel de los ojos. Hemos trepado y nos hemos arrastrado hasta un punto en que hemos de escoger entre seguir el curso del glaciar en una larga curva hacia el oeste, subiendo así poco a poco hasta la meseta del hielo, o ascender a los acantilados de hielo, a un kilómetro y medio del campamento de esta noche, ahorrándonos así treinta o cuarenta kilómetros de viaje, a costa de cierto riesgo.

Ai cree que hay riesgo.

Hay algo frágil en Ai. Es una criatura desprotegida, expuesta, vulnerable, aun en el órgano sexual que tiene que llevar siempre fuera de sí mismo; pero es fuerte, increíblemente fuerte. No estoy seguro de que pueda tirar del trineo más tiempo que yo, pero lo hace con más fuerza y más rápido que yo; el doble de mi fuerza. Es capaz de levantar el trineo por atrás o adelante para remontar un obstáculo; yo no podría sostener un peso semejante sino en doza. Como complemento de esta fragilidad y esta fuerza, Ai cae fácilmente en la desesperación y acepta enseguida cualquier desafío: un animoso e impaciente coraje. Esta tarea lenta, difícil, arrastrada, en que estamos metidos, le ha consumido el cuerpo y la voluntad, de modo que si fuese un miembro de mi raza yo diría que es un cobarde. Sin embargo, no hay nada de cobardía en Ai; es de una valentía diligente que nunca vi. Está ya dispuesto, decidido, a jugarse la vida en la prueba cruel y rápida del precipicio.

«Fuego y miedo; buenos sirvientes, malos señores.» Ai ha conseguido que el miedo lo sirva. Yo permito que el miedo me guíe, muchas veces. Ai une el coraje a la razón.

¿Por qué molestarse en buscar el curso seguro en un viaje semejante? Hay cursos insensatos, que no tomaré, pero no hay ninguno seguro.

Stred danern. Poca suerte. No encontramos modo de subir con el trineo, aunque lo intentamos todo el día. Nieve sove en ráfagas, mezclada con ceniza espesa. La oscuridad duró el día entero, pues el viento que estuvo virando hacia el este nos echó otra vez encima el palio de humo del Drumner. Aquí arriba el hielo se sacude menos, pero hubo un verdadero temblor mientras tratábamos de trepar a una saliente; soltó al trineo de sus amarras y yo fui arrastrado dos metros, golpeándome, pero Ai logró retener el trineo con mano firme, evitando que cayéramos hasta el pie del acantilado, quizá más de doce metros. Si en uno de estos accidentes yo o él nos rompiéramos una pierna o un hombro, sería el fin para los dos, y este es precisamente el riesgo, bastante horrible, si se lo mira de cerca. El valle más bajo del glaciar detrás de nosotros parece blanqueado por el humo: la lava toca allí el hielo. No podemos retroceder, es evidente. Mañana intentaremos el ascenso más al oeste.

Berni danern. Poca suerte. Hemos de ir más al oeste. La oscuridad de un crepúsculo tardío, todo el día. Tenemos los pulmones irritados no por el frío (la temperatura no baja de los veinte grados bajo cero, ni siquiera de noche, con el viento del oeste), sino por las cenizas y humos de la erupción. Al concluir este segundo día de esfuerzos inútiles, subiendo a gatas y serpeando sobre bloques sueltos y acantilados de hielo hasta tropezar con una pared o un saliente, probando más lejos y fracasando otra vez, Ai estaba agotado y furioso. Parecía que iba a llorar en cualquier momento, pero no lo hizo. Opina, creo, que el llanto es algo malo o vergonzoso. Aun cuando los primeros días de nuestra huida estaba muy enfermo y débil, me ocultaba la cara cuando lloraba. Razones personales, raciales, sociales, sexuales, ¿cómo saber por qué Ai no tiene que llorar? Sin embargo, su nombre mismo es un grito de dolor. Por eso lo busqué por vez primera en Erhenrang, hace mucho tiempo, parece ahora. Oyendo hablar de un «extraño» pregunté cómo se llamaba, y oí como respuesta el grito de dolor de una garganta humana en la noche. Ahora Ai duerme. Le tiemblan y se le sacuden los brazos: fatiga muscular. El ruido de alrededor, hielo y piedra, ceniza y nieve, fuego y sombra, tiembla y se sacude y murmura. Acabo de mirar fuera y he visto el resplandor del volcán como una fluorescencia de color rojo apagado, en el vientre de unas vastas nubes que se ciernen sobre la oscuridad.

Orni danern. Mala suerte. El día vigésimo segundo del viaje, y desde el décimo día no hemos progresado hacia el este; en verdad hemos perdido treinta o cuarenta kilómetros yendo hacia el oeste. Desde el día decimoctavo no hemos ganado terreno, y hubiese sido lo mismo que nos quedáramos sentados. Si al fin llegamos al Hielo, ¿tendremos suficiente comida para el cruce? Es difícil pasar por alto este pensamiento. La niebla y la lóbrega erupción nos impiden ver lejos, y nos es difícil escoger bien el camino. Ai quiere intentar todo ascenso, por más abrupto que sea, que muestre alguna clase de salientes. Mis precauciones lo impacientan. Tenemos que vigilar nuestros malos humores. Yo estaré en kémmer mañana o pasado y las tensiones aumentarán. Mientras, nos golpeamos la cabeza contra acantilados de hielo en un crepúsculo ceniciento y frío. Si yo redactara un nuevo canon yomesh enviaría aquí a los ladrones después de la muerte. Ladrones que roban sacos de comida de noche en Turuf. Ladrones que le roban a uno el nombre y el corazón y lo mandan afuera, a la vergüenza y el exilio. La cabeza me pesa. Tengo que revisar todo esto más tarde. Ahora estoy demasiado cansado.

Harhahad danern. En el Gobrin. El día vigésimo tercero. Estamos en el Hielo Gobrin. Acabábamos de iniciar la marcha esta mañana, cuando vimos, solo a unos pocos cientos de metros del campamento de la noche pasada, un sendero que subía hacia el Hielo, una carretera de amplia curva y superficie de ceniza que subía de los pedregales y abismos del glaciar entre acantilados de hielo. Caminamos por esta vía como si paseásemos por la avenida Sess. Estamos sobre el Hielo. Nos encaminamos de nuevo hacia el este, al hogar. Estoy contagiado por el verdadero placer que muestra Ai después de nuestra hazaña. Considerándolo sobriamente, estamos aquí arriba tan mal como antes. Las hendiduras –algunas lo suficientemente anchas como para devorar aldeas enteras– corren hacia el interior del continente, el norte, hasta perderse de vista. La mayoría se cruza en nuestro camino; de modo que también nosotros tenemos que ir hacia el norte, no al este. La superficie es irregular. Llevamos el trineo entre enormes bloques de hielo, escombros empujados hacia arriba por la tensión de la capa misma, inmensa y flexible, contra y entre las montañosas Tierras del Fuego. Los bordes rotos por la presión son de formas raras: torres caídas, gigantes desmembrados, catapultas. Un kilómetro y medio de espesor aquí al principio, y luego el Hielo sube y aumenta, tratando de pasar por encima de las montañas, ahogando en silencio las bocas de fuego. Algunos kilómetros al norte, un pico asoma en el hielo, el afilado y gracioso cono estéril de un volcán joven, miles de años más joven que la capa de hielo que gruñe y empuja, destrozada en grietas, bloques y precipicios de dos mil metros de altura sobre las laderas más bajas, escondidas.

Durante el día, al volver la cabeza veíamos el humo del Drumner que colgaba detrás de nosotros como una extensión castaño grisácea de la superficie de hielo. Un viento bajo y continuo sopla desde el noroeste, limpiando el aire del hollín y el hedor de las entrañas del planeta, ese aire que hemos respirado días y días, y que aplasta el humo a nuestras espaldas, cubriendo así, con una tapa oscura, los glaciares, las montañas más bajas, los valles de piedra, el resto del territorio. No hay sino Hielo, dice el Hielo. Aunque el joven volcán del norte parece decir algo diferente.

Ninguna nevada; nubes altas y tenues. Veinte grados bajo cero en la meseta al crepúsculo. Bajo nuestros pies: una mezcla de hielo nuevo, hielo viejo y nieve blanda. El hielo nuevo es engañoso: una materia pulida y azul cubierta apenas por un barniz blanco. Los dos resbalamos a menudo. Me deslicé una vez cinco metros sobre el vientre en hielo nuevo; Ai, en los arneses, se dobló de risa. Me pidió disculpas y me explicó que hasta entonces había creído ser el único en Gueden que resbalaba sobre el hielo.

Veinte kilómetros hoy, pero si pretendemos mantener este ritmo de marcha entre estos costurones hendidos, levantados, quebrados, nos agotaremos pronto o terminaremos en algo peor que un resbalón en el hielo.

La luna menguante está baja, opaca como sangre seca, y tiene un halo castaño, incandescente.

Guirni danern. Alguna nieve; el viento aumenta y la temperatura disminuye. Veinte kilómetros hoy; y la distancia recorrida desde nuestro primer campamento es ahora de cuatrocientos seis kilómetros. El término medio es pues de casi diecisiete kilómetros por día; dieciocho y medio si omitimos los dos días en que estuvimos esperando el fin de la cellisca. De todos esos kilómetros en que habíamos empujado el trineo, entre ciento veinte y ciento sesenta no nos aproximaron a nuestro destino. No estamos mucho más cerca de Karhide que en el momento de partir. Pero tenemos más posibilidades, creo, de llegar.

Desde que salimos de la lobreguez volcánica, no empleamos todo el tiempo en trabajar y preocuparnos, y hablamos de nuevo en la tienda después de cenar. Como ahora estoy en kémmer, yo hubiese preferido obviar la presencia de Ai, pero esto es difícil en una tienda de dos hombres. El problema es que Ai, a su curioso modo, está también en kémmer, siempre en kémmer. Un deseo extraño y poco intenso ha de ser ese, presente todos los días del año, y que no conoce nunca el cambio de sexo; pero ahí está, y aquí estoy yo. Hoy mi extremada conciencia física de Ai era difícil de rehuir, y yo estaba demasiado cansado para desviarla en un no-trance o cualquier otra forma de disciplina. Al fin Ai me preguntó si me había ofendido. Le expliqué mi silencio, con cierto embarazo. Temía que se riera de mí. Al fin y al cabo, Ai ya no es una rareza, un monstruo sexual; aquí en el Hielo cada uno de nosotros es una criatura singular, aislada; yo a medida que me alejo de mis semejantes, mi sociedad y mis normas, y Ai lo mismo. No hay aquí un mundo poblado de guedenianos que explican y confirman mi existencia. Somos iguales al fin; iguales, extraños, solitarios. Ai no se rio, por supuesto. Al contrario, me habló con una gentileza que yo no le conocía. Al cabo de un rato él mismo se puso a hablar de aislamiento, de soledad.

—La soledad de tu raza es asombrosa. No hay ningún otro mamífero en el planeta, ni otras especies ambisexuales, ni animales que sean inteligentes, ni siquiera para domesticarlos. Tiene que darle un cierto color al pensamiento, esta singularidad. No hablo solo del pensamiento científico, aunque los guedenianos son extraordinarios planteando hipótesis. Lo más notable es que hayan desarrollado el concepto de evolución a pesar de ese abismo insondable que los separa de los animales inferiores. Pero en un plano filosófico, emocional, estar tan solos en un mundo tan hostil afecta la visión de todas las cosas.

—Un yomeshta diría que la singularidad del hombre es su divinidad.

—Señores de la Tierra, sí. Otros cultos en otros mundos han llegado a la misma conclusión. Tienden a ser los cultos de las civilizaciones agresivas, dinámicas, que destruyen el equilibrio ecológico. Orgoreyn, creo, ha tomado ese camino; por lo menos parecen empeñados en llevarse todo por delante. ¿Qué dicen los handdaratas?

—Bueno, en el handdara..., ¿sabes?, no hay teoría, ni dogma... Quizá son menos conscientes de la distancia que separa a los hombres de las bestias, ya que les preocupa más la semejanza, la relación, el todo del que son parte, las cosas vivas.

Yo había tenido la balada de Tormer todo el día en la cabeza, y dije las palabras:

La luz es la mano izquierda de la oscuridad,
y la oscuridad es la mano derecha de la luz.

Las dos son una, vida y muerte, juntas
como amantes en kémmer,
como manos unidas,
como el término y el camino.

Me tembló la voz mientras lo decía, pues recordaba que en la carta que me escribió mi hermano antes de morir, él me citaba las mismas palabras.

Ai reflexionó, y al cabo de un tiempo dijo:

–Los guedenianos son criaturas solitarias, y a la vez, nada las divide. Quizá tienen la obsesión de la totalidad, como nosotros la obsesión del dualismo.

–Nosotros también somos dualistas. La dualidad es inevitable, ¿no? Mientras haya un «*mí mismo*», y un «*otro*».

–Yo y tú –dijo Ai–. Al fin y al cabo hay ahí más distancia que entre los distintos sexos...

–Dime, ¿en qué difiere de tu sexo el otro sexo de tu raza?

Ai pareció sobresaltarse, y en verdad la pregunta me sobresaltó a mí; el kémmer provoca de pronto estos arranques de espontaneidad. Los dos nos sentíamos ahora demasiado atentos a nosotros mismos.

–Nunca he pensado en ello –dijo Ai–. Nunca viste a una mujer.

Recurrió a la palabra terrestre, que yo conocía.

–Vi algunas fotografías. Parecían guedenianos embarazados, pero con pechos más grandes. ¿Difieren mucho de tu sexo en actitudes mentales? ¿Son como especies diferentes?

–No. Sí. No, por supuesto que no, no realmente. Pero las diferencias son importantes. Supongo que lo más importante, el factor de mayores consecuencias para la vida de cada uno, es nacer hombre o mujer. En la mayoría de las sociedades eso determina expectativas, actividades, actitudes, normas, costumbres..., casi todo. El vocabulario. Variantes semióticas. Ropa. Incluso la comida. Las mujeres tienden a comer menos. Es difícil separar las diferencias innatas de las adquiridas. Aun donde las mujeres participan de la vida de la sociedad en un nivel de igualdad con los hombres, son ellas siempre quienes llevan el peso del embarazo, y tienen a su cargo casi todo el trabajo de la crianza.

–Entonces ¿la igualdad no es la norma común? ¿Son mentalmente inferiores?

–No sé. No parece haber a menudo entre ellas genios matemáticos, o compositores de música, o inventores, o filósofos. Pero no porque sean estúpidas. Físicamente tienen menos fuerza que los hombres, pero viven un poco más. Psicológicamente...

Tras haberse quedado mirando un rato la luz de la estufa, Ai meneó la cabeza.

–Har –explicó–, no puedo decirte cómo son las mujeres. No lo pensé mucho antes, cómo son en general, ya entiendes. Y, Dios, ahora casi ya no me acuerdo. Llevo aquí dos años... No sabes. En cierto sentido las mujeres son para mí más extrañas que tú. Contigo comparto un sexo al menos...

Ai apartó los ojos y se rio, de mala gana y nervioso. Mis propios sentimientos eran confusos, y abandonamos el tema.

Irni danern. Veintiocho kilómetros hoy, del este al noreste siguiendo la brújula, el trineo en patines. Después de una primera hora de empujar y tirar, dejamos atrás las aristas y grietas. Los dos nos atamos entonces a los arneses, yo adelante al principio, con el probador de hielo, aunque no había necesidad de probar. La nieve helada es aquí de más de medio metro sobre el hielo sólido y sobre esta capa hay otra de nieve reciente con buena superficie. No tropezamos nunca, ni nosotros ni el trineo, tan liviano que era difícil creer que estábamos arrastrando un peso de alrededor de cien kilos. Durante la tarde nos turnamos en los arneses, ya que uno solo podía tirar sin cansancio en esta espléndida superficie. Fue una lástima que el duro trabajo de trepar las laderas de roca nos tocara cuando la carga era pesada todavía. Ahora vamos livianos. Demasiado livianos; muchas veces me sorprendo pensando en comida. Comemos, dice Ai, etéreamente. Hoy viajamos todo el día, leves y rápidos sobre la tersa llanura de hielo, de un blanco pleno, bajo un cielo azul grisáceo, ininterrumpido, excepto unas pocas cimas nunatakas, ahora muy detrás de nosotros, y una mancha de oscuridad, el aliento del Drumner, detrás de esas cimas. Nada más: el sol velado, el hielo.

17

Un mito orgota de la creación

Los orígenes del mito son prehistóricos, y hay distintas versiones. Esta, muy primitiva, procede de un texto escrito, preyomesh, encontrado en el santuario de la Caverna de Isenped, en las Tierras Medias de Gobrin.

En el principio no había nada sino hielo y sol. Después de muchos años el sol ardiente abrió una gran hendidura en el hielo. En los bordes de esta hendidura había enormes formas de hielo, y las gotas de estas formas fundidas caían y caían. El abismo no tenía fondo. Una de las formas de hielo decía:

–Sangro.

Otra de las formas decía:

–Lloro.

Y una tercera decía:

–Sudo.

Las formas de hielo salieron del abismo subiendo a la planicie de hielo. La que había dicho «Sangro» se alzó hacia el sol y sacó puñados de excrementos del abdomen del sol, y con esa materia hizo las montañas y los valles de la tierra. La que había dicho «Lloro» echó el aliento sobre el hielo, y el hielo se fundió, formando los mares y los ríos. La que había dicho «Sudo» mezcló el polvo con el agua de mar e hizo los árboles, las plantas, las hierbas y los granos del campo, los animales, y los hombres.

Las plantas crecieron en el suelo y en el mar, las bestias corrieron por la tierra y nadaron en el mar, pero los hombres no despertaron. Eran treinta y nueve hombres. Durmieron en el hielo y no se movieron.

Luego las tres formas de hielo se agacharon, sentándose en cuclillas, y dejaron que el sol las fundiera. Se fundieron como leche, y la leche entró en las bocas de los durmientes, y los durmientes despertaron. Esa leche la beben solo los hijos de los hombres y sin ella no despiertan a la vida.

El primero en despertar fue Edondurad. Era tan alto que cuando se puso de pie hendió el cielo con la cabeza, y nevó. Vio a los demás, que despertaban y se movían, y les tuvo miedo, y los mató uno tras otro a puñetazos. Mató así a treinta y seis. Pero uno de ellos, el penúltimo, escapó corriendo. Lo llamaron Haharad. Lejos corrió Haharad por la llanura de hielo y sobre los campos, Edondurad corrió detrás y al fin le dio caza y lo golpeó. Haharad murió. Luego Edondurad volvió al sitio del nacimiento en el Hielo Gobrin, donde yacían los cuerpos de los otros, pero el último había desaparecido. Había escapado mientras Edondurad perseguía a Haharad.

Edondurad edificó una casa con los cuerpos helados de los hermanos, y esperó dentro de la casa el regreso del último hermano. Todos los días uno de los cadáveres hablaba diciendo:

—¿Arde? ¿Arde?

Los otros cadáveres decían con lenguas heladas:

—No, no.

Luego Edondurad entró en kémmer mientras dormía y se agitó y habló en sueños, y cuando despertó los cadáveres estaban todos diciendo:

–¡Arde! ¡Arde!

Y el último hermano, oyendo esto, entró en la casa de cadáveres y allí se acopló con Edondurad. De estos dos crecieron las naciones de los hombres, de la carne de Edondurad, del vientre de Edondurad. El nombre del otro, el hermano más joven, el padre, no se conoció nunca.

Todos los niños que nacieron de los dos hermanos llevaban un pedazo de oscuridad que los seguía a todas partes a la luz del día. Edondurad preguntó una vez:

–¿Por qué una sombra sigue así a mis hijos?

Su compañero de kémmer respondió:

–Porque nacieron en la casa de la carne, y así la muerte les pisa los talones. Están en la mitad del tiempo. En el principio había sol y hielo, y no había sombras. Al final de los tiempos, el sol se devorará a sí mismo y la sombra devorará la luz, y entonces no quedará nada sino hielo y oscuridad.

18

En el Hielo

A veces, mientras me quedo dormido en una habitación oscura y tranquila, el pasado viene a mí de pronto como una preciada ilusión. La pared de la tienda se levanta sobre mi cara, no visible pero audible, un plano inclinado de débiles sonidos: los mismos de la nieve en el viento. No se ve nada. La luz de la estufa chabe está apagada ahora, y funciona solo como una esfera de calor, un corazón cálido. La débil humedad y los límites cerrados de un saco de dormir; el sonido de la nieve; una respiración que se oye apenas: Estraven, dormido; oscuridad. Nada más. Estamos dentro, los dos, protegidos, descansando, en el centro de todas las cosas. Afuera, como siempre, se extiende la oscuridad, el frío, la soledad de la muerte.

En esos afortunados momentos en que me estoy durmiendo conozco más allá de toda duda cuál es el centro de mi vida, ese tiempo del pasado que se ha perdido, y que sin embargo es permanente, el instante que persiste, el corazón cálido.

No trato de decir que fui feliz en esas semanas en que arrastramos el trineo por una capa de hielo, en pleno invierno. Yo tenía hambre y me sentía agotado, y ansioso a menudo, y todo empeoraba con el paso de los días. No era feliz entonces. La felicidad depende de algún modo de la razón, y solo se gana con el auxilio de la razón. Lo que se me dio entonces fue eso que no se gana y no se conserva, y a veces ni siquiera se reconoce en el momento: alegría.

Siempre me despertaba primero, a veces antes del alba. Mi índice metabólico está un poco por encima del término medio guedeniano, como mi estatura y mi peso. Estraven tuvo en cuenta estas diferencias cuando distribuyó las raciones con esa escrupulosidad suya, propia tanto de un ama de casa como de un hombre de ciencia. Recibí desde el principio unos cincuenta granos diarios más de comida. Protestas de injusticia de nada valían ante la obvia justicia de la división desigual. De cualquier modo, la ración era pequeña. Yo tenía hambre, hambre constante, hambre diaria. Me despertaba el hambre.

Si era todavía de noche, yo encendía la luz de la estufa chabe, y ponía al fuego un trozo de hielo –ahora derretido– que habíamos traído la noche anterior. Estraven, mientras tanto, estaba trabado, lo mismo que otras noches, en una fiera y silenciosa lucha con el sueño, como si disputara con un ángel. Triunfador al fin, se sentaba, me miraba de un modo vago, sacudía la cabeza y despertaba. Para cuando terminábamos de vestirnos, y ya enrollados los sacos de dormir, el desayuno estaba listo: un tazón de orsh caliente, y un cubo de guichi-michi que había aumentado de tamaño en el agua caliente y era ahora un bollo pastoso. Masticábamos lenta, solemnemente, recogiendo todas las migas caídas. La estufa se enfriaba mientras comíamos. La envolvíamos enseguida junto con la olla y los tazones, nos echábamos encima los abrigos con capucha, nos poníamos los guantes, y nos arrastrábamos al aire libre. El frío era allí perpetuo, y me sorprendía todas las mañanas. Si uno ya había estado afuera a aliviar el cuerpo, la segunda salida era todavía más dura.

A veces nevaba; a veces la prolongada luz de las primeras horas del día, dorada y azul, se extendía sobre kilómetros de hielo; casi siempre el cielo era gris.

Por la noche llevábamos el termómetro con nosotros al interior de la tienda, y cuando lo sacábamos fuera era interesante ver la aguja que se movía bruscamente hacia la izquierda (los tableros indicadores guedenianos se leen en sentido contrario a las agujas del reloj), registrando una rápida caída de cinco, diez, veinticinco grados hasta que se detenía en algún punto entre veinte y cincuenta bajo cero.

Uno de nosotros recogía la tienda y la doblaba mientras el otro cargaba la estufa, los sacos y demás en el trineo. Cubríamos todo con la tienda y estábamos ya listos para los patines y los arneses. En las correas y abrazaderas había pocas partes de metal, pero los arreos tenían broches de una aleación de aluminio, demasiado pequeños para cerrarlos con los guantes puestos, y que ardían en aquel frío como si estuviesen al rojo blanco. Yo tenía que cuidarme los dedos cuando la temperatura descendía a los veinte grados bajo cero, especialmente si había viento, pues podían congelárseme con extraordinaria rapidez. Los pies no me molestaban nunca, y esto era de mucha importancia en un viaje de invierno donde una exposición de una hora podía, al fin y al cabo, lisiarlo a uno durante una semana o para toda la vida. Estraven había tenido que adivinar mi medida, y los zapatos para la nieve que me había conseguido eran un poco grandes, pero un par extra de calcetines resolvía la diferencia. Nos poníamos los esquís, nos metíamos en los arneses lo más rápido posible, sacudíamos y limpiábamos el trineo si los patines se habían helado, y partíamos.

Por las mañanas, después de una nevada pesada, teníamos que pasar un tiempo mientras excavábamos alrededor de la tienda y el trineo antes de salir. La nieve nueva no era demasiado dura, aunque se amontonaba en lomas alrededor, y, a fin de cuentas, se trataba del único impedimento que encontrábamos en cientos de kilómetros, lo único que sobresalía del hielo.

Íbamos hacia el este guiándonos por la brújula. La dirección habitual del viento era norte-sur, alejándose del glaciar. Día tras día el viento soplaba desde la izquierda. La capucha no me bastaba para ampararme de ese viento, y llevaba una máscara para protegerme la nariz y la mejilla izquierda. Aun así el párpado izquierdo se me heló un día, y yo creí que había perdido el ojo. Aun cuando Estraven alcanzó a abrírmelo con la lengua y el aliento, no pude ver durante un rato, y era probable que se me hubiese helado algo más que las pestañas. A la luz del sol, los dos usábamos los protectores de ranuras guedenianos, y la nieve no nos enceguecía. No teníamos en verdad muchas oportunidades. El hielo, como Estraven había dicho, tiende a mantener una presión alta sobre el área central, donde miles de kilómetros cuadrados de blanco reflejan la luz del sol. No estábamos en esa zona central, sin embargo, sino en los márgenes, entre el centro y la región de turbulencias, desviados de las tormentas de lluvia que asolaban continuamente las regiones subglaciales. Después de un viento del norte los días eran despejados y brillantes, pero los del noroeste o noreste traían nieve o alzaban la nieve caída y seca en nubes enceguecedoras y corrosivas como arena o polvo, o reduciéndose casi a nada se arrastraba en estelas sinuosas a lo largo de la superficie, dejando el cielo blanco, el aire blanco, el sol invisible, ninguna sombra; y la nieve misma, el Hielo, desaparecía.

Alrededor del mediodía nos deteníamos, y cortábamos y amontonábamos unos pocos bloques de hielo que nos amparaban contra el viento. Calentábamos agua para mojar un cubo de guichi-michi, y bebíamos el agua caliente, a veces con un poco de azúcar; nos poníamos de nuevo los arneses, y continuábamos la marcha.

Pocas veces hablábamos durante la marcha o en el almuerzo, pues teníamos los labios cortados, y cuando uno abría la boca, el frío entraba lastimando los dientes, la garganta y los pulmones; era necesario mantener la boca cerrada y respirar por la nariz, por lo menos cuando el aire estaba a cuarenta o cincuenta grados bajo cero. A temperaturas más bajas todo el proceso de la respiración se complicaba todavía más por la rapidez con que se nos congelaba el aliento; si no teníamos cuidado el hielo nos cerraba la nariz, y luego, para no sofocarnos, aspirábamos una bocanada de cuchillos.

En ciertas condiciones el aliento se helaba instantáneamente con un levísimo crujido, como fuegos de artificio distantes, y una lluvia de cristales: cada aliento una tormenta de nieve.

Tirábamos del trineo hasta que estábamos cansados o empezaba a oscurecer; nos deteníamos, levantábamos la tienda, estacábamos el trineo si había amenaza de huracán, y nos instalábamos para la noche. En un día común arrastrábamos el trineo entre once y doce horas, y recorríamos entre dieciocho y treinta kilómetros.

No parece un buen promedio, pero las condiciones eran un poco adversas. La capa de nieve no era siempre la más adecuada para los esquís o los patines. Cuando era liviana y reciente el trineo se atascaba a menudo; cuando se había endurecido en parte, el trineo se adhería bien, pero no nosotros en los esquís, y parecía como si algo nos empujara continuamente hacia atrás, con una sacudida; y cuando la nieve era dura se amontonaba a menudo en ondas, *sastrugi*, según la dirección del viento, y que en algunos casos llegaban a un metro de altura. Teníamos que empujar el trineo por encima de cada uno de estos bordes acuchillados, o cornisas fantásticas; resbalar luego hacia abajo, y trepar de nuevo, pues estas ondas nunca corrían en la dirección de nuestro curso. Yo había imaginado que la meseta de hielo de Gobrin era una suerte de sabana, como un estanque helado, pero había allí cientos de kilómetros que se parecían más a un mar alborotado por la tormenta, helado de pronto. El problema de montar el campamento, asegurarlo todo, sacarse la nieve pegada a la ropa, era exasperante. A veces no parecía que valiese la pena. Era tan tarde, hacía tanto frío, nos sentíamos tan cansados, que hubiese sido mucho más fácil acostarse en un saco de dormir junto al trineo y no preocuparse por la tienda. Recuerdo qué evidente me parecía esto en ciertas noches, y la amargura de mi resentimiento cuando Estraven se me imponía con una metódica, tiránica insistencia para que hiciésemos todo cabal y completamente. Yo lo odiaba entonces, un odio que nacía directamente de la muerte que acechaba en mi interior. Yo odiaba las exigencias obstinadas, intrincadas, duras, que Estraven me planteaba en nombre de la vida.

Cuando habíamos concluido todo esto, entrábamos en la tienda, y casi enseguida el calor de la estufa chabe podía sentirse como un ambiente acogedor y protector. Algo maravilloso nos envolvía entonces: calor. La muerte y el frío estaban en otra parte, fuera.

El odio quedaba fuera también. Comíamos y bebíamos. Cuando el frío era extremo, ni el excelente aislamiento de la tienda alcanzaba a mantenerlo fuera, y nos tendíamos en nuestros sacos tan cerca de la estufa como era posible. En la superficie interior de la tienda aparecía una piel de escarcha. Abrir la puerta-válvula era dejar que entrara una ráfaga de frío que se condensaba instantáneamente, llenando la tienda con un torbellino neblinoso de nieve fría. Cuando la tormenta arreciaba, agujas de hielo entraban por los protegidos orificios de ventilación, y un polvo impalpable oscurecía el aire. En esas noches el ruido del huracán era increíble, y no podíamos conversar si no gritábamos con las cabezas juntas. Había también noches de calma, de una quietud que parecía propia del tiempo en que las estrellas empezaron a formarse, o después del fin de todo.

Cenábamos y antes de una hora Estraven bajaba la estufa, si era posible, y cerraba la emisión de luz. Mientras, murmuraba una breve y hermosa invocación, las únicas palabras rituales que yo haya aprendido de los handdaras:

–Alabadas sean la oscuridad y la creación inconclusa –decía, y la oscuridad era.

Dormíamos. Por la mañana había que hacerlo todo de nuevo.

Así fue durante cincuenta días.

Estraven llevaba un diario, aunque durante las semanas en el Hielo escribía raramente algo más que una nota sobre el tiempo y la distancia que habíamos recorrido en el día. Entre estas notas hay referencias ocasionales a sus propios pensamientos o a algunas de nuestras conversaciones, pero ni una palabra a propósito de las conversaciones más profundas que mantuvimos después de la cena y antes de dormir muchas noches del primer mes en el Hielo, cuando todavía nos quedaba energía para hablar, y en los días en que una tormenta nos ataba a la tienda. Le dije una vez a Estraven que yo no era una criatura aborrecible pero tampoco deseada, recurriendo a un estilo paraverbal en aquel planeta no aliado, y le pedí que no hablara con los demás de lo que sabía ahora de mí, por lo menos hasta que yo pudiera discutir los últimos acontecimientos con la gente de la nave. Estraven asintió, y mantuvo su palabra. Nunca dijo o escribió nada sobre nuestras silenciosas conversaciones.

El lenguaje de la mente era lo único que yo podía darle a Estraven como don de mi civilización, esa realidad extraña que a él tanto le interesaba. Yo podía hablar y describir interminablemente, y en verdad no tenía otra cosa que dar, e incluso era posible que no hubiera nada más importante entre lo que podíamos darles a las gentes de Invierno. Pero no puedo decir que yo haya infringido la ley del embargo cultural por gratitud a Estraven. No estaba pagándole ninguna deuda. Esas deudas no se pagan. Ocurría que Estraven y yo habíamos llegado al punto en que compartíamos cualquier cosa que valiera la pena compartir.

Supongo que un día se descubrirá que el contacto sexual es posible entre los guedenianos de doble sexo y los hainis humanos normales de sexos divididos, aunque ese contacto será necesariamente estéril. Habrá que probarlo. Estraven y yo no probamos nada, excepto quizá un punto bastante sutil. Lo más cerca que estuvimos de una crisis en relación con nuestros deseos sexuales ocurrió en una de las primeras noches, nuestra segunda noche en el Hielo. Habíamos pasado todo el día luchando y retrocediendo en el área atravesada de cortes y hendiduras al este de las Tierras del Fuego. Estábamos cansados aquella noche, pero animados y convencidos de que pronto encontraríamos un curso adecuado. Pero después de cenar Estraven fue mostrándose más y más taciturno y cortó en seco mi charla. Al fin, tras un nuevo desdén, dije:

–Har, he dicho algo equivocado otra vez, por favor, explícamelo.

Estraven callaba.

–He cometido algún error de shifgredor. Lo siento. No termino de aprender. Ni siquiera he entendido realmente el significado de la palabra.

–¿Shifgredor? Viene de un viejo vocablo que significaba «sombra».

Estuvimos en silencio un rato, y al fin Estraven me miró con una mirada amable, directa. A la luz rojiza de la estufa la cara de Estraven me pareció tan blanda, vulnerable y remota como la cara de una mujer que está mirándolo a uno sumida en sus pensamientos, y sin hablar.

Y entonces vi de nuevo, y para siempre, lo que siempre había temido ver, y que siempre había evitado ver: que él era una mujer tanto como un hombre. Toda necesidad de explicarse los orígenes de ese miedo desapareció con el miedo mismo; y al fin no quedó en mí otra cosa que haber aceptado a Estraven tal como era. Hasta entonces yo lo había rechazado, había rehusado reconocerlo. Estraven había tenido mucha razón cuando dijo que él, la única persona de Gueden que había confiado en mí, era el único guedeniano de quien yo desconfiaba. Pues él era el único que me había aceptado del todo como ser humano; a quien yo le había agradado como persona y me había sido leal, y que por lo mismo había esperado de mí un grado semejante de reconocimiento, de aceptación. Yo me había resistido, y había tenido miedo. Yo no quería dar mi confianza y mi amistad a un hombre que era una mujer, a una mujer que era un hombre.

Estraven me explicó, lisa y llanamente, que estaba en kémmer, y que había estado tratando de evitarme aunque era difícil.

—No he de tocarte —dijo con mucho esfuerzo, y enseguida apartó los ojos.

—Entiendo —dije—. Estoy en todo de acuerdo.

Pues me parecía, y creo que a él también, que de esa tensión sexual que había entre nosotros, admitida y entendida ahora, aunque no por eso aliviada, de esa tensión nacía la notable y repentina seguridad de que éramos amigos; una amistad que los dos necesitábamos tanto en nuestro exilio, y ya tan probada en los días y las noches de aquel duro viaje, y que también, tanto ahora como después, podía llamarse amor. Pero ese amor venía de la diferencia entre nosotros, no de las afinidades y semejanzas, y esto era un puente en verdad, el único puente tendido sobre lo que tanto nos separaba. Para nosotros el contacto sexual hubiese sido encontrarnos de nuevo como extraños. Nos habíamos tocado del único modo posible. No fuimos más allá. No sé si teníamos razón.

Hablamos algo más aquella noche, y recuerdo que me costó mucho contestar de un modo coherente cuando Estraven me preguntó cómo eran las mujeres. Guardamos las distancias y fuimos precavidos el uno con el otro en los días que siguieron. Un amor profundo entre dos personas incluye, al fin y al cabo, el poder y la posibilidad de causar un daño profundo. Nunca se me hubiese ocurrido antes de esa noche que yo pudiera lastimar a Estraven.

Ahora que las barreras estaban bajas, las limitaciones, en mis términos, de nuestra conversación y comprensión, me parecían intolerables. Muy pronto, dos o tres noches después, le dije a mi compañero cuando terminábamos de devorar un festín especial, potaje azucarado de kadik, en celebración de una jornada de treinta y tres kilómetros:

—La primavera última, aquella noche en la Esquina Roja, me dijiste que te gustaría saber más de la lengua paraverbal.

—Sí, recuerdo.

—¿Qué te parece si pruebo a enseñarte a hablar esa lengua?

Estraven rio.

—Quieres sorprenderme mintiendo.

—Si me mentiste alguna vez, fue hace mucho tiempo, y en otro país.

Estraven era una persona sincera, pero pocas veces se expresaba de modo directo. Lo que yo le decía ahora le pareció divertido y comentó:

—En otro país te diría otras mentiras. Pero yo pensaba que estaba prohibido enseñar tu ciencia a... nativos, hasta que nos unamos a los ecúmenos.

—No prohibido. No se ha hecho. Yo lo haré, sin embargo, si quieres. Y si puedo. No soy eductor.

—¿Hay maestros especiales de ese arte?

—Sí. No en Alterra, donde la sensibilidad natural es muy alta, y, dicen, las madres les hablan mentalmente a los niños que llevan en el vientre. No sé qué contestan los niños. Pero a la mayoría tienen que enseñarnos, como si fuese una lengua extranjera. O mejor como si fuese nuestra lengua nativa, y la aprendiéramos muy tarde.

Creo que Estraven entendió el motivo de mi ofrecimiento, deseaba de veras aprender, y decidimos empezar enseguida. Recordé todo lo que pude de cómo me habían introducido, a los doce años.

Le dije que se vaciara la mente, que la dejara a oscuras. Lo hizo sin duda de un modo más rápido y completo que yo al principio; al fin y al cabo Estraven era un adepto de los handdaras. Enseguida le hablé mentalmente con toda la claridad posible. Sin resultado. Probamos de nuevo. Como no es posible hablar así sin haber recibido antes el mensaje del otro, hasta que una nítida recepción haya sensibilizado la potencialidad telepática, primero yo tenía que llegar a él. Lo intenté durante media hora, hasta que se me fatigó el cerebro. Estraven parecía abatido:

–Pensé que no me sería difícil –confesó. Los dos nos sentíamos cansados, y esa noche no lo intentamos más.

Los esfuerzos que siguieron tampoco tuvieron éxito. Traté de enviarle una frase mientras él dormía, recordando que mi eductor me había hablado una vez de los mensajes que se recibían durante el sueño entre los pueblos pretelepáticos, pero no resultó.

–Quizá mi especie carezca de esa capacidad –me dijo Estraven–. Ha habido bastantes rumores y señales como para que se les diese nombre, pero no sé de ningún caso probado de telepatía entre nosotros.

–Así ocurrió con mi pueblo durante miles de años. Unos pocos sensitivos naturales, que no comprendían su propio don, y sin nadie alrededor que enviara o recibiera. Todo el resto latente, si llegaban a eso. Como te dije, excepto en el caso de un sensitivo innato, la capacidad, aunque tiene una base fisiológica, es psicológica, un producto de la cultura, un efecto lateral del empleo de la mente. Los niños pequeños, los defectuosos, los miembros de sociedades no desarrolladas o regresivas no pueden hablar de este modo. La mente tiene que haber alcanzado ante todo cierto grado de complejidad. No es posible sacar aminoácidos de átomos de hidrógeno; antes todo tiene que hacerse más complejo. Es la misma situación. El pensamiento abstracto, las distintas interacciones sociales, los intrincados ajustes culturales tienen que llegar a cierto nivel antes que sean posibles las conexiones, antes que sea posible llegar de algún modo a las potencialidades.

–Quizá los guedenianos no han alcanzado aún ese nivel.

–Están muy por encima. Pero la suerte cuenta también. Como en la creación de aminoácidos... O buscando analogías, pero que ayudan a entender, piensa en el desarrollo del método científico, por ejemplo en el empleo de técnicas experimentales. Hay en el Ecumen pueblos con una vasta cultura, una organización social compleja, filosofía, arte, ética, un elevado estilo y notables realizaciones en todos estos campos; y sin embargo nunca aprendieron a pesar con exactitud una piedra. Pueden aprender ahora, por supuesto, pero no lo hicieron durante medio millón de años... Hay pueblos que no conocen la matemática, nada más allá de las operaciones aritméticas simples; todos ellos son capaces de entender los principios del cálculo, pero ninguno lo logró hasta ahora. Mi propia gente, los terrestres, unos tres mil años atrás ignoraban los usos del cero. –Estraven parpadeó–. En cuanto a Gueden, tengo curiosidad por saber si el resto de nosotros no tendrá también el poder de la profecía, si esto no es parte también de la evolución de la mente. Lo sabremos si los guedenianos nos transmiten las técnicas.

–¿Te parece algo útil?

–¿La profecía exacta? ¡Bueno, por supuesto!

–Tienes que llegar a creer que es inútil para poder practicarla.

–Tu handdara me fascina, Har, pero de cuando en cuando me pregunto si no es una mera paradoja convertida en estilo de vida...

Intentamos otra vez la comunicación de las mentes. Yo nunca había enviado una y otra vez a un no receptor. Empecé a sentirme como un ateo que reza. Al fin Estraven bostezó y dijo:

–Estoy sordo, sordo como una piedra. Mejor que durmamos.

Me mostré de acuerdo. Estraven apagó la luz, murmurando su breve elogio a la oscuridad, nos metimos en los sacos, y en uno o dos minutos Estraven ya se deslizaba en el sueño como un nadador que se desliza en aguas oscuras. Sentí ese sueño como si fuese el mío, la relación empática estaba allí, y una vez más le hablé con la mente, somnoliento, llamándolo por su nombre:

–¡Derem!

Estraven se incorporó del todo, pues su voz sonó muy por encima de mí, alta en la oscuridad:

–¡Arek! ¿Eres tú?

–*No. Genly Ai. Estoy hablándote con la mente.*

Estraven contuvo el aliento. Buscó algo en la estufa, encendió la luz y me miró con ojos oscuros y atemorizados.

–Estaba soñando –dijo–, pensé que estaba en casa.

–Te hablé con la mente y me oíste.

–Me llamaste... Era mi hermano. Era su voz la que

oí. Me llamaste.... ¿me llamaste Derem? Yo... Esto es más terrible de lo que había pensado.

Estraven sacudió la cabeza, como un hombre que trata de librarse de una pesadilla, y luego se llevó las manos a la cara.

–Har, lo siento mucho...

–No, llámame por mi nombre. Si puedes hablar dentro de mi cráneo con la voz de un muerto, también puedes llamarme por mi nombre. ¿Acaso él me llamaría Har? Oh, ya veo por qué no hay mentiras en este lenguaje. Es algo terrible... Muy bien, háblame de nuevo.

–Espera.

–No. Adelante.

Sintiendo la mirada de Estraven, ardiente y asustada, le hablé mentalmente:

–*Derem, amigo mío, no hay nada que temer entre nosotros.*

Estraven no me quitó los ojos de encima, y pensé que no me había entendido, pero me dijo enseguida:

–Ah, pero algo hay.

Al cabo de un rato, dominándose, Estraven dijo con voz tranquila:

–Me hablaste en mi lengua.

–Bueno, no conoces la mía.

–Dijiste que había palabras, sí... Sin embargo, lo había imaginado como... un entendimiento...

–La empatía es otro asunto, aunque algo relacionado. Nos ayudó a conectarnos anoche. Pero en este modo de lenguaje se activan los centros cerebrales de la palabra, tanto como...

–No, no, no. Deja eso para después. ¿Por qué hablas con la voz de mi hermano? –Estraven contenía ahora la voz.

–No puedo decirlo. No lo sé. Cuéntame de tu hermano.

–*Nusud*... Mi hermano entero, Arek Har rem ir Estraven. Tenía un año más que yo. Hubiera sido Señor de Estre. Nosotros... Dejé mi casa, ya sabes, la dejé por él. Murió hace catorce años.

Estuvimos callados durante un rato. No pude saber o preguntar qué había detrás de esas pocas palabras. A Estraven le habían costado mucho trabajo.

Dije al fin:

–Háblame con la mente, Derem. Llámame por mi nombre.

Yo sabía que él podía hacerlo: había simpatía entre las partes, o como diría un experto, las fases eran consonantes, y él por supuesto no tenía idea de cómo levantar una barrera voluntaria. Si yo hubiese sido un Oyente, habría podido oír cómo pensaba Estraven.

–No –dijo–. Nunca. No todavía...

Pero ningún terror, ni angustia, ni conmoción podían contener esa mente insaciable mucho tiempo. Cuando hubo apagado otra vez la luz, oí de pronto un tartamudeo en mi oído interior:

–*Genry*...

Aun hablando así, Estraven no era capaz de pronunciar la ele.

Respondí enseguida, y oí en la oscuridad un sonido inarticulado de miedo en el que había un levísimo tono de satisfacción.

–No más, no más –dijo Estraven en voz alta. Al cabo de un rato nos dormimos.

Nunca fue fácil para él. No porque no tuviera esa capacidad, o no pudiera desarrollarla, pero lo perturbaba profundamente, y no acababa de aceptarla del todo. Aprendió en poco tiempo a levantar las barreras pero no estoy seguro de que les tuviera confianza. Quizá todos fuimos así, cuando los primeros eductores volvieron hace siglos del mundo de Rokanon, enseñando «el último arte». Quizá un guedeniano, siendo excepcionalmente completo, siente el lenguaje telepático como una violación de esa totalidad que ven en sí mismos, una brecha abierta en la integridad, y de difícil aceptación. Quizá la explicación fuese el carácter de Estraven, donde el candor y la reserva eran igualmente poderosos: toda palabra que él dijese brotaba de un hondo silencio.

Había oído mi voz como la voz de un muerto, la voz del hermano. No sé qué hubo, además de amor y muerte, entre Estraven y ese hermano, pero sé que cada vez que yo le hablaba con la mente, Estraven se sobresaltaba apartándose como si le tocaran una herida. De modo que esta continuidad nos unía, sí, pero de un modo austero y oscuro, que no admitía en verdad mucha más luz (como yo había esperado) y mostraba sobre todo la extensión de la oscuridad.

Y día tras día nos arrastramos hacia el este por la llanura de hielo. El punto medio de nuestro tiempo de viaje, tal como lo habíamos planeado, el día trigésimo quinto, odorni anner, nos encontró no muy lejos de la mitad del trayecto. De acuerdo con el medidor del trineo habíamos recorrido unos seiscientos cincuenta kilómetros, pero quizá solo tres cuartas partes nos habían acercado de veras a la meta, y no podíamos saber sino de un modo muy aproximado cuánto nos faltaba todavía.

Habíamos consumido días, kilómetros, raciones en nuestra larga lucha por entrar en el Hielo. Estraven no estaba tan preocupado como yo por los centenares de kilómetros que se extendían ante nosotros.

–El trineo está liviano –dijo–. Cerca del fin lo estará todavía más, y aun podemos reducir las raciones si es necesario. Hemos estado comiendo muy bien, ya sabes.

Se me ocurrió que Estraven ironizaba, y no sé cómo pude equivocarme.

En el día cuadragésimo y en los dos siguientes nos detuvo una tormenta de nieve. Durante esas largas horas que pasamos en la tienda, Estraven durmió casi continuamente, y no comió nada, aunque de cuando en cuando bebía un poco de orsh o agua con azúcar. Insistía en que yo comiese algo, aun una media ración.

–No tienes experiencia en pasar hambre –dijo.

Me sentí humillado.

–¿Y qué experiencia tienes tú, Señor de Dominio y Primer Ministro?

–Genry, nosotros practicamos la privación hasta llegar a ser verdaderos expertos. Me enseñaron a pasar hambre cuando yo aún era niño, en Estre, y luego en la fortaleza Roderer, con los handdaratas. Perdí la práctica en Erhenrang, es cierto, pero empezaba a recuperarla en Mishnori... Por favor, haz como te digo, amigo. Sé lo que hago.

Estraven continuó ayunando, y yo comiendo.

Tuvimos luego cuatro días de marcha; el frío era muy intenso, nunca por encima de los treinta grados bajo cero, y al fin estalló otra tormenta de nieve que nos golpeó desde el este. Pasados los dos primeros minutos de ráfagas fuertes, la nieve que caía era tan espesa que no alcanzaba a ver a Estraven a dos metros de distancia. Me había puesto de espaldas a él, al trineo y a aquella nieve sofocante, enceguecedora, barrosa, para recuperar de algún modo el aliento, y cuando me volví otra vez, un minuto más tarde Estraven había desaparecido. El trineo había desaparecido. No había nadie allí. Di unos pocos pasos hacia el sitio donde habían estado Har y el trineo y tanteé alrededor. Grité y no pude oír mi propia voz. Me encontré sordo y abandonado en un mundo sólido de partículas grises y punzantes. Sentí pánico y me adelanté tambaleándome, emitiendo una frenética llamada mental:

—¡*Derem!*

Justo bajo mi mano, arrodillado, Estraven dijo:

—Vamos, échame una mano con la tienda.

Lo ayudé, y nunca mencioné mi instante de pánico. No era necesario.

La tormenta duró dos días; cinco días perdidos, y habría más. Nimmer y anner son los meses de los huracanes.

—Las raciones se han reducido bastante, ¿eh? —dije una noche mientras medía las porciones de guichi-michi y las ponía en remojo.

Estraven me miró. En la cara ancha y firme las mejillas eran flacas ahora, con sombras profundas, los ojos hundidos, y la boca reseca y agrietada. Dios sabe qué aspecto tenía yo. Estraven me miró sonriendo:

—Llegaremos si nos ayuda la suerte, y si no, no llegaremos.

Era lo que Estraven estaba diciendo desde el principio. Mi ansiedad, mi impresión de que el viaje era una última apuesta desesperada, y otras actitudes más de este tipo, me habían impedido ser lo bastante realista como para creer lo que decía Estraven. Aun entonces yo pensaba: seguramente, ahora que hemos trabajado tanto...

Pero el Hielo no sabía cuánto habíamos trabajado. ¿Por qué tendría que saberlo? Las proporciones se mantenían.

—¿Cómo anda tu suerte, Derem? —dije al fin.

Estraven no sonrió. No contestó tampoco. Al cabo de un rato dijo:

–He estado pensando en la gente de allá abajo.

«Allá abajo», para nosotros, había llegado a significar el sur, el mundo bajo la llanura de hielo, las regiones de tierra, hombres, caminos, ciudades, todo lo que ahora era difícil imaginar.

–Sabes que le envié un mensaje al rey sobre ti, el día que dejé Mishnori. Le dije lo que Shusgis me contó, que te enviarían a la granja de Pulefen. En ese momento yo no estaba muy seguro de mis propias intenciones, pero seguí mi impulso. He reflexionado mucho sobre ese impulso, desde entonces. Lo que puede ocurrir es algo así: el rey verá la posibilidad de poner en juego su shifgredor. Tibe le aconsejará en contra, pero Argaven ya debe de estar bastante cansado de Tibe ahora, y puede dejar de lado el consejo. Averiguará. ¿Dónde está el Enviado, huésped de Karhide? Mishnori mentirá. Murió de fiebre de horm este otoño, muy lamentable. ¿Cómo es posible entonces que nuestra propia embajada informe que está en la granja de Pulefen? No está allí, miren ustedes mismos. No, no por supuesto que no, aceptamos la palabra de los comensales de Orgoreyn... Pero pocas semanas después de este intercambio de noticias, el Enviado aparece en el norte de Karhide, habiendo escapado de Pulefen. Consternación en Mishnori; indignación en Erhenrang. Pérdida del honor para los comensales, sorprendidos en una mentira. Serás para el rey un preciado tesoro, mi hermano de sangre perdido y reencontrado. Durante un tiempo. Tienes que llamar a tu nave, enseguida. Trae a tu gente a Karhide y cumple tu misión, inmediatamente, antes que Argaven vea en ti a un enemigo, antes de que Tibe o algún otro consejero lo asuste una vez más, aprovechando que está loco. Si hace un pacto contigo lo respetará. Romperlo sería romper su propio shifgredor. Los reyes de Harge cumplen sus promesas. Pero tienes que actuar rápido y traer pronto la nave.

–Lo haré, si veo el más mínimo signo de bienvenida.

–No, perdona que te aconseje, pero no te quedes esperando a que te den la bienvenida. Te darán la bienvenida, supongo. Lo mismo a la nave. Karhide ha sido humillada varias veces en el último medio año. Le darás a Argaven la oportunidad de cambiarlo todo. Creo que correrá el riesgo.

–Muy bien, pero tú, mientras tanto...

–Soy Estraven el traidor. No tendré nada que ver contigo.

–Al principio.

–Al principio –asintió Estraven.

–¿Podrás esconderte si hay peligro al principio?

–Oh, sí, ciertamente.

La comida estaba preparada y comimos. Comer era un asunto tan importante y absorbente que nunca hablábamos en esos momentos; el tabú tenía ya entonces verdadera forma, quizá la forma original: ni una palabra hasta la última miga. Cuando así fue, Estraven dijo:

–Bueno, espero que mis predicciones sean acertadas. Tú... tú perdonarás...

–¿Que me hayas dado un consejo directo? –dije, pues al fin yo había llegado a entender ciertas cosas–. Por supuesto, Derem. En verdad, ¿cómo lo dudas? Sabes que no tengo shifgredor que pueda dejar de lado.

Esto divirtió a Estraven, pero siguió con aquel aire meditabundo.

–¿Por qué –dijo este al fin–, por qué viniste solo, por qué te enviaron solo? Todo, aún, depende del descenso de esa nave. ¿Por qué lo hicieron tan difícil para ti, y para nosotros?

—Es la costumbre del Ecumen, y hay razones. Aunque ahora empiezo a preguntarme si he entendido bien esas razones. Pensé que yo venía solo para ayudaros a vosotros; solo, tan obviamente solo, tan vulnerable que no podía ser una amenaza, romper ningún equilibrio. No una invasión sino un muchacho mensajero. Pero hay algo más. Solo no puedo cambiar tu mundo. Pero tu mundo en cambio puede cambiarme a mí. Solo, tengo que escuchar, tanto como hablar. Solo, la relación que yo tenga al fin con la gente de aquí, si la tengo, no será únicamente política, también individual, personal, algo más o menos que una relación política. No nosotros y ellos, no yo y eso, sino yo y tú. Una relación no tanto política o pragmática como mística. En cierto sentido, el Ecumen no es un cuerpo político sino un cuerpo místico. Considera que los ecúmenos son extremadamente importantes. Comienzos y medios. La doctrina es exactamente lo contrario de la doctrina de que el fin justifica los medios. Los modos de aplicarla, pues, han de ser sutiles, y lentos, y raros, y arriesgados; algo parecidos al proceso de la evolución, que es en muchos aspectos un modelo... De modo que me mandaron solo, ¿para favoreceros? ¿O para favorecerme a mí? No lo sé. Sí, ha hecho difíciles las cosas. Pero en el mismo plano podría preguntarte por qué tus gentes nunca estuvieron preparadas para inventar vehículos que volaran por el aire. ¡Un pequeño aeroplano nos hubiera evitado a ti y a mí muchas dificultades!

—¿Cómo podría ocurrírsele a un hombre cuerdo la posibilidad de volar? —dijo Estraven, serio.

Era una respuesta justa en un mundo donde no hay nada alado, y los mismos ángeles de la jerarquía yomesh no vuelan sino que se deslizan, sin alas, descendiendo a la tierra como una nieve blanda que cae como las semillas que se lleva el viento en ese mundo sin flores.

A mediados de nimmer, después de mucho viento y de fríos amargos, tuvimos algunos días de buen tiempo. Las tormentas, si las había, se habían trasladado al sur, allá abajo, y nosotros, en el corazón de la tormenta, solo teníamos un cielo nublado. Al principio estas nubes eran bastante tenues, de modo que en el aire había una vaga radiación, una luz solar difusa reflejada por las nubes y la nieve, arriba y abajo. Más tarde el cielo se oscureció de algún modo. Desapareció todo resplandor y no quedó nada. Salimos de la tienda a la nada. El trineo y la tienda estaban allí, y Estraven a mi lado, pero ni él ni yo arrojábamos ninguna sombra. Había una luz opaca alrededor, en todas partes. Cuando caminábamos por la nieve quebradiza, la sombra no revelaba las pisadas. No dejábamos huellas. Trineo, tienda, él mismo, yo mismo; nada más en absoluto. Ningún sol, ningún cielo, ningún horizonte, ningún mundo. Un vacío gris blanquecino en el que estábamos suspendidos de alguna manera. La ilusión era tan completa que me costaba mantener el equilibrio. Mis oídos estaban acostumbrados a que los ojos les informaran mi posición; no había confirmaciones de ese tipo ahora, como si me hubiese quedado ciego. Todo parecía más fácil cuando cargábamos el trineo, pero empujando o tirando, sin nada delante, nada que mirar, ningún punto de apoyo para el ojo, era al principio desagradable, y luego agotador. Íbamos sobre patines, en una buena superficie de nieve dura, sin sastrugi, y sólida —en esto no había engaño— hasta una profundidad de mil o dos mil metros. Tendríamos que haber viajado con mucha rapidez, pero cada vez íbamos más lentos, tanteando el camino en una llanura donde no había ningún obstáculo, y se necesitaba un notable esfuerzo de voluntad para mantener la marcha a un paso normal. La más pequeña variación en la superficie llegaba como una sacudida, como cuando al subir una escalera nos encontramos con un escalón inesperado o esperado pero ausente. No veíamos nada delante de nosotros; no había sombras que revelaran esos accidentes. Esquiábamos a ciegas con los ojos abiertos. Día tras día marchamos así, y comenzamos a abreviar las etapas de cada jornada, pues a media tarde los dos transpirábamos y temblábamos de tensión y fatiga. Llegué a desear la nieve, la cellisca, cualquier cosa, pero una mañana tras otra salíamos de la tienda al vacío, al día blanco, lo que Estraven llamaba la no sombra.

En una ocasión, alrededor del mediodía, en odorni nimmer, el sexagésimo primer día de viaje, aquella nada blanda y ciega comenzó a fluir retorciéndose. Pensé que me engañaban los ojos, como había ocurrido otras veces, y presté poca atención a la oscura e incomprensible conmoción del aire, hasta que de pronto llegué a vislumbrar una imagen del sol, pequeña, pálida y muerta. Y bajando los ojos y mirando adelante vi una enorme forma negra que salía pesadamente del vacío, viniendo hacia nosotros. Unos tentáculos negros se retorcían hacia arriba, tanteando. Me detuve bruscamente, de modo que Estraven se tambaleó en los esquís, pues los dos íbamos en los arneses, tirando.

–¿Qué es eso?

Estraven miró las formas monstruosas y oscuras que se ocultaban en la niebla, y dijo al fin:

–Los despeñaderos... Tienen que ser los despeñaderos de Esherhod.

Y seguimos adelante. Estábamos a kilómetros de aquellas formas, que yo había visto al alcance de la mano. El aire blanco fue transformándose en una niebla densa y baja, que se desvaneció enseguida, y los vimos entonces claramente a la luz del crepúsculo: nunatakas, pináculos altos y asolados que nacían del hielo, y que apenas se asomaban a la superficie nevada, así como los témpanos que asoman apenas sobre el mar: montañas sumergidas y frías, muertas durante eones.

Estas montañas mostraban que nos habíamos desviado un poco al norte, si podíamos creer en el mapa mal dibujado que teníamos. Al día siguiente volvimos por primera vez un poco al sur del este.

19

Regreso

Avanzábamos penosamente en un tiempo oscuro y ventoso, tratando de animarnos con el panorama de los despeñaderos de Esherhod, lo primero que veíamos en siete semanas que no fuese hielo, nieve o cielo. De acuerdo con el mapa no estábamos muy lejos de las ciénagas de Shenshey, al sur, y de la bahía de Guden, al este. Pero no era aquel un buen mapa de la región del Gobrin. Y nos sentíamos cada día más cansados.

Nos encontrábamos bastante cerca del borde sur del glaciar, y no como se leía en el mapa, pues empezamos a tropezar con grietas y bordes de hielo al día siguiente de habernos vuelto hacia el sur. El hielo no era tan irregular y quebradizo como en la región de las Tierras del Fuego, pero en cambio había pozos profundos de cientos de metros cuadrados, lagos quizá en el estío; suelos falsos de nieve que cedían con un jadeo, abriéndose alrededor de uno y cayendo a la bolsa de aire de unos treinta centímetros de profundidad; áreas atravesadas de grietas y agujeros pequeños, y, cada vez con mayor frecuencia, largas grietas, viejas hondonadas de hielo, algunas inmensas como desfiladeros, otras de no más de medio metro o un metro de ancho, pero profundas. En odirni nimmer (de acuerdo con el diario de Estraven, pues yo no anoté fechas) brillaba el sol y soplaba un viento norte.

Mientras arrastrábamos el trineo sobre los puentes de nieve que unían los bordes de las estrechas hondonadas podíamos ver allá abajo, a la izquierda y a la derecha, unos picos afilados y azules, y unos abismos donde los trozos de hielo que se desprendían a nuestro paso caían con una música delicada, débil, larga, como el roce de unos alambres de plata en láminas de cristal. Recuerdo el placer atolondrado, de ensueño, animoso con que aquella mañana cruzamos los abismos, a la luz del sol. De pronto el cielo comenzó a oscurecerse, el aire se hizo más denso, las sombras se desvanecieron, el azul se borró en el cielo y en la nieve. No habíamos pensado en el peligro del tiempo blanco en una superficie como aquella. Como abundaban las aristas de hielo, mientras Estraven tiraba en los arneses yo iba con los ojos clavados en el trineo, empujando, sin pensar en ninguna otra cosa que en cómo empujar mejor, cuando de pronto la barra casi se me desprendió de las manos, y el trineo se precipitó hacia delante. No solté la barra por instinto y grité: «¡Eh!» a Estraven para que aminorase la marcha, pensando que había echado a correr en una zona más lisa. Pero el trineo se detuvo, inclinándose de punta, y Estraven no estaba allí.

Casi dejé la barra del trineo para ir a buscarlo. Fue una suerte que no lo hiciera. Sostuve el trineo mientras miraba alrededor como un estúpido, y así descubrí el borde de la hondonada, visible ahora en el movimiento y los trozos de hielo que se desprendían del extremo del puente de nieve, derrumbado en esa parte. Estraven había caído de pie, y nada impidió que lo siguiera el trineo sino mi peso, que mantenía el tercio trasero de los patines en el hielo sólido. El trineo, sin embargo, seguía inclinándose lentamente, arrastrado por el peso de Estraven, que colgaba en el pozo sostenido por los arneses.

Eché el cuerpo sobre la barra y tiré y moví hacia arriba y abajo, y nivelé el trineo, alejándolo del borde de la hondonada. No fue fácil, pero al fin el trineo empezó a moverse, apenas, y de pronto se deslizó hacia atrás, fuera de la hondonada. Estraven había conseguido aferrarse al borde, y ahora me ayudaba con su propio peso. Trepando, arrastrado por los arneses, asomó en el borde, y cayó de cara sobre el hielo.

Me arrodillé junto a Estraven, tratando de desabrocharle los arneses, y tuve miedo viéndolo allí, tendido, inmóvil, excepto por los jadeos del pecho. Tenía los labios de un color cianótico, y un lado de la cara lastimado y amoratado.

Se sentó, tambaleándose, y dijo con un murmullo sibilante:

–Azul..., todo azul..., torres en las profundidades.

–¿Qué?

–En la hondonada. Todo azul..., luminoso.

–¿Te encuentras bien?

Estraven empezó a ponerse de nuevo los arneses.

–Ve delante..., con la cuerda, y la pértiga –jadeó–. Elige tú el camino.

Durante horas uno de nosotros empujó mientras el otro guiaba, pisando aquí y allá como un gato sobre cáscaras de huevo, adelantándose a cada paso con un golpe de la pértiga. En el tiempo blanco no es posible ver una hondonada hasta que uno mira dentro; demasiado tarde, pues los bordes se adelantaban como salientes, y no siempre eran sólidos. Toda pisada podía ser una sorpresa, una caída o una sacudida. No había sombras. Una esfera lisa, blanca, silenciosa; nos movíamos en el interior de una vasta bola de vidrio escarchado. No había nada dentro de la bola, y nada fuera. Pero había grietas en el cristal. Un golpe de pértiga y un paso; otro golpe y otro paso. Un movimiento de la pértiga-sonda en busca de grietas invisibles, por las que uno podía caer fuera de la bola de cristal blanco, y caer, y caer, y caer. Una tensión que nunca aflojaba fue invadiendo poco a poco todos mis músculos. Sentí que no podía dar un paso más.

–¿Qué ocurre, Genry?

Yo me había detenido en medio de la nada. Las lágrimas se me helaban en las pestañas.

–Tengo miedo a caer –dije.

–Pero te sostiene la cuerda –dijo Estraven. Luego, acercándose y viendo que no había allí ninguna hondonada visible, entendió, y dijo–: Acampemos aquí.

–Todavía no es hora, tenemos que seguir.

Estraven ya estaba extendiendo la tienda.

Más tarde, después de comer, Estraven dijo:

–Era el momento de parar. No creo que podamos seguir por aquí. Parece como si el hielo estuviese fundiéndose, poco a poco, y estará estropeado y agrietado en todo el camino. Si viésemos algo podríamos seguir quizá, pero no en la sombra.

–Pero ¿cómo bajaremos entonces hasta las ciénagas de Shenshey?

–Si vamos otra vez hacia el este en vez de probar el sur, quizá encontremos hielo sólido hasta la bahía de Guden. Una vez vi el hielo desde un bote en la bahía, en verano. Llega hasta las Tierras Rojas, y desciende al agua en ríos de hielo. Si conseguimos bajar por uno de esos glaciares podríamos ir hacia el sur por el mar de hielo hasta Karhide, y entrar así por la costa y no por la frontera, lo que quizá sea preferible. Eso añadirá, no obstante, unos kilómetros más al viaje..., entre treinta y ochenta kilómetros, creo. ¿Qué opinas, Genry?

–Opino que no puedo dar media docena de pasos mientras dure este tiempo blanco.

–Pero si salimos del área de hondonadas...

–Oh, si salimos de las hondonadas será magnífico. Y si el sol sale otra vez, puedes subirte al trineo y te llevaré gratis de paseo hasta Karhide. –Un ejemplo típico de nuestros intentos de humor, en esta etapa del viaje; esos intentos eran siempre muy estúpidos, pero a veces arrancaban al otro una sonrisa–. No me pasa nada malo –continué–, excepto miedo crónico agudo.

–El miedo es útil, como la oscuridad, como las sombras. –La sonrisa de Estraven era una fea hendidura en una máscara de color castaño, agrietada y despellejada, de barba de vellones negros, y adornada con dos piedras negras–. Es raro que la luz del día no sea suficiente. Necesitamos las sombras para poder caminar.

–Pásame un momento mi libro de notas.

Estraven acababa de anotar la fecha y había contado mentalmente kilómetros y raciones. Me acercó la pequeña tableta y el lápiz de carbón, empujándola alrededor de la estufa chabe. En la hoja en blanco pegada a la cubierta negra interior tracé la doble curva dentro del círculo, y ennegrecí la mitad yin del símbolo, y empujé de vuelta la tableta hacia mi compañero.

–¿Conoces ese signo?

Estraven lo miró largo rato con una expresión extraña, pero dijo:

–No.

–Se lo encuentra en la Tierra, y en Hain-Davenant, y en Chiffevar. Yin y yang. «La luz es la mano izquierda de la oscuridad...», ¿cómo seguía? Luz, oscuridad. Miedo, coraje. Frío, calor. Hembra, macho. Es lo que tú eres, Derem, dos y uno. Una sombra en la nieve.

Al día siguiente nos arrastramos hacia el noreste a través de la blanca ausencia de todo hasta que ya no hubo más grietas en el suelo de nada: una jornada más. Habíamos reducido las raciones en un tercio, con la esperanza de impedir así que en esta ruta más larga nos quedáramos sin comida. Se me ocurrió que esto no importaría mucho, ya que la diferencia entre poco y nada me parecía entonces demasiado sutil. Estraven, sin embargo, estaba rastreándole las huellas a la suerte, siguiendo lo que parecía presentimiento o intuición, y que quizá era raciocinio y experiencia aplicada. Fuimos hacia el este durante cuatro días, cuatro de las más largas jornadas de todo el viaje, de veintiséis a treinta y dos kilómetros por día, y luego el tranquilo aire bajo cero se quebró en pedazos, cambiándose en un torbellino que daba vueltas y vueltas, un torbellino de minúsculas partículas de nieve, adelante, detrás, a los lados, en los ojos, una tormenta que empezó con la muerte de la luz. Nos quedamos tres días en la tienda mientras el huracán aullaba afuera, tres días de un largo aullido inarticulado, nacido de unos pulmones que no respiraban.

—*Me dan ganas de contestarle con otro grito* —le dije a Estraven mentalmente, y él, con esa titubeante formalidad que caracterizaba su relación conmigo:

—*Inútil. No te escuchará.*

Dormimos hora tras hora, comimos un poco, nos cuidamos de las mordeduras del frío, las inflamaciones y moretones; hablamos con la mente, dormimos de nuevo. El aullido de tres días murió en un parlo-

293

teo, y luego un sollozo, y luego silencio. Rompió un nuevo día.

El resplandor del cielo llegaba por la abertura de la puerta-válvula. Era una luz que encendía el corazón, aunque estábamos demasiado agotados para mostrar nuestro alivio con presteza o celo de movimientos. Levantamos el campamento –nos llevó casi dos horas, pues nos arrastrábamos como viejos– y partimos. El camino iba pendiente abajo, en una inconfundible y leve inclinación; la capa de nieve era perfecta para los patines. Brillaba el sol. El termómetro señalaba a media mañana veinte grados bajo cero. Nos pareció que la marcha nos devolvía las fuerzas, y la jornada fue desde entonces rápida y fácil. Seguimos así hasta que salieron las estrellas.

Estraven preparó una cena de raciones completas. De seguir así, solo teníamos comida para siete días más.

–La rueda gira –me dijo con serenidad–. Para viajar de este modo hay que comer.

–Come, bebe y sé feliz –dije. La comida me había animado el cerebro. Me reí exageradamente de mis propias palabras–. Todo junto: comida-bebida-felicidad. No hay felicidad posible sin alimento, ¿no es así?

Esto me pareció un misterio no muy distinto del círculo del yin y el yang, pero duró poco. Algo en la expresión de Estraven lo borró de mi mente. Sentí ganas de llorar, pero me contuve. Estraven no era tan fuerte como yo, y no era justo, quizá yo lo hacía llorar también. Aunque ya estaba dormido; se había dormido sentado, con el tazón en las rodillas. No tenía la costumbre de ser tan descuidado. Pero no era una mala idea, dormir.

Despertamos de mañana, bastante tarde, tomamos un doble desayuno, y luego nos pusimos los arneses, y arrastramos el liviano trineo dejando atrás el borde del mundo.

Bajo el borde del mundo, que era una pendiente empinada y pedregosa de color blanco y rojo a la pálida luz del mediodía, se extendía el mar helado: la bahía de Guden, helada de costa a costa y desde Karhide hasta el Polo Norte.

Descender a ese mar de hielo a través de los bordes salientes y grietas del hielo apretado contra las Tierras Bajas nos llevó esa tarde y el día siguiente. Al segundo día abandonamos el trineo, e improvisamos un par de mochilas: la tienda como el bulto principal de una, y los sacos en la otra, y los alimentos distribuidos de acuerdo con el peso, que no pasó de los doce kilos para cada uno. Añadí la estufa chabe a mi carga, y aún así no me tocaban más de quince kilos. Era bueno haberse librado al fin y para siempre de tironear, empujar, arrastrar, levantar el trineo, y así se lo dije a Estraven, cuando reiniciamos la marcha. Estraven echó una ojeada al trineo por encima del hombro, un pequeño residuo en aquella vasta aflicción de hielo y piedra roja.

—Lo hizo bien —dijo.

La lealtad de Estraven, que nunca juzgué desproporcionada, se extendía a las cosas; las cosas seguras, obstinadas, pacientes, que usamos y son parte de nuestros hábitos, las cosas por las que vivimos. Estraven extrañaba el trineo.

Aquella noche, la septuagésima quinta de nuestro viaje, el día quincuagésimo primero en la meseta, harhahad anner, bajamos del Hielo de Gobrin al mar de hielo de la bahía de Guden. Una vez más viajamos muchas horas, hasta tarde. El aire era muy frío, pero tranquilo y claro, y la limpia superficie de hielo parecía apropiada de veras para los esquís. Cuando acampamos aquella noche fue raro pensar, ya acostados, que no había un kilómetro de hielo debajo de nosotros, sino poco más de un par de metros, y luego agua salada. Pero no lo pensamos mucho tiempo. Comimos y dormimos.

Al amanecer, de nuevo un día claro aunque terriblemente frío, con menos de cuarenta grados bajo cero al alba, vimos la costa en el sur, abultada aquí y allá con las lenguas visibles de los glaciares, y que se alejaba casi en línea recta. Seguimos la costa bastante cerca de la orilla al principio. Un viento norte nos ayudó a marchar hasta que entramos esquiando en la boca de un valle entre dos altas montañas anaranjadas; en esta garganta aullaba una ráfaga que nos echó por el suelo. Caminamos deprisa hacia el este, subiendo un poco sobre el nivel del mar, y allí al menos pudimos mantenernos de pie y seguir avanzando.

–El Hielo de Gobrin nos vomitó fuera –dije.

Al otro día, la costa que hasta entonces se había curvado hacia el este, se extendió recta delante de nosotros. A la derecha estaba Orgoreyn, pero la curva azul de delante era Karhide.

Aquel día consumimos los últimos granos de orsh y lo poco que quedaba de germen de kadik; nos quedaban ahora tan solo un kilo de guichi-michi, y un cuarto de kilo de azúcar.

No podría describir muy bien aquellos últimos días de viaje, pues en realidad casi no los recuerdo. El hambre puede acrecentar la capacidad de percepción, pero no cuando se lo combina con una fatiga extrema; supongo que todos mis sentidos estaban de veras aletargados. Recuerdo haber tenido espasmos de hambre, pero no el dolor. En verdad tuve todo ese tiempo una vaga impresión de liberación, de haber ido más allá de algo, y de alegría, y muchísimo sueño. Alcanzamos la costa el duodécimo día, posde anner, y trepando por una playa helada entramos en la desolación pedregosa y nevada de la costa de Guden.

Estábamos en Karhide. Habíamos cumplido nuestro propósito. Aunque quizá no servía de mucho, pues en nuestras mochilas ya no había nada que comer. Celebramos nuestra llegada con un festín de agua caliente. A la mañana siguiente partimos en busca de un camino, un albergue. Es esa una región desértica, de la que no teníamos mapa. Si había caminos, estaban sepultados bajo dos o tres metros de nieve, y quizá cruzamos varios sin saberlo. No había señales de cultivos. Ese día fuimos al fin hacia el sur y hacia el este, y cuando acababa el otro día vimos una luz que brillaba en una ladera distante, a través del crepúsculo y los finos copos de nieve. Durante un rato ninguno de los dos dijo nada. Nos quedamos allí, inmóviles, mirando. Al fin mi compañero graznó:

—¿Es eso una luz?

Había oscurecido ya cuando entramos tambaleándonos en una aldea karhidi, una calle entre casas oscuras de techados altos, la nieve acumulada y apilada hasta el umbral de las puertas de invierno. Nos detuvimos en la tienda de calor, de persianas angostas que dejaban salir en estallidos y rayos y flechas la luz amarilla que habíamos visto por encima de las lomas invernales. Abrimos la puerta y entramos.

Era odsordni anner, el día octogésimo primero de nuestro viaje, once días más que en los planes de Estraven. La división en raciones había sido exacta: la comida nos había durado setenta y ocho días. De acuerdo con el medidor del trineo más una estimación aproximada para los últimos días habíamos recorrido mil trescientos sesenta kilómetros. Muchos de esos kilómetros habían sido empleados en volver atrás, y si esta hubiese sido la verdadera distancia nunca habríamos llegado. Cuando encontramos un buen mapa vimos que la distancia entre la granja de Pulefen y esta villa era de poco más de mil cien kilómetros. Todos esos kilómetros y días los habíamos pasado cruzando una vasta desolación sin habitación ni lenguaje: solo piedra, hielo, cielo y silencio; nada más durante ochenta y un días, excepto nosotros mismos.

Entramos en una sala templada y humeante, muy iluminada, colmada de comida y de olores de comida, gente y voces de gente. Me apoyé en un hombro de Estraven. Caras extrañas se volvieron hacia nosotros, ojos extraños. Yo había olvidado que había gente viva que no se parecía a Estraven. Me sentí aterrorizado.

En realidad era una habitación bastante pequeña, y los desconocidos no eran más de siete u ocho personas; todos ellos se quedaron tan petrificados como yo, durante un rato. Nadie llega al dominio de Kurkurast en pleno invierno, del norte, y de noche. Los hombres nos clavaron los ojos, atentos y en silencio.

Estraven habló: un murmullo que apenas se oía:

–Solicitamos la hospitalidad del dominio.

Ruido, susurros, confusión, alarma, bienvenida.

–Llegamos cruzando el Hielo de Gobrin.

Más ruido, más voces, preguntas; las gentes se agolparon alrededor.

–¿Atenderían ustedes a mi amigo?

Pensé que lo había dicho yo, pero había sido Estraven. Alguien me ponía en un asiento. Nos trajeron comida; nos cuidaron; nos llevaron adentro, nos dieron la bienvenida.

Almas ignorantes, apasionadas, extraviadas, gente

de tierras pobres, la generosidad de todos ellos ponía un noble fin a un viaje demasiado duro. Daban con las dos manos. Nunca una limosna, nunca una segunda intención. Y así Estraven recibió lo que nos daban, de modo semejante, como un señor entre señores, o un mendigo entre mendigos, un hombre entre hermanos.

Para aquellos aldeanos pescadores que vivían en la frontera de la frontera, en el último límite habitable de un mundo apenas habitable, la honestidad es tan esencial como la comida. Tienen que ser sinceros unos con otros; no hay bastante para trampear. Estraven lo sabía; y cuando después de un día nos empezaron a preguntar, de un modo discreto e indirecto, no olvidando nunca las exigencias del shifgredor, por qué habíamos elegido pasar el invierno yendo de un lado a otro a lo largo del Hielo de Gobrin, Estraven replicó enseguida:

–Yo no hubiera elegido nunca el silencio, pero aquí es mejor que una mentira.

–Es bien sabido que los hombres honorables pueden ser declarados proscritos, pero no por eso se les encoge la sombra –dijo quien era el cocinero de la casa de calor, y por lo tanto el segundo en importancia de la aldea, y cuya tienda era allí una suerte de sala de reuniones durante todo el invierno.

–Hay personas que son proscritas en Karhide, y otras en Orgoreyn –dijo Estraven.

–Cierto, y unos por el clan, y otros por el rey de Erhenrang.

–El rey no acorta sombras, aunque pueda intentarlo –señaló Estraven, y el cocinero pareció satisfecho.

Si el clan proscribe, el proscrito será siempre sospechoso, pero los dictados del rey no tenían importancia. En cuanto a mí, yo era evidentemente extranjero, es decir, el proscrito por Orgoreyn.

Nunca dimos nuestros nombres en Kurkurast. Estraven se resistía a usar un nombre falso, y no podíamos confesar los verdaderos. Hablar con Estraven era un crimen, al fin y al cabo, y mucho más alimentarlo y vestirlo y hospedarlo.

Aun en una aldea remota en la costa de Guden hay receptores de radio, y no hubiesen podido alegar ignorancia de la orden de exilio; solo una real ignorancia de la identidad del huésped hubiese sido una excusa válida. La vulnerabilidad de estas gentes pesó en la mente de Estraven antes de que yo empezara a pensarlo. En nuestra tercera noche allí, vino a mi habitación a discutir el próximo movimiento.

Una aldea karhidi es como un antiguo castillo terrestre en cuanto hay pocas habitaciones privadas. Sin embargo, en los altos y viejos edificios del hogar, el comercio, el co-dominio (no había señor de Kurkurast) y la casa exterior, cada uno de los quinientos aldeanos podía buscar la soledad, y aun la reclusión, en cuartos que se abrían a antiguos corredores de paredes de un metro de ancho. Nos habían dado una habitación a cada uno, en el último piso del hogar. Yo estaba sentado en la mía junto al fuego, una pequeña y muy aromática chimenea de turba, de los pantanos de Shenshey, cuando entró Estraven.

—Pronto tendremos que irnos de aquí, Genry.

Lo recuerdo allí de pie, descalzo en las sombras del cuarto iluminado, con nada puesto excepto los pantalones sueltos de piel que le había dado el jefe. En la intimidad, y en lo que llaman el calor de la casa, los karhíderos andan a menudo vestidos a medias o desnudos. Estraven había perdido en el viaje esa solidez tersa y compacta que caracteriza a los guedenianos; flaco y cubierto de cicatrices, y la cara quemada por el frío, como si la hubiese alcanzado un fuego. Era una figura oscura, cubierta, y sin embargo esquiva, en la luz inquieta y brusca.

–¿Adónde?

–Al sur y al oeste, me parece. Hacia la frontera. Nuestra primera tarea será encontrar un transmisor de radio bastante poderoso para que el mensaje llegue a la nave. Luego tengo que buscar un escondite, o volver a Orgoreyn por un tiempo, y así evitar que castiguen a esta gente que nos ha ayudado.

–¿Cómo volverás a Orgoreyn?

–Como la vez pasada, cruzando la frontera. Los orgotas no tienen nada contra mí.

–¿Dónde encontraremos un transmisor?

–No antes de llegar a Sassinod.

Me sobresalté. Estraven sonrió mostrando los dientes.

–¿Nada más cerca?

–Unos doscientos kilómetros. Hemos recorrido distancias mayores en terrenos peores. Hay caminos en todo el trayecto; la gente nos ayudará. Podríamos ir en trineo de motor.

Asentí, pero la perspectiva de alargar nuestro viaje de invierno me deprimía bastante, y esta vez no hacia un puerto, sino de vuelta a esa frontera donde Estraven podía pasar de nuevo al exilio, dejándome solo.

Reflexioné un rato y al fin dije:

–Karhide tendrá que cumplir una condición antes de unirse al Ecumen. Argaven derogará tu proscripción.

Estraven no dijo nada y se quedó observando el fuego.

–Lo digo de veras –insistí–. Lo primero es lo primero.

–Gracias, Genry –dijo Estraven con una voz que cuando hablaba como ahora, muy lentamente, sonaba como una voz de mujer, ronca y apagada. Me miró, amable, sin sonreír–. Pero hace ya tiempo que no espero volver pronto a mi casa. He pasado veinte años en el exilio. Ahora no es muy diferente. Cuidaré de mí mismo, y tú cuida de ti mismo y del Ecumen. Esto tienes que hacerlo solo. Pero es demasiado pronto para discutirlo. ¡Dile a tu nave que baje! Cuando eso ocurra, ya atenderemos al resto.

Nos quedamos dos días más en Kurkurast, alimentándonos y descansando, esperando una apisonadora de caminos, que llegaría del sur, y que podría llevarnos un tiempo cuando emprendiera el camino de vuelta. Nuestros anfitriones consiguieron que Estraven les contara la historia completa de nuestro cruce del Hielo. Estraven la contó como solo alguien que está dentro de toda una tradición de literatura oral puede hacerlo; el relato se transformó así en una saga, colmada de locuciones y aun episodios tradicionales, y sin embargo exacta y vívida desde los fuegos sulfurosos y la oscuridad de los desfiladeros entre el Drumner y el Dremegole, a las ruidosas ráfagas que procedían de las gargantas montañosas y barrían la bahía de Guden; con interludios cómicos, como la caída del mismo Estraven en la hondonada, y otros místicos, cuando habló de los sonidos y silencios del Hielo, de los días sin sombras, de la oscuridad de la noche. Yo escuché tan fascinado como los demás, los ojos clavados en la cara oscura de mi amigo.

Dejamos Kurkurast pegados codo con codo en la cabina de una apisonadora de caminos, uno de esos grandes vehículos de motor que alisan y apisonan la nieve en los caminos de Karhide, ya que tratar de mantenerlos limpios se llevaría la mitad de los recursos del reino, en tiempo y dinero, y, de cualquier modo, durante el invierno todo el tránsito se hace en patines. La apisonadora avanzaba a unos tres kilómetros por hora, y nos dejó en la próxima aldea al sur de Kurkurast ya bien avanzada la noche. Allí, como siempre, nos dieron la bienvenida, nos alimentaron y nos alojaron para pasar la noche; al día siguiente continuamos a pie. Estábamos ahora tierra adentro, alejados de las montañas de la costa, que protegen a la bahía de Guden de los embates del viento norte, en una región más habitada, de modo que ahora íbamos no de campamento en campamento sino de hogar en hogar. Un par de veces conseguimos que nos llevaran en trineo; en una ocasión, durante cuarenta kilómetros. Los caminos, a pesar de las nevadas copiosas y frecuentes, eran firmes, y había muchas señales. Llevábamos siempre comida en nuestros bultos, puesta allí por el anfitrión de la última noche; había siempre un techo y un fuego al final de una jornada.

Sin embargo, aquellos siete o nueve días de esquí y caminatas fáciles a través de tierras hospitalarias fueron la parte más dura y terrible de todo el viaje, peor que el ascenso al glaciar, peor que los últimos días de hambre. La saga había concluido; pertenecía al Hielo. Estábamos muy cansados. No íbamos en la dirección adecuada. No había alegría en nosotros.

–A veces hay que ir en dirección contraria a la rueda –dijo Estraven.

Parecía tan tranquilo como siempre, pero en el paso, la voz y la compostura, la paciencia había reemplazado al vigor, la terquedad a la convicción. Estaba muy silencioso, y apenas hablaba con la mente.

Llegamos a Sassinod. Un pueblo de algunos miles

de habitantes, posado en las alturas, sobre el Ey helado; techos blancos, paredes grises, lomas con unas pocas manchas negras y afloramientos de roca y árboles; caminos blancos y río blanco; del otro lado del río, las tierras en disputa, el valle de Sinod, todo blanco...

Entramos en Sassinod con las manos vacías, pues casi todo lo que nos quedaba del equipo de viaje se lo habíamos dado a varios y amables anfitriones, y ahora no teníamos más que la estufa chabe, los esquís y las ropas que llevábamos puestas. Así, livianos de equipaje, hicimos nuestra entrada, preguntando la dirección un par de veces, no en el pueblo, sino en una granja de las cercanías. Era un sitio pobre, no parte de un dominio sino una granja aislada, dependiente de la administración del valle. En el tiempo en que Estraven era un joven secretario de esa administración, había sido amigo del propietario, y en verdad había comprado la granja para él hacía un año o dos, cuando estaba ayudando a que la gente se reinstalase al este del Ey, con la esperanza de evitar toda disputa sobre los derechos del valle. El propio granjero nos abrió la puerta, un hombre macizo de voz blanda que parecía tener la edad de Estraven. Se llamaba Dessicher.

Estraven había cruzado esta región con la capucha puesta y caída, para ocultarse la cara. Temía que aquí lo reconocieran. No parecía necesario; había que tener muy buen ojo para ver a Har rem ir Estraven en aquel flaco vagabundo golpeado por huracanes de nieve. Dessicher se quedó mirándolo de reojo, incapaz de creer que fuese quien afirmaba ser.

Dessicher nos dio alojamiento, y su hospitalidad fue generosa, aunque era hombre de pocos medios. Pero nuestra presencia le resultaba incómoda y hubiese preferido no tenernos en la casa. Era comprensible:

se arriesgaba a que le confiscasen la propiedad por habernos albergado. Como tenía esa propiedad gracias a Estraven, y de otro modo era muy probable que hubiese vivido ahora en el desamparo, no parecía injusto pedirle que corriera algún riesgo.

Mi amigo, sin embargo, le pidió ayuda no en devolución del pago, sino por amistad, contando no con el sentido del deber sino con el afecto de Dessicher. Y en verdad Dessicher se deshéló cuando se le pasó el miedo, y con volubilidad karhidi se mostró acogedor y nostálgico, recordando los viejos días y los viejos amigos, sentado junto con Estraven al lado del fuego. Cuando Estraven le preguntó si se le ocurría algo acerca de un posible escondite, alguna granja aislada o abandonada donde un hombre proscrito pudiera quedarse un mes o dos con la esperanza de que se revocara la orden de exilio, Dessicher dijo enseguida:

—Quédese conmigo.

Los ojos se le encendieron a Estraven, pero titubeaba, y conviniendo en que no podía haber seguridad tan cerca de Sassinod, Dessicher prometió encontrarle un refugio. No habría sido difícil, dijo, si Estraven hubiese tomado un nombre falso, empleándose como cocinero o peón de granja, lo que no hubiera sido placentero, quizá, pero mejor sin duda que volver a Orgoreyn.

—¿Qué demonios haría usted en Orgoreyn? ¿De qué viviría, eh?

—De la Comensalía —dijo mi amigo con una sombra de su sonrisa de nutria—. Dan trabajo a todas las unidades, ya sabe usted. No sería un problema. Pero me agradaría quedarme en Karhide…, si en verdad se le ocurre algo…

Habíamos conservado la estufa chabe, el único objeto de valor que nos quedaba. Nos fue útil, de un modo u otro, hasta el fin del viaje. En la mañana que siguió a nuestra llegada a la granja de Dessicher, cogí la estufa y fui en esquís hasta el pueblo. Estraven, por supuesto, no vino conmigo, pero me había explicado lo que yo tenía que hacer, y no hubo problemas. Vendí la estufa en el comercio del pueblo, y fui con el dinero al pequeño colegio de tráfico, donde estaba instalada la estación de radio, y compré diez minutos de «transmisión privada a recepción privada». Todas las estaciones reservaban diariamente cierto tiempo a estas transmisiones de onda corta; en su mayor parte eran utilizadas por mercaderes que se comunicaban así con agentes o clientes de ultramar, en el Archipiélago, Sid o Perunter; el costo es bastante alto, pero no disparatado. Menos, de cualquier modo, que el valor de una estufa chabe de segunda mano. Mis diez minutos serían temprano en la tercera hora, a media tarde. No quería pasarme el día esquiando entre Sassinod y la granja, ida y vuelta, de modo que decidí quedarme en el pueblo, y me pagué un buen almuerzo, barato y copioso, en una de las tiendas de calor. Era evidente que la cocina karhidi estaba muy por encima de la orgota. Recordé mientras comía el comentario de Estraven sobre este asunto, y recordé cómo había dicho la noche anterior:

—Preferiría quedarme en Karhide...

Y me pregunté, no por vez primera, qué es el patriotismo, en qué consiste realmente el amor a un país, cómo nace esa urgente lealtad que le había sofocado la voz a mi amigo, y cómo un amor tan verdadero puede convertirse, demasiado a menudo, en un fanatismo tan vil e insensato. ¿Dónde estaba el error?

Después del almuerzo paseé por Sassinod. La actividad del pueblo, las tiendas y los mercados y calles, animados a pesar de las ráfagas de nieve y la temperatura bajo cero, me daban la impresión de estar mirando una pieza de teatro, irreal, sorprendente. Yo aún no había salido de la soledad del Hielo. Me sentía intranquilo entre esa gente desconocida, y extrañaba continuamente la presencia de Estraven a mi lado.

Remonté la calle empinada y cubierta de nieve cuando la tarde empezaba a irse; entré en el colegio y me mostraron cómo se manejaba el transmisor público. A la hora señalada envié la señal de alerta al satélite automático que giraba en una órbita estacionaria a quinientos kilómetros de altura sobre Karhide del Sur. Estaba allí para ayudarme en situaciones como esta: mi ansible había caído en otras manos, de modo que no podía pedirle a Ollul que advirtiese a la nave, y no tenía tiempo ni equipo para establecer contacto directo con la órbita solar. El transmisor de Sassinod era más que suficiente, pero como el satélite no estaba equipado para responder, excepto con un mensaje a la nave, yo no podría saber si mi llamada había sido recibida y reenviada a la nave. Yo no sabría si había hecho bien. Había aprendido a aceptar estas incertidumbres con serenidad.

Nevaba copiosamente cuando iba a dejar el colegio, y decidí pasar la noche en el pueblo, pues no conocía tan bien los caminos como para aventurarme en la nieve y la oscuridad. Como aún me quedaba algo de dinero, pregunté por una posada, e insistieron en que me quedara en el colegio; cené con un grupo de animados estudiantes, y pasé la noche en uno de los dormitorios. Me quedé dormido con una agradable impresión de seguridad, la convicción de que la gente de Karhide era de una extraordinaria y continua bondad con los extranjeros. Yo había descendido al principio en el país adecuado, y ahora estaba de vuelta. Así me dormí, pero desperté muy temprano y salí para la granja de Dessicher, habiendo pasado una noche agitada y con pesadillas.

El sol naciente, pequeño y frío en el cielo claro, enviaba sombras al oeste desde todas las quebraduras y salientes de la nieve. Nadie se movía en los campos nevados, pero allá lejos por el camino se acercaba una figurita, deslizándose levemente como un esquiador. Mucho antes de verle la cara reconocí a Estraven.

—¿Qué pasa, Derem?

—Tengo que llegar a la frontera —me dijo sin ni siquiera detenerse cuando nos encontramos.

Estaba ya sin aliento. Me volví y los dos fuimos hacia el oeste, y yo tuve que esforzarme para no quedar atrás. Cuando llegamos a la curva que llevaba a Sassinod, Estraven se lanzó esquiando atravesando los campos sin cercas. Cruzamos el Ey helado a unos dos kilómetros al norte del pueblo. Los terraplenes eran empinados, y cuando llegamos arriba tuvimos que detenernos a descansar. No estábamos en condiciones para esta clase de carrera.

—¿Qué ha pasado? ¿Dessicher?

—Sí. Lo oí cuando hablaba por su transmisor inalámbrico. Al alba. —El pecho le subía y le bajaba en jadeos, como cuando estaba tendido en el hielo junto a la hondonada azul—. Tibe debe de haber puesto precio a mi cabeza.

—¡Condenado y desagradecido traidor! —balbuceé, no refiriéndome a Tibe sino a Dessicher, que había traicionado una amistad.

—Sí, lo es —dijo Estraven—, pero le pedí demasiado, puse demasiado en aprietos a un pequeño espíritu. Escucha, Genry. Vuelve a Sassinod.

–Al menos quiero verte del otro lado de la frontera, Derem.

–Puede haber guardias orgotas allí.

–Me quedaré de este lado. Por amor de Dios...

Estraven sonrió. Todavía respirando con dificultad, se incorporó y se puso en marcha, y yo fui con él.

Esquiamos cruzando bosquecillos helados y las lomas y los campos del valle en disputa. No había ningún escondrijo a la vista, ningún techo. Un cielo luminoso, un mundo blanco, y dos manchas móviles de sombra que huyen. La elevación del terreno nos ocultó la frontera hasta que estuvimos a unos doscientos metros. Entonces la vimos claramente señalada con una cerca; solo medio metro de los postes emergía sobre la nieve, las puntas pintadas de rojo. No se veían guardias en el lado orgota. Del lado de aquí había huellas de esquís, y más al sur unas figuritas que se movían.

–Hay guardias de este lado. Tendrás que esperar a la noche, Derem.

–Inspectores de Tibe –jadeó Estraven amargamente, y se volvió.

Subimos de nuevo a la elevación y nos escondimos en el primer lugar arbolado que encontramos. Allí pasamos todo aquel largo día, en un claro, entre la vegetación espesa de un bosque de hémmenes; las ramas rojizas pendían alrededor de nosotros bajo la carga de la nieve. Discutimos la conveniencia de ir hacia el norte o hacia el sur a lo largo de la frontera para salir de esta zona particularmente perturbada, o tratar de subir a las lomas, al este de Sassinod, o incluso volver al norte, al desierto, pero tuvimos que desestimar todos estos planes. Descubierta la presencia de Estraven no podíamos viajar abiertamente por Karhide como hasta ahora. Ni tampoco podíamos viajar en secreto; no teníamos tienda, ni comida, ni mucha fortaleza. No quedaba otra solución que una rápida arremetida a través de la frontera; todos los otros caminos estaban cerrados.

Nos quedamos allí en la hueca oscuridad, bajo los árboles oscuros, en la nieve, apretados y juntos, buscando calor. Alrededor del mediodía Estraven dormitó un rato; yo tenía demasiada hambre y demasiado frío para poder dormir. Me quedé tendido junto a mi amigo en una especie de estupor, tratando de recordar las palabras que él me había citado una vez: las dos son una, vida y muerte, tendidas juntas... Era un poco como estar dentro de la tienda, en el Hielo, pero sin techo, sin comida, sin descanso; lo único que nos quedaba era la compañía del otro, y esto terminaría pronto.

Una neblina ocultó el cielo, en la tarde, y la temperatura empezó a bajar. Aun en aquel agujero sin viento hacía demasiado frío para estar echados e inmóviles. Tuvimos que levantarnos y a la hora del crepúsculo padecí un ataque de escalofríos como el que había conocido en el camión-prisión cuando cruzábamos Orgoreyn. La oscuridad se demoraba. Al fin, en los últimos momentos del crepúsculo azul, dejamos el claro y nos arrastramos por la loma, ocultándonos detrás de los árboles y matorrales hasta que alcanzamos a divisar la línea de la cerca-frontera, unos pocos puntos oscuros a lo largo de la nieve pálida. Ninguna luz, ningún movimiento, ningún sonido. Lejos en el suroeste se vislumbraba el resplandor amarillo de una aldea, alguna pequeña aldea comensal de Orgoreyn, donde Estraven podía entrar con sus inaceptables papeles de identidad, y asegurarse por lo menos una noche de alojamiento en la cárcel comensal o quizá en la granja comensal voluntaria más próxima. De pronto, allí, en el último momento, no antes, comprendí lo que mi egoísmo y el silencio de Estraven me habían ocultado, adónde iba y en qué se metía, y dije:

–Derem, espera...

Pero Estraven, esquiador magnífico, veloz, ya se deslizaba loma abajo, y esta vez no se demoraba esperándome. Descendía en una larga y rápida curva a través de las sombras sobre la nieve. Se alejaba de mí, e iba directamente hacia las armas de los guardias fronterizos. Me pareció oír unos gritos de advertencia o quizá órdenes de alto, y en alguna parte estalló una luz, pero no estoy seguro. De cualquier modo Estraven no se detuvo, y se precipitó hacia la cerca, y los guardias le dispararon antes de que llegara. No usaban las armas sónicas que aturden a la víctima sino el arma de saqueo, una máquina antigua que arroja una andanada de fragmentos de metal. Dispararon con intención de matarlo. Agonizaba ya cuando llegué junto a él, tendido de costado en la nieve, con los brazos y las piernas abiertos, y el pecho ensangrentado; los esquís asomaban más lejos, clavados de punta en la nieve. Le tomé la cabeza en mis brazos y le hablé, pero no me respondió. Contestó a mi amor por él de otro modo, gritando a través del tumulto y la destrucción silenciosa que era entonces su mente, cuando ya perdía la conciencia, en el lenguaje que no se habla, una vez, claramente:

–¡*Arek!*

Luego nada más. Le sostuve la cabeza, agachado allí en la nieve, mientras moría. Me dejaron estar con él. Luego me obligaron a levantarme, y me llevaron en una dirección y a él en otra; a mí hacia la cárcel, y a él hacia la oscuridad.

20

Un viaje insensato

En alguna de las notas que escribió Estraven mientras
cruzábamos el Hielo de Gobrin se pregunta por qué su
compañero tiene vergüenza de llorar. Yo podía haber
replicado aun entonces que no era tanto vergüenza,
como miedo. Ahora iba por el valle de Sinod, en la
noche de su muerte, hacia ese país frío que se extiende
más allá del miedo. Descubrí allí que uno puede llorar
todo lo que quiera, y que eso no ayuda mucho.

Me llevaron de vuelta a Sassinod y me encerraron
en prisión, acusado de haber sido visto en compañía
de un proscrito, y quizá también porque no sabían qué
hacer conmigo. Desde el comienzo, aun antes de que
llegaran órdenes oficiales de Erhenrang, me trataron
bien. Mi cárcel karhidi era una habitación amueblada
en la Torre de los Señores, en Sassinod: chimenea, radio, y cinco comidas diarias. No me sentía cómodo. La
cama era dura, las mantas delgadas, el suelo desnudo,
y el aire frío; como cualquier habitación de Karhide.
Pero me mandaron un médico, y en las manos y en la
voz de este hombre encontré un consuelo más duradero y provechoso que todas las comodidades de Orgoreyn. Después de la primera visita creo que dejaron la

puerta sin llave. Recuerdo que una vez la vi abierta, y que yo deseaba que la cerraran, pues del pasillo llegaba una corriente de aire helado.

Pero yo no tenía ni la fuerza ni el coraje para levantarme de la cama y cerrar la puerta de mi prisión.

El médico, un joven grave, de actitud maternal, me dijo con un aire de pacífica convicción:

—Ha pasado usted cinco o seis meses mal alimentado y sujeto a esfuerzos excesivos. Está agotado. No queda nada que agotar. Acuéstese, descanse. Descanse como los ríos helados en los valles invernales. Quédese quieto. Espere.

Pero cuando me dormía, yo estaba siempre en el camino, junto con los demás, todos malolientes, desnudos, apretándonos unos contra otros para protegernos del frío, todos menos uno. Había alguien que estaba solo, tendido junto a la puerta atrancada, helado, con coágulos de sangre en la boca. El traidor. Se había alejado, abandonándonos, abandonándome. Yo despertaba temblando de furia, una furia débil que se volcaba en un llanto débil.

Debí de haber estado bastante enfermo, pues recuerdo algunos de los efectos de la fiebre alta, y el médico se quedó conmigo una noche o quizá más. No puedo acordarme de esas noches, pero una vez oí mi propia voz, quejosa, diciéndole al médico:

—Podía haberse detenido. Vio a los guardias de la frontera. Corrió directamente hacia las armas.

El joven médico no dijo nada por un rato.

—No querrá decir que murió por su propia voluntad.

—Quizá...

—Es duro decir eso de un amigo y no lo creo posible en Har rem ir Estraven.

Yo no había tenido en cuenta, cuando le hablé al

médico, que a estas gentes el suicidio les parecía un acto despreciable. No es para ellos, como para nosotros, una opción. Es el abandono de toda opción, un acto de perfidia. Para un karhídero que leyera nuestros cánones, el crimen de Judas no consistiría tanto en haber traicionado a Jesús sino en el acto que negó la posibilidad de perdón, cambio, vida, y selló la desesperación: el suicidio.

–Entonces usted no lo llama Estraven el traidor.

–Nunca. Hay muchos que nunca aprobaron las acusaciones contra él, señor Ai.

Pero yo era incapaz de encontrar en esto algún consuelo, y lloré como antes, atormentado. Entonces ¿por qué lo mataron? ¿Por qué está muerto?

No hubo respuesta, y no habrá ninguna.

Nunca me interrogaron formalmente. Me preguntaron cómo había escapado de la granja de Pulefen y entrado luego en Karhide, y me inquirieron acerca del destino y la intención del mensaje en código que yo había enviado por radio. Se lo dije. Esta información fue directamente a Erhenrang, al rey. La cuestión de la nave parece que fue mantenida en secreto, pero las noticias de mi huida de una prisión orgota, mi viaje sobre el Hielo en invierno, mi presencia en Sassinod, fueron anunciados y discutidos libremente. El papel de Estraven en todo esto no se mencionó por radio, ni tampoco su muerte. Sin embargo se sabía. Un secreto en Karhide es en un grado extraordinario cuestión de discreción, de un acordado y entendido silencio; omisión de preguntas, pero no omisión de respuestas. Los boletines hablaban solo del Enviado, el señor Ai, pero todos sabían que era Har rem ir Estraven quien me había librado de manos de los orgotas y había venido conmigo, cruzando el Hielo, mostrando así hasta qué punto era falsa la historia de los Comensales acerca de mi muerte repentina, atacado por la fiebre de horm, en Mishnori, el último otoño... Estraven había predicho los efectos de mi retorno con bastante exactitud; se había equivocado sobre todo porque los había subestimado. A causa de un extraño que yacía enfermo en un cuarto de Sassinod, y que no actuaba, ni se preocupaba, dos gobiernos cayeron en un plazo de diez días.

Decir que un gobierno orgota cae solo significa, por supuesto, que un grupo de comensales reemplaza a otro grupo de comensales en las oficinas de los Treinta-y-tres. Algunas sombras se acortan y otras se alargan, como dicen en Karhide. La facción Sarf que me había enviado a Pulefen se mantuvo en el gobierno (a pesar de que habían sido descubiertos mintiendo, y no por primera vez) hasta que Argaven anunció al pueblo la inminente llegada de la nave de las estrellas a Karhide. Ese mismo día, el partido de Obsle, la fracción Comercio Libre, tomó las oficinas principales de los Treinta-y-tres. De modo que les serví de algo, a fin de cuentas.

En Karhide la caída de un gobierno significaba sobre todo la desgracia y el reemplazo de un primer ministro, junto con una reorganización del kiorremi; aunque el asesinato, la abdicación y la insurrección eran alternativas frecuentes, Tibe no trató de mantenerse en el poder. Mi alto valor de cambio en el juego del shifgredor internacional, más mi vindicación (implícita) de Estraven habían puesto mi prestigio muy por encima del de Tibe, tanto que según supe más tarde Tibe renunció aun antes de que el gobierno de Erhenrang supiera que yo había transmitido algo a la nave. Tibe había actuado inmediatamente después de la información de Dessicher; esperó hasta estar seguro

315

de que Estraven había muerto, y después renunció; venganza y derrota al mismo tiempo.

Una vez que Argaven se enteró de todos los pormenores me envió un mensaje exigiéndome, pidiéndome que fuera enseguida a Erhenrang, junto con una bolsa abundante para gastos. La ciudad de Sassinod, con liberalidad parecida, envió junto conmigo al joven médico, pues yo no estaba todavía en buena forma. Hicimos el viaje en trineo de motor. Recuerdo solo partes de esas jornadas: tranquilas y sin prisa, con prolongadas paradas mientras las apisonadoras arreglaban adelante el camino, y largas noches en los albergues. Quizá solo fueron dos o tres días, pero me pareció un viaje largo y no recuerdo mucho hasta el momento en que entramos en Erhenrang por las puertas del norte, a las calles colmadas de nieve y sombras.

Sentí entonces que el corazón se me endurecía de algún modo, y que se me aclaraba la mente. Yo había estado viviendo en fragmentos, desintegrado. Ahora, aunque con la fatiga del fácil viaje, descubrí que aún me quedaban fuerzas. La fuerza de la costumbre, quizá, pues aquí estaba al fin en un sitio que conocía, una ciudad en que había vivido, y trabajado, durante un año. Conocía las calles y las torres, los patios y pasajes y muros sombríos del Palacio. Sabía cuál era mi trabajo aquí. Entonces, por primera vez, entendí con claridad que muerto mi amigo yo tenía que llevar a cabo aquello por lo que él había muerto. Yo tenía que poner la piedra angular en el arco.

En las puertas del Palacio se me pidió que siguiera hasta una de las casas de huéspedes dentro de los muros. Era la Torre Redonda, que indicaba un alto grado de shifgredor en la corte: no tanto el favor del rey como el reconocimiento de una posición ya muy elevada. Los embajadores de las naciones amigas se alojaban casi siempre allí. Era un buen signo. Para llegar a esa casa, sin embargo, había que pasar por la Esquina Roja, y me volví a mirar el estrecho paraje abovedado y el árbol desnudo junto al estanque, gris de hielo, y la casa todavía vacía.

A las puertas de la Torre Redonda fui recibido por una figura de abrigo blanco y camisa carmesí con una cadena de plata sobre los hombros: Faxe, el profeta de la fortaleza de Oderhord. Al ver ante mí esa cara amable y hermosa, la primera cara conocida que yo encontraba en muchos días, sentí un alivio que ablandó mi resolución. Cuando Faxe me tomó las manos al raro modo karhidi, saludándome como a un amigo, pude responder de alguna manera a su cordialidad.

Había sido enviado al kiorremi por decisión del distrito, Rer del Sur, a principios del otoño. La elección de miembros del consejo entre los reclusos de las fortalezas handdaras no es poco común; no es común, sin embargo, que un tejedor acepte el cargo, y creo que Faxe lo habría rechazado si no hubiese estado preocupado por el gobierno de Tibe y la dirección en que llevaba al país. De modo que se había quitado la cadena de oro de los tejedores y se había puesto la cadena de plata de los consejeros; y no había tardado en señalarse, pues había sido desde derm miembro del heskiorremi, o consejo interno, que sirve como contrapeso del primer ministro; y era el mismo rey quien lo había llevado a esa posición. Faxe estaba quizá en camino de obtener el grado de eminencia que Estraven no había conseguido un año antes. Las carreras políticas son en Karhide abruptas, precipitadas.

En la Torre Redonda, una casita pomposa y fría, Faxe y yo charlamos un rato antes de que yo tuviese que ver a algún otro o hacer alguna declaración o presentación oficial. Faxe me dijo, mirándome con sus ojos claros:

—Así que se acerca una nave y va a descender. Una nave mayor que aquella en que vino usted a la isla Horden, hace tres años. ¿Es así?

—Sí. Es decir, envié un mensaje que los preparará para venir.

—¿Cuándo vendrán?

Comprendí que yo ni siquiera sabía en qué día del mes estábamos, y comprendí también cómo había vivido en los últimos tiempos, de espaldas a todo. Tuve que remontarme hasta el día anterior a la muerte de Estraven. Cuando descubrí que la nave, si había estado a una distancia mínima, ya se encontraría en órbita planetaria esperando una palabra de mi parte, me sobresalté de nuevo.

—Tengo que comunicarme con la nave. Están esperando instrucciones. ¿Dónde quiere el rey que desciendan? Tiene que ser una zona deshabitada, bastante extensa. Necesito un transmisor...

Todo se arregló prontamente, con facilidad. Las infinitas complicaciones y frustraciones de mis anteriores tratos con el gobierno de Erhenrang se fundieron como trozos de hielo arrastrados río abajo. La rueda giraba... Al día siguiente me recibiría el rey.

Le había llevado seis meses a Estraven arreglar mi primera audiencia con el rey, y el resto de su vida esta segunda audiencia.

Yo estaba demasiado cansado para sentir esta vez algún recelo, y los asuntos que me ocupaban la mente eran bastante más importantes que yo mismo. Fui por el largo corredor rojo bajo los estandartes polvorientos, y me detuve ante el estrado donde ardían las tres grandes chimeneas, con un fuego que crujía y chispeaba. El rey estaba sentado junto a la chimenea central, erguido en un taburete labrado, al lado de la mesa.

–Siéntese, señor Ai.

Me senté ante la chimenea frente a Argaven, y le vi la cara a la luz de las llamas. Parecía enfermo, y viejo. Parecía una mujer que ha perdido a su niño, o un hombre que ha perdido a su hijo.

–Bueno, señor Ai, de modo que esa nave va a descender aquí.

–En los pantanos de Adten, como usted pidió, señor. Bajarán esta noche, poco después de la tercera hora.

–¿Y si se equivocan de sitio? ¿Lo quemarán todo?

–Seguirán la dirección de una onda de radio. No pueden equivocarse.

–Y ¿cuántos de ellos son? ¿Once? ¿Es así?

–Sí. No suficientes como para tener miedo, señor.

Las manos se le retorcieron a Argaven en un ademán inconcluso:

–Ya no le tengo miedo a usted, señor Ai.

–Me alegro, señor.

–Me ha servido usted bien.

–Pero no soy su sirviente.

–Lo sé –dijo Argaven con indiferencia.

Se quedó mirando el fuego, mordiéndose el labio.

–Mi transmisor ansible ha de estar en manos del Sarf en Mishnori. Sin embargo, cuando llegue la nave traerá un ansible. Seré desde entonces, si usted no se opone, enviado plenipotenciario del Ecumen, capacitado para discutir y firmar un tratado de alianza con Karhide. Todo esto será confirmado con Hain y las distintas Estabilidades por medio del ansible.

–Muy bien.

No dije más, pues Argaven apenas me prestaba atención. Movió un leño en el fuego con la punta de la bota, y unas pocas chispas rojas subieron chasqueando en el aire.

—¿Por qué demonios me traicionó? —preguntó de pronto con una voz alta y estridente, y por primera vez me miró a los ojos.

—¿Quién? —dije devolviéndole la mirada.

—Estraven.

—Estraven quiso evitar que usted se traicionara a sí mismo. Me apartó cuando usted favoreció a una facción que no me favorecía. Me trajo de vuelta cuando mi regreso podía persuadirlo de que recibiese usted a la misión del Ecumen, y los honores correspondientes.

—¿Por qué nunca me dijo nada de esta nave mayor?

—Porque no lo sabía. Nunca se lo dije a nadie hasta que llegué a Orgoreyn.

—Y buena compañía eligieron para parlotear, ustedes dos. Estraven trató de que los orgotas recibieran la misión. Ya desde antes venía trabajando con los del Comercio Libre. ¿Y no es esto traición?

—No. Estraven sabía que cualquiera que fuese la nación que se aliara primero con el Ecumen, las otras la seguirían enseguida, como también los seguirán a ustedes ahora los pueblos de Sid y Perunter y el Archipiélago, hasta que todos estén unidos. Estraven amaba mucho su país, señor, pero no era sirviente de usted o del país. Servía al amo que yo sirvo.

—¿El Ecumen? —dijo Argaven, sobresaltado.

—No. La humanidad.

Yo no sabía entonces si lo que estaba diciendo era cierto. Cierto en parte; un aspecto de la verdad. No había sido menos cierto decir que los actos de Estraven habían nacido de una lealtad personal, un sentido de responsabilidad y de amistad en relación con un ser humano particular, yo mismo. Ni esto sería tampoco toda la verdad.

El rey no respondió. La cara arrugada, abotargada, sombría, se había vuelto otra vez hacia el fuego.

–¿Por qué llamó a esa nave suya antes de avisarme de que había vuelto a Karhide?

–Para obligarlo a actuar, señor. Un mensaje a usted hubiese llegado también a manos de Tibe, quien quizá me hubiese entregado a los orgotas, o hubiese ordenado que me mataran. Como hizo que mataran a mi amigo.

El rey no dijo nada.

–Mi propia supervivencia no importaba tanto, pero tengo y tenía entonces un deber para con Gueden y el Ecumen, una tarea que cumplir. Envié primero una señal a la nave para asegurarme la posibilidad de cumplirla. Este fue el consejo de Estraven, y acertó.

–Bueno, no se equivocó. Por lo menos descenderán aquí, seremos los primeros... ¿Y todos son como usted, eh? ¿Todos perversos, siempre en kémmer? Extraño grupo, y nos disputamos el honor de recibirlos... Dígale al señor Gorchern, el canciller, cómo esperan que se los reciba. Cuide de que no haya ofensa ni omisión. Se alojarán en Palacio, en el sitio que le parezca a usted conveniente. Que sientan que se los recibe con honor. Me ha dado usted un par de satisfacciones, señor Ai. Primero mostrando que los comensales son unos mentirosos, y luego unos tontos.

–Y ahora, aliados de usted, mi señor.

–¡Sí, lo sé! –chilló el rey–. Pero Karhide primero. ¡Karhide primero!

Asentí con un movimiento de cabeza. A continuación, Argaven dijo:

—¿Cómo fue ese viaje por el Hielo?

—Nada fácil.

—Estraven era el hombre adecuado para un viaje tan excesivamente peculiar. Era duro como el hierro. Y nunca perdía la cabeza. Lamento que haya muerto.

No encontré respuesta.

—Recibiré a... sus compatriotas en audiencia mañana a la tarde, a la segunda hora. ¿Hay algo más?

—Mi señor, ¿revocará usted la orden de exilio, limpiando así el nombre de Estraven?

—Aún no, señor Ai. No se apresure. ¿Algo más?

—Nada más.

—Vaya, entonces...

Hasta yo lo traicioné. Le había dicho que no traería la nave hasta que le levantaran la proscripción y le devolvieran sus derechos. No podía ahora echar a perder aquello por lo que Estraven había muerto, insistiendo en esa condición. No podía sacarlo ahora del exilio.

Pasé el resto del día con el señor Gorchern y otros, resolviendo los detalles de la recepción y el alojamiento. A la hora segunda partimos en trineo de motor hacia los pantanos de Adten, a unos cincuenta kilómetros al noreste de Erhenrang. El lugar de descenso estaba en los límites de una región extensa y desolada, un pantano de turba demasiado cenagoso para levantar granjas o viviendas, y ahora, en pleno irrem, una planicie helada cubierta por una espesa capa de nieve. La señal de radio había funcionado todo el día, y la nave había contestado confirmando su presencia.

En las pantallas, mientras descendían, los tripulantes debían de haber visto claramente el límite de la sombra sobre el gran continente a lo largo de la frontera, desde la bahía de Guden al golfo de Charisune, y los picos de Kargav todavía a la luz del sol, una cadena de estrellas. Pues era aún el crepúsculo cuando nosotros, alzando la cabeza, vimos la estrella que descendía.

La nave llegó envuelta en luz y ruido, y cuando los estabilizadores tocaron el lago de agua y barro que se formó enseguida bajo el fuego de los cohetes, un vapor blanco subió alrededor: debajo el suelo escarchado era duro como el granito, y la nave se posó allí serenamente, y quedó enfriándose sobre el lago que se fundía con rapidez; un pez grande y delicado que se sostenía erguido sobre la cola, plata oscura en el crepúsculo de Invierno.

Junto a mí, Faxe de Oderhord habló por vez primera, después del sonido y el esplendor del descenso:

—Me alegra haber vivido para verlo —dijo.

Eso mismo había dicho Estraven mirando el Hielo, la muerte, y lo hubiese dicho también esta noche. Para alejarme de la amarga nostalgia que me invadía, eché a caminar por la nieve hacia la nave, que ya estaba cubierta de escarcha a causa de los refrigeradores del casco. Me acercaba todavía cuando se abrió la portezuela alta, y asomó la escalera; una curva delicada que descendía hacia el suelo. La primera figura fue la de Lang Heo Hew, sin cambios, por supuesto, tal como yo la había visto tres años antes en mi vida, y un par de semanas en la suya. Heo Hew me miró, miró a Faxe, y a los otros de la escolta que se habían acercado conmigo, y se detuvo al pie de la rampa, y dijo solemnemente en karhidi:

—He venido como amiga.

A los ojos de ella, todos éramos extraños. Dejé que Faxe la saludara primero.

Faxe me señaló a ella, que se me acercó y me tomó la mano derecha según la costumbre de mi pueblo, mirándome a la cara.

—Oh, Genly —dijo—, ¡no te había reconocido!

Era raro escuchar una voz de mujer después de tanto tiempo. Los otros salieron también de la nave, de acuerdo con mis consejos: en ese momento cualquier signo de desconfianza hubiese humillado a la escolta karhidi, impugnando su shifgredor. Salieron de la nave y saludaron a los karhíderos con una hermosa cortesía. Pero a mí todos me parecían extraños, hombres y mujeres, aunque los conocía bien. Las voces me sonaban raras: demasiado graves, demasiado agudas. Eran como una tropa de animales desconocidos, monos corpulentos de ojos inteligentes, todos ellos en celo, en kémmer... Me tomaban las manos, me tocaban, me abrazaban.

Conseguí dominarme, y decirles a Heo Hew y a Tulier lo que necesitaban saber con mayor urgencia acerca de la situación. Hablamos durante el viaje en trineo, de vuelta a Erhenrang. No obstante, cuando llegamos al Palacio tuve que ir enseguida a mi albergue.

El médico de Sassinod entró a verme. La voz tranquila y el rostro serio de este joven, no la cara de un hombre ni de una mujer, una cara humana, fueron para mí un alivio, algo familiar, adecuado. Pero tras ordenarme que me fuera a la cama y de darme un tranquilizante suave, el médico me dijo:

–He visto a los Enviados compañeros de usted. Es maravilloso, la venida de hombres de las estrellas. ¡Y durante mi vida!

Allí estaba otra vez el deleite, el coraje, tan admirables en el espíritu karhidi –y en el espíritu humano– y, aunque yo no pudiera compartirlos con él, negarlos hubiese sido un acto innoble. Dije sin convicción pero con una sinceridad absoluta:

–Es también maravilloso para ellos, la venida a un mundo nuevo, a una nueva humanidad.

Al final de la primavera, en las postrimerías de tuva, cuando las inundaciones del deshielo ya decrecían, y los viajes eran otra vez posibles, dejé mi pequeña embajada en Erhenrang y fui al este de vacaciones. La gente de la nave se había desparramado ya por todo el planeta. Como se nos había autorizado a utilizar las máquinas voladoras, Heo Hew y tres de los otros habían volado a Sid y el Archipiélago, naciones del hemisferio oceánico que yo había dejado de lado. Otros estaban en Orgoreyn, y dos, de mala gana, en Perunter, donde el deshielo no comenzaba hasta después de tuva, y todo se vuelve a helar (dicen) una semana más tarde. Tulier y Ke'sta se las arreglaban bien en Erhenrang, y no tendrían problemas. No había prisa. Al fin y al cabo una nave que saliera enseguida del más próximo de los nuevos aliados de Invierno no podría llegar antes de diecisiete años de tiempo planetario. Invierno es un mundo marginal, en los límites de los planetas habitados.

Más allá, hacia el brazo sur de Orión, no se había encontrado ningún mundo donde viviesen hombres. Y hay un largo camino desde Invierno a los mundos originales del Ecumen, los mundos-hogares de la raza; cincuenta años hasta Hain-Davenant, la vida entera de un hombre hasta la Tierra. No había prisa.

Crucé el Kargav, esta vez por pasos más bajos, un camino que serpea a lo largo y por encima de la costa del mar del sur. Hice una visita a la primera aldea en que yo había estado, cuando los pescadores me trajeron de la isla Horden tres años atrás; la gente de este hogar me recibió, ahora como entonces, sin mostrar ninguna sorpresa. Pasé una semana en el importante puerto de Dader, en la desembocadura del río Ench, y luego a principios del verano partí a pie hacia las tierras de Kerm.

Caminé hacia el este y el sur por esas regiones

abruptas y empinadas, donde abundaban los desfiladeros y las colinas verdes y los ríos caudalosos y las casas solitarias, hasta que llegué al lago Paso de Hielo. Desde la orilla y mirando hacia las lomas del sur reconocí una luz: el destello, la blanca difusión de la luz, el alto resplandor del glaciar. El Hielo. Este era un sitio muy antiguo. El hogar y los edificios exteriores eran todos de piedra gris, procedente de la ladera empinada en la que se alzaba el pueblo. Era un lugar desierto, ventoso. Llamé, y me abrieron la puerta. Dije:

—Solicito la hospitalidad del dominio. Fui amigo de Derem de Estre.

Quien me abrió la puerta, un joven delgado, serio, de diecinueve o veinte años, aceptó mis palabras en silencio, y en silencio me admitió en el hogar. Me llevó a la casa de baños, las habitaciones de descanso, la amplia cocina, y cuando hubo comprobado que el extraño estaba limpio, vestido y alimentado me dejó solo en un dormitorio; las ventanas-ranuras miraban al lago gris y el bosque gris de toras que se extendía entre Estre y Stok. Era un lugar desapacible, y una casa desapacible. El fuego rugía en la honda chimenea, dando como siempre más calor al ojo y al espíritu que a la carne, pues los muros y suelos de piedra, y el viento que bajaba de las montañas y el Hielo absorbían la mayor parte del calor de las llamas. Pero yo no sentía el frío como antes, en mis primeros dos años en Invierno. Yo ya había vivido bastante en un mundo frío.

Al cabo de una hora, el muchacho (tenía la animada delicadeza de una muchacha en el cuerpo y los movimientos, pero ninguna muchacha hubiese podido guardar como él un silencio tan sombrío) vino a decirme que el Señor de Estre me recibiría entonces, si yo estaba de acuerdo. Lo seguí escaleras abajo, a través de largos corredores donde se jugaba algo parecido al juego del escondite. Los que jugaban iban y venían a nuestro lado, alrededor; niños pequeños que chillaban excitados, adolescentes que se deslizaban como sombras de puerta en puerta, llevándose las manos a la boca, conteniendo la risa. Una criatura rolliza de no más de cinco o seis años se escurrió entre mis piernas, y luego se precipitó hacia un costado tomándole la mano a mi escolta.

–¡Sorve! –chilló, clavándome todo el tiempo los ojos muy abiertos–. Sorve, voy a esconderme en la refinería... –Y allá fue como un canto rodado arrojado por una honda. El joven Sorve, imperturbable, continuó guiándome y me llevó al hogar de Estre.

Esvans Har rem ir Estraven era un hombre viejo de más de setenta, impedido por una enfermedad artrítica en las caderas. Estaba sentado muy derecho en una mecedora frente al fuego. Tenía una cara ancha, gastada por el tiempo, como una roca en un torrente, una cara serena, terriblemente serena.

–¿Es usted el Enviado, Genry Ai?

–Yo soy.

El anciano me miró, y yo lo miré. Derem había sido hijo, hijo en la carne, de este viejo señor. Derem, el hijo más joven; Arek, el mayor, el hombre cuya voz Derem había oído en la mía, cuando yo le hablé mentalmente; los dos muertos ahora. No pude ver nada de mi amigo en aquel rostro consumido y duro que me miraba a la cara. No encontré nada allí, sino la seguridad, el hecho cierto de la muerte de Derem.

Yo había venido en un viaje insensato a Estre, en busca de consuelo. No había consuelo, ¿y por qué ese peregrinaje al sitio donde mi amigo había pasado la infancia iba a traer algo distinto, llenaría una ausencia, aliviaría un remordimiento? Nada podía cambiarse ahora. Mi llegada a Estre tenía sin embargo otro propósito, y esto podía llevarse a cabo.

–Estuve con su hijo en los meses anteriores a su muerte. Estuve con él cuando murió. Le he traído los diarios que él llevaba y si hay algo que quiera saber usted de aquellos días...

La cara del anciano no mostró ninguna expresión particular. Nada alteraría esa calma. Pero el joven que había venido conmigo salió de pronto de las sombras hacia la luz, entre la ventana y la chimenea, una luz débil e insegura, y habló allí roncamente:

–En Erhenrang lo llaman todavía Estraven el traidor.

El viejo señor miró al muchacho y se volvió hacia mí.

–Este es Sorve Har –dijo–. Heredero de Estre, hijo de mi hijo.

El incesto no estaba prohibido allí, yo lo sabía bien. Solo el carácter extraño que tenía el incesto para mí, criatura terrestre, y la sorpresa de ver una chispa del espíritu de mi amigo en este joven provinciano, sombrío y orgulloso, me dejó callado un rato. Cuando hablé me temblaba la voz.

–El rey se retractará. Derem no era un traidor. ¿Qué importa cómo lo llamen los tontos?

El viejo señor asintió lenta, serenamente.

–Importa –dijo.

–¿Ustedes cruzaron el Hielo de Gobrin juntos? –preguntó Sorve–, ¿usted y él?

–Lo cruzamos.

–Me gustaría oír esa historia, mi señor Enviado –dijo el viejo Esvans, muy tranquilo.

Pero el muchacho, el hijo de Derem, balbució:

–¿Nos contará usted cómo murió? ¿Nos hablará usted de los otros mundos allá entre las estrellas, de los otros hombres, las otras vidas?

El reloj y el calendario guedenianos

El año. El periodo de revolución de Gueden es de 8.401 horas medias terrestres, y 0,96 del año medio terrestre.

El periodo de rotación es de 23:08 horas medias terrestres; el año guedeniano tiene 364 días.

En Karhide y Orgoreyn los años no se numeran en una serie que comienza en un año determinado hasta el presente. El año primero es siempre el actual. Todos los primeros de año (guedenidern), el año anterior se convierte en el año «uno-atrás», y el anterior «dos-atrás» y así sucesivamente. El futuro se cuenta de un modo parecido, y el año próximo es el año «uno-delante», hasta que este a su vez se transforma en el año uno.

Los inconvenientes que tiene este sistema para los registros del pasado son evitados con distintos recursos; referencias, por ejemplo, a acontecimientos bien conocidos, reinos, dinastías, señores locales, etc. Los yomeshtas cuentan un ciclo de 144 años desde el nacimiento de Meshe (2.202 años atrás; 1.492 en el calendario ecuménico) y repiten las celebraciones rituales cada doce años, pero este sistema es parte de un culto, y no es utilizado oficialmente ni siquiera por el gobierno de Orgoreyn, que ampara la religión yomesh.

El mes. El periodo de revolución de la luna de Gueden es de 26 días guedenianos y la rotación coincide con la rotación del planeta de modo que el satélite presenta siempre la misma cara. Hay catorce meses en el año, y como los calendarios solar y lunar coinciden de un modo notable, no es necesario más que un pequeño ajuste cada 200 años. Los días del mes son invariables, como las fechas de las fases de la luna. Los nombres karhidi de los meses:

Invierno:	1.	Dern
	2.	Danern
	3.	Nimmer
	4.	Anner
Primavera:	5.	Irrem
	6.	Mod
	7.	Tuva
Verano:	8.	Osme
	9.	Ockre
	10.	Kus
	11.	Hakanna
Otoño:	12.	Gor
	13.	Susmi
	14.	Grende

El mes de 26 días está dividido en dos medios meses de trece días.

El día. El día (H.S.T. 23:08) se divide en diez horas *(v. infra)*; como los días del mes son invariables, en general se los llama por el nombre, como nuestros días de la semana. (Muchos de esos nombres se refieren a fases de la luna; por ejemplo: guedeni, «oscuridad»; arhad, «primer creciente», etc. El prefijo «od» –utilizado en el segundo medio mes– es una partícula negativa que da el sentido contrario y así odguedeni puede traducirse por «no oscuridad».) Los nombres karhidi de los días del mes:

1. Guedeni	14. Odguedeni
2. Sordni	15. Odsordni
3. Eps	16. Odeps
4. Arhad	17. Odarhad
5. Nederhad	18. Onnnederhad
6. Stred	19. Odstred
7. Berni	20. Odberni
8. Orni	21. Odorni
9. Harhahad	22. Odharhahad
10. Guirni	23. Odguirni
11. Irni	24. Odirni
12. Posde	25. Opposde
13. Tormenbod	26. Ottormenbod

La hora. El reloj decimal que se encuentra en todas las culturas guedenianas se puede convertir de modo aproximado al reloj terrestre de dos ciclos de doce horas. Las correspondencias que siguen son solo una guía para conocer el tiempo del día señalado en la «hora» guedeniana. Una conversión exacta no es necesaria aquí; el día guedeniano contiene solo 23:08 horas medias terrestres.

Primera hora	mediodía a 2:30 p.m.
Segunda hora	2:30 a 5:00 p.m.
Tercera hora	5:00 a 7:00 p.m.
Cuarta hora	7:00 a 9:30 p.m.
Quinta hora	9:30 a medianoche
Sexta hora	medianoche a 2:30 a.m.

Séptima hora	2:30 a 5:00 a.m.
Octava hora	5:00 a 7:00 a.m.
Novena hora	7:00 a 9:30 a.m.
Décima hora	9:30 a mediodía

Sumario

1. Parada en Erhenrang.................................... 9
2. En el corazón de la tormenta....................... 31
3. El rey loco.. 36
4. El día decimonono...................................... 53
5. La domesticación del presentimiento 57
6. Un camino a Orgoreyn............................... 84
7. La cuestión del sexo.................................... 103
8. Otro camino a Orgoreyn 112
9. Estraven el traidor....................................... 139
10. Conversaciones en Mishnori 146
11. Soliloquios en Mishnori................................ 166
12. Del tiempo y de la oscuridad....................... 180
13. En la granja 183
14. La huida.. 203
15. Hacia el Hielo... 220
16. Entre el Drumner y el Dremegole 243
17. Un mito orgota de la creación 260
18. En el Hielo.. 263
19. Regreso 288
20. Un viaje insensato 312

El reloj y el calendario guedenianos.................... 329